U0902062

贝鲁平·著

# 活着就是天堂

## ——贝鲁平中短篇小说选

上海三联书店

# 都市中的万花筒(代序)

## ——贝鲁平小说赏析

我写这篇序，是被温文尔雅的一介书生贝鲁平“赶着鸭子上架”的。也是他的盛情让我难却，套用一句俗话，只能“恭敬不如从命”了。

我不是写小说的，是个写诗写散文的，好朋友贝鲁平邀我为他的又一本小说集写个序言，我毫不含糊地应允了，除了念在弥笃的友情上，还因为自己最早就是从小说开始，而且发表了好多篇万把字的小说。至少，谈谈小说，还是有个发言权的。

在我主编过的《文学报》副刊上，多年来，也陆续发表过贝鲁平的多篇小说，获得了读者的认可，也为版面增色不少。可以说他对小说创作是非常执著的，这是一位有着雄厚实力的小说作者，只是还“养在深闺人未识”，当然还是颇有名气的，也有评论家写过推荐文字，仅仅未成气候而已。我相信，放在我面前的这本小说校样，成书出版以后，这位多产、优产，且中长短篇小说、纪实文学、各类剧本几乎全能的作家，一定会有自己不少的读者群。

贝鲁平的小说，我看最大的特点是叙述中不带火气，淡雅中又总是引人入胜，可读性极强。显然这是位会讲故事的人，也许现在会讲故事的莫言得了诺贝尔文学奖后，以前那些对会讲故事的人鄙夷为俗气的论调，已经不再有市面。而在小说界，以前确实是不认同只会说故事的作者。但我始终认为小说要好看，须得有故事情节，你的手法再前卫，也不过是拿来为小说服务的，否则就是像教师爷仅会玩弄几下花腿绣拳而已。与莫言一样，贝鲁平在小说创作中，强调故事情节，强调塑造人物。而且他的小说，故事生动，情节曲折，有的让你走进去却走不出来；有的让你忍俊不止、再三回味。

贝鲁平会讲那么多故事，当然不是偶然的，这与他有厚实的生活基础有关，早些年，他为了创作都市单身人士的形象，曾经去参加那些单身俱乐部组织的活动，与形形色色的人打交道，那些生活在不同层次的大龄男女、离婚男女，给他提供了源源不断的创作素材，加之那时候他本身也是一个单身汉，有这个资格与那些单身男女接近。所以后来写出了一本脍炙人口的长篇小说《离婚男女》。我也曾随他进入那个社交场合，很温馨也很喧闹，切切实实感受到我们社会的另一个侧面，也强烈感受到对于那些大龄男女、离婚男女，全社会都要给予一定的关爱。我们的作家，应该像贝鲁平这样，将生活的触角伸向民间，伸向底层。较之于华灯初上，车水马龙的淮海路、南京路，那里是另一个大上海。几十年来，贝鲁平始终坚持写都市小说、市民小说，其描写内容极其贴近人们的现实生活，这样的追求是难能可贵的。

无疑，在贝鲁平身上是有着至深的平民情节的，他是从平民居所里走出来的，最初的创作条件十分艰苦，一家人蜗居在一间小屋里，又挤又窄，甚至放不下一张写字桌。我也曾是这样“躲进小楼成一统”、“管它春夏与秋冬”的坚持文学创作，有着这样的体验。理解他，也懂得他，由衷地感到他能取得今天这样的硕果确实不易，除了本身的才气，还得靠勤奋，靠坚忍不拔，靠信念。

作为朋友，其先我确实认为，贝鲁平如此执着专攻于颇有海派特色的都市小说，毕竟小题材的创作一时很难有什么轰动效应的。但他专心于此，不为所动。后来当他一本一本陆续出版的小说放在我面前，并且让我读了，发觉了有着不小的审美空间，感受到他的小说里，尤其是那些短篇小说，小小的天地中有着大大的世界，每一篇都是个五光十色的万花筒组合，变幻出人间的风情、社会的民生、都市的色彩……丝毫不夸张地说给他的小说的艺术魅力征服了，我相信，这本小说集出版后，会有更多的像我一样的贝鲁平小说的粉丝。

写到这儿，最后还想向评论界大声呼吁一下，有必要坐下来，对贝鲁平的小说创作探讨一下、研究一下，几十年下来，他已塑造数百个栩栩如生、有血有肉的人物形象，而从生活中提炼的故事更具可读性，让人回味遐思，或许这称得上是上海文坛独特的“贝鲁平现象”，因为也只有他就像天津的泥人张一样塑造都市下层人物，只不过他用的是笔，让一个个呼之欲出的小说人物，走上上海的文坛，走上中国的文坛。

2012年是贝鲁平的创作年、丰收年，在已出版的两本长篇报告文学后，又整理出一本中短篇小说集（其中百分之八十以上已经发表），作为老朋友在分享他的丰收喜悦后，也衷心祝福他在新的一年，在推出《活着就是天堂》这本小说集的这一年，有更多的好作品问世。

**朱金晨**

（作者为中国作家协会会员、上海作家协会理事）

# 目录
CONTENTS

# 生命中的第一吻

我是一个性格内向的男孩。我记得我妈喜欢看言情电视剧，尤其是韩剧。有时候我跟着看，小小年纪竟变得多情善感起来。后来我妈离家出走，可能是有了外遇跟人私奔了。最后她跟我爸离了婚，这给我的打击不小。此后我感到很孤独，常常一个人冥思苦想，终于熬到十六岁，感觉上自己已经是个大人了，就希望有个女孩子跟我聊天，星期天像大人那样一同出去玩。而我跟女孩子在一起其实很腼腆很羞怯，平时不善于主动跟女孩子沟通，结果人家还以为我清高，所以中学时代没有一个女同学成为我的朋友。

你不会想到，初中三年级的时候，我就写过一首诗悄悄给我暗恋的女同学，但对方看后竟偷偷地把这私人的隐私泄露了出去，两句诗还被爱开玩笑的男同学写在了黑板上，结果传得全班都知道，我气得三天没吃饭，那些日子我几乎不愿再进教室，不愿再见到这个女同学了！幸亏班主任是个善做学生思想工作的心理咨询师，很有分寸地找我谈了心，才使这风波平息下去。而我再也不愿理睬那个伤害过我的女同学了，虽然初中毕业时这个女同学要跟我言归于好。

当我已经是高三的时候，我感觉自己越来越孤单，虽然书读得更多了，看上去很斯文也很有气质，但我不善于跟女孩子交往。就是因为初中时受过伤，所以，我总觉得生活中缺少点什么！有时我一个人长久地坐在校园的小河边思念。思念什么呢？难道我在思念那个暗恋过、曾伤害过我的女孩吗？这不可能。对一个男孩来说，一般不会思念伤害过我的女孩子，我自认为自从初中时发生过这样的傻事后自己成熟多了，不会再轻易地暗恋上一个女同学的。

父母离婚后，我一直跟父亲过，母亲再婚了，我很少去。如今父亲也结婚了，我本来是反对我父亲再婚的，但看见我的父亲带回来一双母女，而她的女儿李兰长得像影视明星，而年龄又跟我相仿（后来知道她比我大两岁）。我有点不知所措了，我心中暗暗说，“我也许会爱上她……”

由于我准备考大学，她在幼儿园也很忙，所以两人没有时间聊天。终于我考上大学放了暑假，她自然也有假期，见面的机会多了。可这些天来，我见了李兰就心跳加快，脸色通红，跟她在一起就情不自禁地感到拘谨，说起话来也感到紧张，以前从来也没这样感觉过……这究竟怎么了？我意识到问题非常严重，我心中明白，这样下去，我会失控的，做出伤天害理的事情来也有可能，因为我父亲和我的后妈工作非常忙，每天都早出晚归，所以，暑假期间我们俩经常在一起，有时她穿得很性感，这让我很难受，是的，我要控制住自己的情感。其实，自从她们母女俩住到我家后，我就对李兰产生了好感，那时我每星期回来一次，李兰又忙着上班读夜校，所以两人不常见面，可现在不同了，这是一个漫长的暑假啊！

理智会战胜情欲吗？我不得而知。我竭力克制她对我的诱惑，我就故意说出去有事，避免跟她单独在一起，其实我去同学那儿混了一天，但人在外心还在她身上，我还是在想她，她的形象在我心中挥之不去！当时我最大的愿望是能吻她一下，因为那时我已经十七岁了，还没有吻过一个女孩呢。

那天，我套了一件自己认为最漂亮的T恤来到客厅，见李兰不在，就去卫生间洗了洗。返身出来，见李兰房间的门半开着，全身的血液就沸腾起来，我不明白我竟然会这样。我朝她的房间窥视了一下，发现她穿着无袖背心，西装短裤，娇柔的身躯透露出性感的魅力……我双眼痴痴的就变得神不守舍了。

可李兰并不在乎我，当我不存在一样。我怯生生地叫道："李兰，早餐吃过了吗？"她说："早就吃过了，你总是这么晚起来，昨晚又上网了？"她看都不看我就出了房间。我嗅到了她头发里溢出的幽香，情不自禁地吸了一口。在她面前竟然失去理智，人变得恍恍惚惚，难道这就是初恋的感觉？有时，当我们俩的目光相遇了，我就故意避开她的眼神，羞涩得竟然会脸红。但我总是没话找话，聊些无关紧要的事情。

有一天我跟她聊了一会，她好像对我的话题不感兴趣，一声不响地回她的房间里不再出来，我感到很奇怪，焦灼不安地望着她房间的门，刚才谈话时美好的感觉烟消云散了。我感到自己有点傻。回忆刚才的话题，不过是谈了周杰伦的歌。难道她不喜欢周杰伦？那天我显得坐立不安、沮丧得要命。我不知道竟然会这样！因为在我的生活中从来也没这样感觉过啊！大约持续了四十分钟，我生怕她不再理我，不由忐忑不安地走近她房间，站在门前犹豫片刻才敲了敲房门。

门开了，她问我说："什么事？"我紧张得语无伦次了："刚才，我说错什么了……惹你不高兴？"她看都不看我说："没有哇！刚才你谈什么了？”

哎，她刚才竟然没在听我说话！但我还是感到释然了。也许是我神经过敏了，或者是自作多情了，难道她真的一点也不在乎我的存在和我对她的感觉？当时我脸上泛起一抹淡淡的红晕。她见我羞怯的样子，就笑了。她的微笑甜极了，至今我都难以忘却。她温柔地说：“好了，中午你想吃什么，我来做。”我双眼一亮，见她一脸笑容，并没责怪我的样子，我的情绪顿时开朗起来，忧郁的脸色舒展了：“还是我来吧，你想吃什么？”“随便啦，对了，冰箱里不是有水饺吗？”“好！就吃水饺，这方便多哩！”我激动地说。

饭后，李兰大约花了半个多小时，把自己打扮得娇媚靓丽、光彩照人。我几乎一直目不转睛地看着她。出去前她对我说，晚上她不回家吃饭了，不要等她，她要晚些回来。我神情恍惚地点点头，浑身不由颤抖了一下，脸色顿时苍白了，但我还是有点苦涩地笑了。我心中想，你这样出去，会吸引街上所有男生的眼球的……我隐约了解她好像是去约会男友，这让我妒嫉得要死。她没觉察到我情绪的变化，匆匆走了。

李兰一走，我感到失落不已，双眼直愣愣地望着她房间的门，周围的一切似乎不存在一样。此后，我不知道该干些什么了。整个下午，我竟然一直都在想她，想她裸露的胸部和匀称秀美的大腿，她的会说话的很酷的眼神，还想象她全身的每个部分，她的……我多想用手触摸一下她的身体啊，这是我梦寐以求的。可我现在还不敢，我不知道她到底喜不喜欢我。我意识到自己陷入一种从未有过的激情之中而不能自拔。我隐隐约约感觉到，这是一种青春的情欲，一种难以克制的青春骚动。我对她是欲念，还是爱情？我不知道。

我想我是爱她的，这难道就是我的初恋吗，爱上一个对我没有感觉的女孩？她会不会爱我？我真是疯了！

那天下午，我终于克制不住、悄然进了她的房间，我打量房间里她的每一件东西，目光便停留在书桌上玻璃镜框夹着的相片上了，这是李兰的彩色艺术照。她上身穿着鹅黄色的紧身上衣，上衣的下摆掖在灰蓝色的牛仔裤里，她的笑容里带着沉思。我默默地凝视她甜美微笑的面容，竟情不自禁地拿起贴在了嘴唇上，良久我才放下镜框。此时此刻我在她的床上坐了下来，发现枕边的胸罩，便盯视了一会，双手捧起了它，慢慢地放到了嘴边，我吻了又吻。随后我躺了下来，我觉得躺在她的床上，感到特别温馨。我想象和她躺在一起的情形，我感觉到了她的体温……屋子里静静的，我闭上眼睛，抱着她盖的毯子，毯子上幽幽的芬芳溢满了我的鼻子，我仿佛闻到了她身上的味道。多温馨的体味啊……朦胧中，我感到她就躺在身旁，奇妙无比的感觉。我想象我跟她躺在一起时接吻的情景。我全身热血沸腾，小东西挺了起来。满脑子的李兰，以及李兰美妙的裸体。现在，我的右手伸进了裤衩，强烈的生理刺激使我全身冒汗了……

我舒了口气，觉得刚才的体验美妙极了，全身也轻松了。我爬了起来，进了卫生间，冲起了淋浴。我自言自语，“刚才，我在她床上自慰了。真是不可思议啊，我是多么疯狂！但几天来我身上的焦渴缓解了。我是多么痛苦！我越来越想她了。上天啊，我向你祈祷，让我得到她吧！让她属于我吧！今晚她又跟那个男朋友出去了，我妒火中烧，恨不得把那个男孩杀死……

突然门铃响了，这时我已经穿好了衣服，我当即跳了起来，手忙脚乱地去开门。原来我的父亲王林下班回家了。王林见我一脸紧张的样子，问我出什么事了，我摇摇头说，没事，李兰不回家吃饭了，她说要晚些回来。

晚饭后，我看了一会电视，就下楼来到公共花园里，漫不经心兜着圈子。我感到这几天来有一种东西在折磨自己，以前从来也没有过。此时此刻，我的头脑里只有一个名字：李兰。这就是我的初恋，它来得那么强烈，那么凶猛，不可遏制。我隐隐约约感到有些痛苦，因为我意识到李兰这时候正跟男朋友幽会，我的心灵深处产生了妒嫉，却又有些沮丧。因为我觉得她对我并不当一回事，仅仅把我当个小弟弟看，仅此而已。可我多希望她的男友就是我啊……我想象我们俩在一起时的情形，当我回味着白天跟她单独在一起时的细节时，就有些迷醉、激动，却又有些失落……这种感觉对我来说，是多么奇妙啊！可此刻我却孤零零的一个人在小区花园里，我多渴望她能来到我身边和我共度良宵啊……现在我拿出一枚硬币，我想利用它来测试爱运，当我想好了正面就能得到她的爱时，我把这硬币抛向了空中，但让我遗憾的是，当这枚硬币掉在地上后，怎么也找不见了！

我回到了房间，打开电脑，在屏幕前坐了一会。我情绪焦灼，悲哀得不知所措了。为什么要爱上已经有了男友的李兰呢？这不是白白地浪费时间？真是太无聊了！但当我想起她，神情就显得痴痴的，我觉得在这个家里如果没有她，简直有点受不了了。现在，我终于在电脑屏幕上写了一首诗给她。我又反复修改几遍，才把它打印出来，我小心翼翼地把它折叠好了。我知道她还没回家，便来到客厅，悄悄来到李兰的门前，此刻我却不敢进去了，我在门口犹豫片刻，才把折叠好的纸塞进了门缝。

后来我才知道，李兰看了我的诗是怎么想的。她觉得我这个男孩太有意思了，竟然对她有这样的感情，还那么强烈！可这些天来她对我虽然有一点感觉，但不会朝这方面想的啊！其实她完全把我当成了小弟弟！她已经有男朋友了，这事我也知道，她认为对她有这种想法是很可笑的。可我认为她毕竟还没结婚，她跟她的男友今后还不知道怎么发展啊！最后她还是悟到了什么：即这些天来我跟她天天在一起，她又这么漂亮，还穿什么吊带背心西装短裤，穿得这么裸露，对一个青春少年来说，这诱惑力肯定是巨大的，我对她这么痴情，这是一个很重要的原因。

她第二天就主动跟我说话，说她理解我，懂得我，但她不能害我，因为她是我姐姐……最后她问我，眼下我的愿望是什么？我说我最大的愿望是能吻你一下，因为我长到十七岁，还从来没吻过一个女孩……结果她让我吻了一下。当时她还鼓励我把精力用在学习上……是的，这是我终身难忘的吻！也是我生命中的第一吻！她说她收下我的诗，希望我以后别对她想入非非。也许我的目光中有一种兽性？她也许看到这种目光感到害怕？当时我无地自容，回到自己的房间后，一夜没睡，我反省自己，我感到初恋的感觉已经结束，我的初恋是一场单相思，尽管前后不到一个月，但这一个月的青春的感情经历是我终身难忘的。后来没几天我跟我的同学们一起，去浙江富春江旅游，又后来就开学了，我去了大学。等到这年放寒假，我见了李兰不再激动，尽管在一个屋檐下，我跟她的已经关系恢复正常。

# 噩梦醒来

苏婷离婚后很长一段时间睡不好，为此她恨死这个勾引于维的女人了。她希望彻底忘了于维，忘了那个坏女人。可他们的身影常在她的眼前晃悠，尤其在夜晚，仿佛于维还像以前一样生活在她身旁。于是她买来一大堆 DVD 消遣，通过看影视剧忘了他们。开始时效果不错，起初看爱情的，不久看悬念惊险的，最后就看起了恐怖电影，一次当她看日本的《咒怨》系列后，吓得一连几夜不敢关灯睡觉。好像房间里布满了鬼魂恶魔……

由此她更睡不好了，或者就是噩梦不断。一次梦见前夫于维跟那个坏女人在一起寻欢作乐，便愤怒不已，冲上去跟他们拼命，不料他们见了她就迅即溜了，醒来才知南柯一梦。最要命的是白天上班她精神萎靡、反应迟钝、没有激情，上司已经提醒她多次了，如果这样下去会被炒掉的。她的心理压力更重了。于是她去医院就诊咨询，心理医生问明她情况后，认为她精神太紧张，太压抑，希望她别胡思乱想，忘了以往不快的一切重新开始，最后开了些镇静药给她。

星期天上午，苏婷正为自己准备早餐，电话铃响了，当她听到对方是前夫于维时，她的心跳几乎停止了。她一声不吭地听他解释，他告诉她他已经跟那个坏女人分手了，他向她承认错误，一切都是他的不是，他后悔离婚，他要向她忏悔，希望她理解他，他通过比较发现，当今世界最好的女人非她莫属，这是真心话，他以后再也不会跟别的女人交往了，只要她原谅她，他会痛改前非的……他絮絮叨叨说个不停，最后他恳求道，他准备晚上去看她，希望她能接纳他……她默应了。在听他解释的过程中，她有些感动，她想如果真能这样就好了，她会跟他重新开始，不过她只容许他犯一次错，既往不咎，跟以前的女人断绝一切来往，如果再犯她就永远也不会原谅他……刚才她这样想，却没在电话中说出来，她想反正他晚上会来，她要当面对他说清楚，同时还要让他写份保证书什么的……一时间她变得兴奋起来。她匆匆吃了早饭，就去了美容院，她要花半天时间精心修饰自己，她要让他仔细看看，她是多么漂亮，多么高雅，他离开她是多么傻。

花了四个小时才从美容院出来。去了一次菜市场，回到家反复照镜子，对着自己笑，又有了自信心，感觉真是太好了，仿佛先前的失眠与噩梦没有发生过一样。自从离婚后，还是第一次有这样的心境。时间已近黄昏，马上做晚餐，精心制作，全是于维平时喜欢吃的。

差不多是晚上八点了，面对一桌子的菜却没有胃口，因为于维还没来，她想给他打手机或发短信，思忖片刻却忍住了，她认为如此主动会让他看轻自己的。

又过去了两个小时，但于维还是没来。她此刻情绪开始低落，感觉上午接的电话是不真实的，于维根本没来过电话，是自己做梦跟于维通了电话，由此她伤心起来，感叹自己命苦，连丈夫也管不住，跟别人好上还来玩弄自己……她突然意识到明天又要上班，该马上躺下睡觉。随即她吞下了两颗安定，爬上床躺下。朦胧中一直在想于维，她胸口闷得发慌，几乎恨死他，渐渐地安定起了作用，她昏昏沉沉地进入梦乡。

不久，响起了门铃声，可她没醒来。不一会，门吱地一声被人推开了，进来一个人，他就是于维。他见苏婷已经睡着就笑了笑，弯下身在她的额上吻了一下，心中说，亲爱的，过去的一切都是我的错。我再也不会离开你了！对了，你明天还得上班，不该吵醒你。于是他去卫生间洗了洗，像没离婚前一样，蹑手蹑脚在她的身边躺下，不久就呼呼睡去。

迷惘中，苏婷在大街上找于维，突然看见他的背影，于是她紧追不舍，见他转弯抹角进了一户人家，她也随后跟了进去，隐约觉得自己在于维的情人家里，她的热血沸腾了。这时她看见于维跟那个坏女人躺在一起亲热，于维还望着自己狞笑，她当即疯了，怒不可遏地扑上去掐住于维的脖子，好长时间不放手。

清晨，苏婷被一阵闹铃声惊醒，她伸了伸懒腰却猛然感觉到身旁躺了一个人，仔细打量，却是脸色苍白没有一丝血色的于维，当她发现他的身体已经冰冷，口中没有气息，吓得魂飞魄散，她一跃而起，望着死去的于维尖叫起来，惶恐中她举起了电话报警……

# 死神降临

躺在病床上的周觉铭奄奄一息，刚才他疼得晕死过去，现在醒来就诅咒上天待他如此刻薄。止痛片根本没效果，杜冷丁到后来也不管用，癌细胞早已扩散。他叹息自己命运不好，为什么让他得如此凶险的恶病呢!？医生宣布他只能活三个月，如今已过去两个月，对他来说，他这两个月度日如年，生不如死。

现在周觉铭睁开双眼，见老婆杨虹坐在身旁呆呆地望着他，就对她说既然医院治不好他的病，就回家吧，他要死在家里！但杨虹不同意他回家，说医院总比家里强，至少他疼得死去活来时，护士会给他打止痛针。可他说在这里等死就像在地狱里受煎熬，病魔每时每刻都在折磨他……杨虹见他泪眼汪汪地盯着自己，全身不由一颤，又想到医院病床紧张、医生也曾劝他们回家保守治疗时，就答应了他的要求。

杨虹为周觉铭的病煞费苦心，不仅陪他去求过不少名中医，有几位老中医希望他接受保守治疗，即喝一段时间的中药试试，中西医同时治疗可能效果会好些，可他的病情非但没见好转，反倒越来越严重，此刻，当杨虹发现周觉铭到家后终于露出一丝微笑时，便感到很欣慰。

对周觉铭来说，一分一秒都是难熬的，癌细胞在啃噬他的机体，鲜血淋漓、铿锵有声，他几乎能听清楚。夜色降临后，他双目炯炯有神地盯住杨虹，他说他希望安乐死，要求杨虹帮助他进入天堂。杨虹吃惊不已，这不是谋杀吗？她可不想犯罪！就劝他说好好养病，坚强些再坚强些，兴许病魔因为他的坚强而退缩……可周觉铭说病又不生在她身上，她怎么了解他有多痛苦?！这时他开始呻吟起来，渐渐地变成揪心的喊叫，喊叫声惊天动地……每当他喊叫时，她的心就如刀割，惊慌失措不知道该怎么办才好。如果在医院里，她就会找医生给她老公打杜冷丁，此刻在家里她就拿出止痛片给他吃，他坚决不吃，他祈求地望着她说，如果吗啡能让他平静地进入天堂，他就应该尝试一下，他希望她能马上搞到它。

杨虹更吃惊了，难道吗啡真的能减少他的痛苦达到进入天堂的目的？如果真能这样倒也罢了，问题是他上瘾怎么办，就一直让他用下去？还有，怎么才能搞到吗啡呢？她对此一点都不熟悉，而且这一阵为他治病，家里的钱用得差不多了，那里还有闲钱买吗啡？她摇了摇头，说她不可能给他搞到吗啡，而且吗啡是毒品的一种，她根本不知道去哪儿搞到这东西……

他用企盼的目光看着她说，他问过朋友，如果身体已经无法承受病魔的戕害，注射一次吗啡就可以解除痛苦，他就想注射一次，他不想把身体上的痛苦带到阴间，否则他将死不瞑目……他泪眼汪汪地望着她说。

杨虹沉默了。如果不能满足老公临死前的愿望，她心有不安。如果答应他的要求，这无疑是在做犯法的事……真是两难啊！但她是爱老公的，老公也是爱她的，结婚这么多年来，老公第一次向她提要求，而且是在临死前夕……想到这儿，她感到自己应该毫不犹豫地满足他的要求、而不能再让他失望了，现在她撕了一张餐巾纸擦干了他的眼泪，好吧，我去想办法。

听她答应了，他的眼角才露出一丝笑意。

杨虹通过朋友，在一家夜总会搞到了那种东西，还请教了用法，当她回到周觉铭的床前、发现他双眼露着恐惧和害怕、龇牙咧嘴地望着她时，当即就把它取了出来，周觉铭眼睛一亮说，老婆，快点，我等不及了！杨虹几乎闭着眼睛把吗啡注射到他身上。顷刻之间，他眼神中的恐惧和害怕消失了，代之而起是那种不常见的安详，她见他渐渐地进入了梦乡，也就感到欣慰，也许，今晚她老公可以睡个安稳觉了！

周觉铭一夜没有呻吟。一觉醒来，周觉铭感到自己有救了，早知有这东西注射到身上可以解疼，何必去医院受罪？如能这样一直维持到死，也就心满意足了，管它还能活几天啊！

周觉铭情绪好多了，杨虹开始两天还满足他，可没多久，她手中的钱就花光了。周觉铭用商量的口气说，可以把房子作抵押，到银行里贷款。杨虹难以理解地说，这怎么行，家里就只有这么一套房子啊！周觉铭说，又不是把房子卖了，以后有钱还清贷款就是了！杨虹望着他祈求的目光想，这房子原本就是他的，如今他用上这东西，晚上没见他撕心裂肺的呼唤了，而且他说他像进入天堂一样，看来这东西确实有效果。再说，他还能活几天？这样一想，就答应了他的要求。

杨虹向银行贷了款，此后一段时间里，周觉铭每天都得注射，人越来越瘦，吃得越来越少，睡得越来越长，梦也越来越多，每天昏昏沉沉，醒着没几个小时……杨虹见他如此，就知道他的时间不多了，就日夜守在他身边。

周觉铭这一会迷迷糊糊地醒了，他像电影镜头那样回顾自己短暂的一生，学生时代，他也算是个文学青年，曾梦想这辈子当一个大作家，但努力几年，发现这条路根本走不通就歇脚了。后来大学毕业踏上社会，换了一家又一家公司，三五年后总算安定下来，也有了积蓄，即想自己办公司当老板，可就在雄心勃勃当儿，却有了恋人杨虹，一时间两人便爱得死去活来，哪有时间自己办公司？婚后的日子虽说美满，但削弱了他的野心，再也没有自立的理想，此后为了保住饭碗，在公司里兢兢业业，一丝不敢懈怠，一晃又七八年过去了，倒落下这不治之症。病后尤其这几天他感悟到人活一天跟活一年是一样的，活一年跟活一生是一样的，只要活的如意自在就好……他的梦境又开始了：他出版的书《活着就是天堂》上了排行榜，这当儿他正在一家书城签名售书，求签者排起了长队，他瞥了一群沸腾的读者，看见他们对他敬仰的目光，为此他非常得意满足，这时一个温柔的女孩出现在他面前，展开书页请他签名，他瞥了她一眼，发现她美若天仙，不由心中一动，心想自己这一生还没经历过第二次恋爱呢，如果再恋一次该多有意思……刚有这念头，这女孩就主动约他出去喝咖啡了……他兴奋地答应了。此后的一段时间里他就跟女孩恋上了，就感觉自己是进入了天堂。

不久他有了自己的公司，而且发展得不错，越来越强，此外，女孩提出所有的要求他都能满足她，他为她购置了汽车、别墅、还雇请了保姆，此后他就跟女孩住一起，两人如胶似漆、生活过得有滋有味。

这天他正在床上跟女孩亲热呢，突然听见远远地有人呼唤他的名字，这呼唤声好熟悉啊！他跳下床要去门外看看，究竟是谁在喊他的名字，刚想出去，却被女孩按住，女孩要求他一直呆在她身边，什么地方也不能去！他顿感动弹不得，他想说什么，却浑身无力发不出声音。这时他感到呼唤声越来越近，几乎就在眼前……现在他听清楚了，是个女人的声音，多熟悉的声音啊！他想睁开眼睛看看这是个怎么样的女人，但他感觉自己的眼皮被什么东西粘住了，就是睁不开，这时女人的呼唤声变成了哭泣声，他终于想起来了，这是他的老婆杨虹！她为什么要哭？是不是为他背叛她在外包养情人而哭？他意识到自己确实错了，老婆待他不错，他却瞒着她在外寻花问柳！此时此刻他希望跟老婆解释清楚，跟她重归于好！他欲再次睁开双眼，用足力气也仅是睁开一条缝，他看见她泪痕满面，刚想说什么，但他的双眼仿佛又被什么东西蒙上了。他知道这是女孩在作祟，便奋力从女孩的怀中挣脱出来，他跳下床冲出别墅，他想看看呼唤他的老婆杨虹还在不在门外……杨虹这会在哪儿？这时他听见杨虹的呼唤声仍在继续，他就循着声音向前飞奔而去，他觉得自己身轻如燕，他觉得自己已经飞起来了，顷刻间就飞到杨虹这里，眼前一幕让他震惊不已，他看见自己正躺在床上，双眼紧闭，脸色苍白，杨虹正默默地站在床前，呼唤他的名字，但他一动不动，他感到奇怪，急忙来到杨虹的跟前，说，杨虹，我在这儿！我回来了，你喊什么啊？但她仿佛没有听见他说什么，他急了，猛推躺着的自己。

杨虹见周觉铭动了动苏醒过来，才舒了一口气，她用餐巾纸擦了一下他的双眼，刚才她打了120，救护车马上就要到了，此时此刻她希望他在医院里被抢救而不是待在家里死去……

回到现实中的周觉铭感觉浑身酸痛，而身体却如瘫痪一般不能动弹，他望着杨虹竭力回忆刚才的梦境，一切似乎都想起来了，由此他脸上露出歉意的微笑，此时他动了动嘴唇说，我要回去，回到我的那个天堂般的世界……杨虹说刚才吓死她了，他昏死过去，她再也不敢给他注射这种危险的东西了！她告诉他，救护车马上就到，最好的办法是送他去医院。他的双眼湿润了，他摇头说他不要去医院，他就在家里呆着，快，再给他注射一些！他祈求道。这时小区里响起了救护车的鸣叫声，不一会门铃也响了起来，她打开房门，两位救护人员出现在房间里了，她把他们引向床边，救护人员把担架放到床边，周觉铭用力摇头说，我很好，我不去医院！救护人员望着他，不知如何才好，杨虹见他泪痕满面地望着自己，心一软，跟救护人员解释一番并结了账，就把他们打发了。周觉铭感激地望着她，喃喃说，“这样真好，我一点都不感觉痛苦，活着就是天堂……快，再拿些给我注射……”杨虹迟疑片刻，还是满足了他的要求。不一会，当她望着他安详地进入梦乡，才放心地回到自己的床上躺下。

周觉铭感觉自己身轻如燕，想马上回到自己的别墅，去跟女孩见面。可当他感到自己又开始飞翔起来时，他想到刚才没有跟杨虹告别，便返身进入她的房间，见她正在睡觉，就轻轻地呼唤了一声，杨虹条件反射地坐了起来，呆呆地望着他。他说，我得走了。我的作品《活着就是天堂》在那儿获得了巨大成功，没你的支持我是不可能达到这样美好的境界。

谢谢你这一段时间对我的体贴照顾！说罢他转身就走。他要立刻回到他的世界去，他要回到他的别墅去跟女孩相会，但这一点他不好意思跟杨虹说……现在，他身不由己地向天空飘去，直至消失在茫茫的宇宙中。

杨虹躺下后做了一个梦，她梦见周觉铭来到她床前告别，她见他一脸微笑，很满足的样子，她放心了。当她刚要对他说什么时，他突然消失得无影无踪……现在她苏醒了，家里死一样的寂静。一种无名的恐惧感向她袭来，此刻她却不敢再进周觉铭的房间，她拧亮灯，再一次拨通了 120 的电话……

# 分　手

徐晶在一家旅行社门前等未婚夫杨格，正等得不耐烦，突然接到他的电话，他告诉徐晶说，他有事不能去旅行社了，还提出了推迟婚礼、取消蜜月旅行的计划。徐晶震惊不已，心想这几个月来，一切都准备得差不多了，不仅订了酒席，还通知了亲朋好友，且请柬也已写好，即将发出，怎么说变就变了?!

晚上，徐晶来到杨格的住处，想对他兴师问罪，可见他垂头丧气的样子觉得很奇怪，问他究竟发生了什么事，为什么无缘无故地取消预定好的计划？杨格表情怪异地敷衍几句，徐晶不满意他的回答。徐晶追问，他正要回答，这时他的手机叫了，是一个女的打给他的，虽然谈了一些工作上的事，但还是引起了徐晶的怀疑。等杨格关上手机，徐晶不依不饶地追问，杨格像是变了一个人，他沉默寡言，不苟言笑，这使徐晶越看越生气，由此冲突开始了。徐晶怀疑他真的有第三者，而且就是刚才打给他电话的女人，要不怎么会取消预定计划呢？此后杨格开始解释，可越解释越解释不清，徐晶气得差点哭了。

徐晶见杨格不肯说实话，就吓唬他说要跟他解除婚约、断绝关系。杨格想告诉她实情，但话到嘴边，便忍住了，因为他不能说，说出来会刺激她，有可能失去她，这事他要瞒着她。当初为了工作她帮了他不少忙，而今他却被辞退，如果一年半载找不到工作，接下来的房贷怎么还?！他必须马上找到新工作，要不马上就拿不出钱来还贷了！所以结婚生孩子只能缓一缓，更别说旅行度蜜月了，一点心情都没有。现在他面对徐晶质问只能用一些无关紧要的话来搪塞她，安慰她，不料这样使她更为怀疑。这时他的电话又来了，这是谁的电话呢?!

杨格迟疑片刻才接电话。这些细节，徐晶都看在眼里，当她听着他跟一个女的说着什么时，她坚定了自己的想法，她确定，杨格一定有外遇，才故意推辞婚约，才取消蜜月旅行，才支支吾吾敷衍她……当她见他搁下电话时，她霍地爬上窗台，她大声喝道，如果不对她说实话她就跳下去……杨格惊呆了，没想到未婚妻的性格竟然如此刚烈，这怎么生活在一起？今后难免出事，如果真结婚这就难办了，手续虽然方便但肯定留下后遗症，幸好他们还来得及分手，他们毕竟还没来得及去民政局登记……他的脑子在飞转，他想，此时此刻他必须让她安静下来。

终于，他慢慢地靠近了她。他觉得此时此刻应该把一切说给她听，既然想分手，就什么都无所谓了。随后他向她说出了一切。她欲哭无泪但她明白了，理解了，就这么简单，当他把她抱下窗台时，她的气也早已消了，现在她对他有了一种新的看法：即他又失业了，如今让自己满意的工作有多难找？这是个现实问题，眼前这个男人，老是跟上司、同事处不好关系，老是被辞退，这是他的性格问题，也许他一辈子再也找不到工作了！今后的生活怎么办？孩子呢？幸亏还没孩子！一瞬间她的思绪难以停下……以至使她考虑是不是还要跟他结婚并蜜月旅行?!

一个星期后，他们悄然无声地分了手。

# 色　　惑

## 1

邵文安刑满释放，发现自己的家已经回不去，就傻了。本想他前妻蔡雨晴会看在孩子面上接纳自己，现在看来是在做梦。原来他的老房子早已给前妻蔡雨晴卖掉了，而蔡雨晴也不知去向，为此他几天吃不下饭，睡不着觉。怎么可以这样呢？这也是他的房子啊，这太让人愤怒了！

他花了好多时间去找她，让他纳闷的是他竟然找不到她的行踪。现在的问题是他没地方住，只能回父母的老屋了。老屋很破败，几乎不能住人，不知猴年马月才能动迁。可母亲还健在，见到七十多岁的老母，他有点辛酸，自己本该照顾她的，希望她能过上好日子，住进好房子，但他吃了三年官司，心有余而力不足，一点办法也没有，后悔是没有用的。谁让他犯法呢，以至老婆也离他而去。刚从监狱回来的他，面对母亲慈祥的微笑，心中就难受，就感到这辈子活得太窝囊，太对不起母亲了。但母亲并不因为他吃过官司没孝敬自己就把他当外人，还是热茶热饭地款待他，见他没有地方住，就挪出一块地方为他铺了床。

下一步该怎么走，在这简陋的破屋中，他思考了好多天。那老房子至少卖掉一百万，他就可以分到五十万。然而这一百万给前妻独吞了！更让他心寒的是，自从监狱出来许多生意上的朋友都躲着他。他感到很伤心，眼下需要解决的问题是生存和房子，对他来说，找工作和买房子比登天还难。他呆在房间里，一动不动地冥思苦想，想到了死，还为自己设计了许许多多的自杀方法，一副恍惚的样子，让他老母亲慌了手脚。再三劝他出去走走，别老是呆在家里胡思乱想，在家里呆着要生病的啊！

去哪儿走走啊？想起了朋友李雷，就拨通了他的手机，没想李雷早把他忘了，愣了半晌才把他想起来，却对他非常豪爽，当天就约他出去喝酒，他十分感动，觉得这世界还值得留恋。邵文安在见到李雷那一刻时，这样想。李雷点了许多菜，李雷说如今生意不好做，做什么都亏。眼下他的开销又大，家里的一切都由他来，儿子读书，老婆住院等等，感到生存是越来越难了。邵文安还没有说什么，李雷就说了一大堆丧气话。邵文安此刻听出来了，原来李雷是担心向他借钱呢。其实他根本就没想到要跟李雷借钱，只不过想请教他一下，该怎样找到前妻蔡雨晴？虽然对李雷的感觉一百八十度转变，但还是说出了自己想了解的情况。

李雷听了他的不幸遭遇深表同情，他说这事其实很简单，只要问一下她原住地的派出所，就可以找到她的行踪。邵文安摇了摇头，说他已经去问过，他们说她已经搬走了，而且现在的老路许多已经没有了，这一年一个样，这城市发展真是太快了，确实不知她搬到哪儿。李雷想想也是，说，那也有办法，可以找私家侦探也就是商务咨询公司了解她的去向。邵文安想，也只能请私家侦探去试试了，可如何联系私家侦探呢？李雷告诉他，他曾经委托过一家事务所调查过一个人，名片在家里，联系好了会告诉他的。

## 2

邵文安迷迷糊糊地躺在床上，电话就叫了。是李雷打来的，告诉他那家事务所的电话号码。他问李雷调查这样的小事要花多少钱，李雷说，不会太多，看调查的难度而定，而他的事情其实是非常小的，也就是小事一桩。

算起来，邵文安跟蔡雨晴结婚九年，他工作出色，做人厚道，上下关系处理得体，且从一个小小的办事员升到科长，虽然是在街道的民政科，却也是权力不小，几乎每天都有找他帮忙的人，那时候他才三十七岁，正是一个男人的最佳年龄，自然也经不起美色的诱惑，结果跟一个三十来岁的离婚女人艾娜好上了。艾娜年轻漂亮，但辞职后还没有找到合适的工作，所以在经济上他一直照顾她。有了情人的男人，花钱如流水，不到半年，积蓄花得精光。此事自然被蔡雨晴发现，蔡雨晴不是吃素的，跟他吵得天翻地覆，全机关的人都知道他的风流韵事，这事在一般公司里没什么，而在机关里就是生活作风问题了，终于领导找他谈话了，并且认为他的问题很严重，希望他以家庭为重，跟那个女人分手。谈话时他虽然满口答应，然而他阳奉阴违，夫妻俩过不下去了。起诉后，法院将孩子和房子都判给了蔡雨晴，蔡雨晴有居住权，但房子如果作价出售必须二分之一的房款给他，当时他搬了出来，也没向蔡雨晴要房款，毕竟当时房子没出售。没想他进了监狱，这房子竟然给前妻悄悄卖掉，而钱没给他，如今他就想把应得的房款追回来。

他以为一离婚就可以跟艾娜结婚，但好事多磨，他们共同生活了一段时间竟然也有了裂痕，原因固然很多，但症结是结不结婚的问题，其实艾娜并不想跟他结婚，只想做他情人，即保持原来的样子，不要每天在一起。有一次他们为了结不结婚而吵了起来，艾娜铁了心，说暂时不想跟他结婚，如果要结婚的话，至少要为她买一辆车，而且要高档车。他愣住了，他没想到艾娜的要求越来越高，当然他一时是拿不出这笔钱为她买车的，结果这事不了了之。最后艾娜答应跟他保持情人关系。

有一次她告诉他，她已经离过婚了，再婚的话，她得全方位的考虑。什么叫全方位的考虑？是不是要有车有别墅才能结婚？应该是的。他后悔莫及，离过婚的女人怎么就这样成熟势利呢？如果没有她他是不会离婚的啊！便认为是她破坏了他的家庭。有一阵他竟想跟艾娜分手了。但艾娜似乎不愿意，至少她可以在他身上拿到钱，虽然不多，每月仅二千来块。他试过一次，看看她是不是爱自己，当他发现如果他不常给她钱，或他不给她生活上的补助，她是不会跟他上床的。由此他想，这不是变相的卖淫吗？而他对她来说只是一个熟悉的嫖客而已，为此他十分伤心。由此，邵文安坚持逼她跟他结婚，但艾娜对这问题似乎很坚决，最终艾娜受不了他的纠缠离开了他。当他孤零零一个人时，他感到自己很傻，就从另一角度想，为什么一定要结婚呢？难道结了婚就跟这个女人稳定了？两人的关系就牢不可破了？

此后没多少日子，就有人举报他，揭发他受贿，还贪污街道里的钱。检察院一调查，结果真的调查出他的几桩受贿和贪污案来，最终被判了三年徒刑。他不知道这是哪个女人举报的，他的前妻还是他的情人？或者跟他有仇的人？但他想想自己也没有什么仇人，由此他恨透了这两个女人。如果不举报，他怎么会出事呢？仅仅是十来万元啊！为了十来万元他坐了三年牢！还得退赔出来，而且这点钱在他眼中根本算不了什么。可三年过去了，天大仇恨也就在监狱中消磨掉了。生活就是这样，时间能消磨掉一切。不想过了没几年，他刑满释放，这房子竟然给前妻卖掉，他的恨又开始复燃了。

不久，通过私人侦探的调查，他找到了蔡雨晴。

## 3

蔡雨晴没想到自己会被前夫邵文安找到。虽然许多年过去了，这离婚的事还记忆犹新。那时她确实恨透了邵文安，他怎么可以背叛她呢？作为一个国家机关干部应该感到羞耻！可他轻描淡写地就想蒙混过关，这绝对不行。这些年来她待他是多么体贴入微的啊，可还是出了让任何一个女人难以承受的事。她首先提出离婚，其实她只是吓唬他一下而已。本来她还以为邵文安会不答应的，在她看来，毕竟他们已经结婚九年，且又有了孩子，怎么可以说离就离呢？如果邵文安向她讨饶，她是考虑原谅他的，不过她要他发誓跟那女人断绝关系，只要他回心转意，什么都可以商量。可事态的发展让她难以预料，她没想到邵文安爽快地答应了她离婚的要求！她后悔了，但话一旦出口，就难以收回，她就是这样的女人。她发现邵文安已经彻底被那女人迷住，早就想跟她离婚时，她就更恨他了。其实，她若没闹到他单位，搞得满城风雨的，他可能会回心转意的。可这事没那么简单。当时她认为自己太便宜他们了，因为离婚对他求之不得，说明他早就不爱她了，没想到他已义无反顾，坚决跟她离婚……她越想越气，离婚不久就伺机报复。于是请人写了举报信，虽然是匿名的，而有关部门还是非常重视。最后查出邵文安真的犯了贪污受贿罪，被判刑进了监狱。结果是这样她没有想到，她有些后悔，扪心自问以为这事做得太无情了太出格了。但仔细想想还是感到很解气。

这几年，她离开公司做起了婚纱摄影生意，勉强能够维持。当她发现炒房产也能致富时就动起了房子的念头，一切是那么的顺理成章，当她把伪造的邵文安笔迹在交易中的协议书上签字、通过房产交易卖出去后，她将这笔钱买了一套新房，如今新房的价格涨了百分之二百，她沉浸在成功的喜悦中，而不想邵文安竟然找上门来。但她不想让他进屋，她要求他在楼对面的茶室见面。他无奈地答应走出了公寓。

“为什么躲起来不敢见我？”邵文安问道。

“我没有躲起来，只不过搬了新居而已。”她回答道。

“为什么不在以前的公司里干呢？”

“我从公司里出来了，现在我没有工作。”她不耐烦地说。

“为什么把房子卖了？我没有答应过你啊！”

“我在信中问过你，这房子我可以处理的，你回信提到过。”

“但当时你并没确定卖出去”，他叹息一声，“我还提到过要跟你复婚的啊!”

“是啊! 所以我就把它卖了。”她说。

“老房子要值一百来万,至少你得给我五十万。”

“我没有钱。我买了新居还欠债呢!”

“我们有协议的,如果房子卖了,你得给我一半的钱。”

“我现在没钱。”她坚持说。

“对了,我没有签字你怎么卖掉的?”

“你的信。我给房产中介看了。”

“那房子卖掉多少钱?”

“当时房价低,卖掉没多少钱。”

“到底是多少。”

“一百来万吧。”

"那你就给我五十万,要不我不会罢休的!”他激动地说。

“我说过,我现在没有钱。”

“这房子当初是我单位分给我的啊!”

“错了,是分给我们俩的,那时我们是夫妻。后来才办的产权证。”

“所以,你应该把卖房款分一半给我,当时法院也是这样判的啊!”他叫道。

“我现在没有钱。再说另一半卖房款为儿子读书准备的。这几年儿子读书都是我用的钱,你管过吗?”

“那么说,你一分钱也不给我啦?!”

“你是个男人,有本事自己去赚钱才对! 不应该跟一个女人斤斤计较。何况,我也是为了我们的孩子!”她理直气壮地说。

“这不是斤斤计较,我现在没有地方住啊!”他喊道。

“你可以住到你妈那儿去，还可以照顾你妈。你以前不也是这样的？”她也叫道。

“那是就要动迁的老房子，破败不堪怎么住人？”

“你妈不是住得好好的？”她冷笑道：“我没时间跟你闲扯，我先走了！”说罢就叫了买单付了钱。

“用不着跟我客气。”他耸耸肩说。

她微微一笑，向门口走去。

他急忙起身拦住她：“就这样走了，问题还没有解决呢！”

“我没什么好跟你说的。”她已经走到门口。

“我可以见见小泉吗？”他突然想到了他的儿子，恳求道。

“小泉不想见你。”

“为什么？”他感到惊奇。

“因为你儿子不想见一个被判过刑的父亲！”她鄙视地望了他一眼，再想说什么却咽了下去。她见他在想心事，就倏地夺门而出。她匆匆回到公寓门口，吩咐刘保安说，刚才进小区的那个男人，以后不要让他再进来。刘保安看看她，点头答应了。

蔡雨晴回到家里，男友宋敏方已经在等她了。宋敏方离婚多年，由于单位不景气早就下岗了，后来搞上婚礼摄影这行当，主持婚庆典礼什么的，忙起来倒也十分赚钱，尤其在五月十月这两个季节。跟蔡雨晴好上后，就离不开她了。两人虽然没有办过结婚证，却也同居了好长时间，宋敏方想跟蔡雨晴结婚，而蔡雨晴坚持说再磨合一段时间再说。实际原因是蔡晴认为宋敏方的经济状况实在太差，且还有一个孩子，孩子开销太大，虽然平时不计较，但时间长了，吃用都是蔡雨晴的，心中难免有想法。其实宋敏方认为她跟他做个情人混日子是可以的，但结婚要复杂得多，是另一回事。蔡雨晴的这些想法宋敏方心中自然再清楚不过。而这次当他看到蔡雨晴的前夫邵文安来找她时，他心中就有些不平衡了。他想也许为了孩子，他们会和好起来的，自己可能要被一脚踢开了。蔡雨晴一回家他就迫不及待地问道，跟你前夫见过面了？谈得还投机吗？宋敏方话中有话。蔡雨晴听出来了，她笑了笑，表白道她只有恨他，怎么回再跟他走到一起呢？他将信将疑地望着她，说，那我就放心了。

邵文安见蔡雨晴突然离开，且又不让他见儿子，气得吐血。心想你把我当什么人了？我是这样好欺负的吗？把我的房子卖掉就这样打发我？把我的儿子抢过去就这样完了？连看都不让我看一眼！这简直太过分了，我跟你没有完，站起身又来到她住的公寓门前，但这次刘保安拦住了他，不让他进去，问他找谁？他说找蔡雨晴，她是他前妻。刘保安说就是她让我们不让你进去的！你要找她麻烦吗？你想杀了她吗？邵文安说，自己不是杀人犯，他们是家庭纠纷，一切后果由他自己负责，说罢坚持要进去。两人就吵了起来。这时许多人围观上来，刘保安见影响不好，就说，你自己打电话上去，如果她说让你进去的话，我们就放人。可这时邵文安见他不注意，溜了进去。

他再一次来到蔡雨晴的家门口不停地按门铃，半晌蔡雨晴才开了门，知道是邵文安，说，你又来干什么？不是谈清楚了，以后别再来烦我？他说，如果不给五十万的卖房款，他今天是不走的。说着，他硬是挤进客厅里。他见房间豪华，装修气派，不由羡慕地打量了一番。房间里很宁静，他突然想起了儿子，就说，小泉在吗？她说，小泉在学校里，他是住读的。

他多想去看看自己的儿子小泉啊！他突然感到一阵说不出的滋味，本来这一切应该是他跟前妻两人的，而现在这都不属于他，他有点恨自己，感到那时确实有些荒唐，为了一个野女人竟然背叛妻子。现在，他感慨万分地说："我在监狱里一直想你和小泉的。"

"别来这一套。"她不屑一顾地说："都过去了。"

"是的，都过去了。但我的房款你应该给我。"

"我刚才不是说了吗？我现在没有钱，而且这几年孩子是我带大的，你一分钱也没有拿出来过，以后读书的开销越来越大，你是个男人吗？怎么跟一个女人计较起这些来了？"

沉默。

"你走吧。如果你是个有素质的男人，就好自为之吧！"

这话说得冠冕堂皇，但邵文安感到很刺耳。他说，如果今晚不给他一个结果，他是不会离开这儿的！话音刚落，宋敏方就出了房间进了客厅，他刚才悄悄跟几个朋友打了电话，他们一会就来，他要弄点颜色给邵文安看看，如果他再来骚扰，就没好果子给他吃。现在他望着邵文安，一字一顿地道："你走吧。这里是私人住宅，如果你再捣乱，我就不客气了！"

邵文安瞥了他一眼，根本不把他当回事："这是我跟她的事，与你无关。"

宋敏方双眼一瞪，说："你走不走？"

邵文安说："我就是不走。"

宋敏方说："那好吧，你等着。"说罢他回了房间。

蔡雨晴说:“你还是走吧,有什么事以后再说。”

邵文安说:“不解决我是不会走的。”

蔡雨晴不再理他,进了房间,问宋敏方该怎么办?宋敏方说,我已经请了两个朋友,他们马上就到。刚说完,门铃就响了。宋敏方急忙去开门。进来的正是他请来的两个朋友,他悄悄地在他们耳边说着什么,随后两人就气势汹汹地来到邵文安面前,问他什么事?是不是想来敲诈?其中有个人还猛烈地推了他一下。

邵文安见这种阵势就有点不知所措,但也不甘示弱,三言两语把情况说了。最后说,如果不解决的话他今天是不走的。

宋敏方毫不迟疑地说,“你这套办法是没用的,我们可以报警。”他推了推他,“我们也可以揍你一顿,然后把你扔到垃圾桶里去,到那时你后悔就来不及了!”

这时蔡雨晴也出来了:“快走吧,好汉不吃眼前亏。”

“好,咱们走着瞧。”邵文安说罢就朝门口走。

宋敏方跟两个朋友丢了个眼色:“好,我们送送他。”宋敏方他们三个跟在邵文安的身后,直到走到公寓大门外,宋敏方才叫他的朋友们动手。

邵文安没想到他们真的会揍他,他被打得趴在地上,他们警告他,如果再敢骚扰,就打断他的腿。邵文安在地上哼了半晌,才慢慢地爬起,忍不住嘟哝道,这仇一定得报。

## 4

邵文安躺在床上养伤那一刻,想起了前情人艾娜,想起她，他的心中就有些激动。刻骨铭心的爱是不会忘记的，然而爱会变质的，在他看来，这爱已经被岁月化解了，烟消云散无一点痕迹。是的，他们曾经相爱在一起，但当他出事后，这个女人就在他的生活中彻底消失了，再也没有主动跟他联系过，就这么简单。你能相信这世界上还有什么真爱吗？自从他进监狱后就跟她失去联系，他曾怀疑是她举报他，他才吃了冤枉官司。但仔细想想又不像是她，如今不知她怎样了。他拿起电话，打她的手机，但她的手机已经停机了。这么多年来，邵文安在监狱服刑时一直希望她来看他，毕竟他们是有感情的，毕竟他在她最艰难的时候帮助了她。但他没有等到这一天，如今他刑满释放回家，除了老友李雷，几乎所有的朋友都断交了。在他的心目中，艾娜是他最最重要的朋友和情人，虽然没跟她结婚，但他们已经同居了半年多，这和结婚没什么两样，如果他没进监狱服刑，他们也有可能结为夫妻的。

现在当他翻着通讯录，找到了她表姐的电话号码，他思忖了好长时间才鼓起勇气，当他用颤动的手拨通了她的电话后，他告诉她，他想找艾娜，问她是不是有艾娜的电话号码？可对方说，她可不能随便把艾娜的电话告诉别人，他说他不是别人，他是她以前的男友啊！她说，过去是，可现在不是了。他问她现在她结婚了吗？她说，还没有。他突然灵机一动说，他欠她一笔钱，想还给她啊！她听他如此说，终于把艾娜的电话号码告诉他了。

他迫不及待地打了过去，当他听到艾娜温柔的声音时，喉咙口几乎被什么堵住了一般说不出话来，当她再次问他，她终于听出了那是邵文安时不由一阵紧张，她几乎没有想到他还会找到自己。她问他找她有什么事，她不欠他什么，他们早就没有了关系。他这时镇定了许多，他说，他已经出来了，他一直在想她，是不是可以见上一面。她说她这一阵没空，她现在很忙。他问她，在忙什么？他只是想见她一面而已，听她不吭声，就补充道，他想跟她商量一些事情，关于房子的事。她问，什么房子的事？这房子与她有什么关系？他说，有关系，如果他的官司打赢他就会给她一笔钱，是补偿她的，他觉得以前他太亏待她了。不过，现在他需要她的帮助，可电话中说不清楚……她犹豫片刻，答应跟他见面。

那时，艾娜刚跟前夫离婚，离婚的理由很简单，就是看不惯丈夫每天晚上老是盯住体育频道节目，在她看来这太无聊透顶，而她最最不喜欢的就是体育节目，为此她常常跟她丈夫闹别扭，后来摩擦升级发展成争吵。由此丈夫又买了一台电视机。但问题又来了，她不喜欢一个人看电视，她感到一个人看电视没有情趣，结果丈夫受不了艾娜的作派而跟她离婚了。她也没感到后悔，过不下去就离，有什么大不了的？本来她跟他结婚是被动的啊！离婚两年多，在一次聚会中认识了邵文安。那时她正好闲在家里无事，当然她在等待机会就业，还在读成人大专。虽然有空闲，却缺零钱化，而一开始邵文安对她就很主动，还经常邀请她出来吃饭，给她零花钱，没多少日子两人就厮混熟了。接着就成了情人。尽管她知道他是个有家庭的男人，但她无所谓，只要不让他老婆知道就好，不伤害到她就可以了，只要他待她好些就足够了，就这么简单。她感到她做他的情人很合适，因为在她眼中他只不过是一个极其普通的男人。如果她要再找男人，她就不是像以前一样轻率了。要有经济实力的，至少能给她买辆汽车。而情人无所谓，玩玩而已。

但没多久他们的私情就被蔡雨晴发现了。邵文安曾这样想，如果蔡雨晴当初原谅他的过错，不向他提出离婚，他是会放弃艾娜的，可他反复强调都没用。对于这一点，蔡雨晴根本就不相信。夫妻之间折腾了一阵，两人就离婚了。这结局艾娜都没有想到，她感到遗憾的是她没能劝住他，她曾经劝过他别离婚。结果却这样，为此她确实感到很内疚，毫无疑问是她破坏了他的家庭，如果没有她的介入，他们是不可能离婚的。

此后邵文安就向艾娜求婚了。艾娜说要让她考虑一下。当时她生活状况好多了，她已经找到了新工作，也蛮稳定的，跟邵文安的激情早已过去，感情已经平静下来，潜意识觉得自己对他没有什么新鲜的感觉了，邵文安只是个普通的机关工作人员而已，跟自己的理想男人还有距离。结婚后恐怕难以生活在一起。虽然喜欢过他，对他或许是一种感激，抑或是那种短暂的莫名其妙的激情，是一时的冲动，事实上这种激情也没能维持多久。她明白邵文安是爱她的，可她并不爱他，跟一个不爱的人相处能走多远？所以分手是必然的。她不敢再往下想。现在这事已经过去好多年了，当她发现她还没有摆脱他时，她有点忧心忡忡，她不知道该如何才好。

现在，艾娜跟邵文安见面相聚了。他们是在一家茶楼见的面，本来邵文安提出要去她家里看看的，但她不同意。当她一眼看见邵文安深情地望着自己时，不由感到一阵紧张。她觉得这种眼光怪怪的，仿佛要吃了她一般。她有些害怕了，希望这样的见面快点结束。

然而，既然见面就由不得她了。邵文安絮絮叨叨地告诉她有关前妻蔡雨晴的一切，说现在他走投无路，他什么都没有了，唯一的财产——房子，蔡雨晴把它卖了，又买了一套新居。他没有地方住，他需要钱打官司，他要请律师起诉蔡雨晴，希望她能帮助他……她见他目光炯炯地盯着自己，心中更不安了。该怎么办，是不是要给他一些钱呢?!

正这样想着，邵文安突然问道："你现在还一个人?"她本想说她已经有了男友，但话到嘴边却说成，"我现在还没结婚"。"还记得我们曾经在一起度过的美好时光吗?"他意味深长地说。"记得，但这都过去啦!"她无动于衷地说。"我觉得还没有过去，我在监狱里常常想起的就是跟你在一起度过的那些难忘日子。一切是那么美好。难道那时你对我的感情都是假的吗?""怎么会呢？我可不是个虚情假意的女人!"她没想到他会这么问自己，言不由衷地答道。他激动起来，凝神地望着她说："既然如此，你现在又没有男朋友，我想住到你那儿去，等我官司打赢拿到钱后，我就准备搞一家公司，你当我的助手好吗?"

住到我那儿去？艾娜没有想到他说得这样轻巧，她现在是不愿意跟前情人同居的，何况他进过监狱坐过牢，这样的男人她怎么敢跟他同居？害怕都来不及呢？就说："住到我那儿？你让我很为难，第一，我现在一点都不了解你，这么多年过去了，感情需要重新培养；第二，实话告诉你，我已经有了男朋友，虽然还没有正式结婚，但我们关系不错，你就死了心吧；第三，你现在想跟我借钱打官司，我看在以前的情分上，我会尽力给你一点钱。祝愿你能打赢官司……"

邵文安没有想到艾娜回答得如此干脆，他更没有想到艾娜现在已经变成了一个成熟的女人，看她摆出要走的样子，就感到非常失落，伤感万分地说："你变了一个人，从前，你不是这样的。"见她站起身，忙说："别急着走啊，如今我在你眼中一文不值吗？"

她说："不，但我想我们该谈的都谈了。对了，你现在住什么地方，把地址给我，或者把你的银行账号发给我，我会给你汇款的。"

"谢谢。我就跟我老妈住一起。"他迟疑片刻："难道我们就不能再见面了？"

"我觉得不必了，其实我见到你很伤心……"她欲言又止。

"伤心什么，是不是在同情我？看我落到这一步，工作、房子、老婆都没了，像一个惶惶不可终日的流浪狗？"

"想到哪儿去了，我倒是希望你能打赢这场官司，重新振作起来！"

"我不勉强你，我是个男人，我不会跪在你们女人足下的！"

"你说这话什么意思？好像我欠你什么似的！"

"对不起，我说话不好听，可我确实是这样想的啊！"

他说着就去吧台借来纸笔写了银行账号给她："你能给我多少？"他问道。

"说不清楚，我也要向人去借的。"她说。

"既然如此，那就不必了！"他冷冷地说。

她反倒不好意思了，望着他想说什么，但话到嘴边却不说了。沉默了一会儿才说："那我走了，你别后悔啊！"

"我现在举目无亲，你再不理我，我就没药救了！"他低下头，显出一副可怜的样子。

她没想到他竟然会这样，难道他想自杀？在她看来，一个大男人不应该说出这样的话啊！这还是一个男人吗？这样的男人还有救吗？即刻对他的看法一百八十度转弯。瞥了他一眼说："我不想看到你这样懦弱，从前你在我眼中是个强者，如今你完全变了个人，变成一个懦夫，一个没有目标没有志向无所事事的可怜虫！我不会同情一个懦夫的！"说罢就向外走去，她感觉到自己的背影被他火辣辣的目光盯住了。

邵文安本来想艾娜会记旧情的，毕竟他们俩曾经好过，这一点他应该是有自信的，但没想到她也对他竟然无情无义，此时此刻，他感觉自己几乎要崩溃了，这比他被判三年徒刑还难受，前妻如此，情人也是这样。活在这世界上还有什么意义？他感到自己太孤单了。此时此刻他是多么需要朋友啊！没有，一个也没有，潜意识里好像早就料到会有这样的结果。

当艾娜走了半个多小时，他才想起来要跟李雷通个电话，想约他出来聊聊，但李雷告诉他，他这几天没有空，有什么事电话中说说就可以了。他就说自己想打官司把前妻的卖房款追回来，他说要回这笔钱他就有五十万，就有本钱做生意了。李雷问他说，是不是要借些钱打官司？他说是的，李雷说没问题会借给他的。他才松了口气，情绪稍稍好些了。

没想到借李雷的钱不仅要付利息，还要写收据，邵文安心中虽然有些痛，但还是向他借了。有了钱就能办事，他去一家V律师事务所，他把情况给接待他的王律师一说，还拿了些当时离婚时的法律文书给王律师看了，王律师问了一大堆问题，最后说他这样的官司较难打赢，但事务所可以为他试试。他问为什么较难打赢？王律师分析说，房子已经卖了，房产证上虽然他们夫妻两个人的产权，但卖房时，他肯定是签过字的，要不房子是不能买卖的……邵文安想起了自己曾经给蔡雨晴的信，他感到自己好糊涂，说他怀疑前妻是摹仿他的笔迹签的子，证据呢？就是那份合同上的签字。王律师感到很奇怪，为什么离婚时没有把房子分割清楚？他说当时为了急于离婚，房子的事是这样处理的，就是前妻每月贴他五百元外出租房款，而他每月贴儿子五百元的养育费，结果双方扯平谁也不贴谁。房子暂时让前妻跟他的孩子住，如果房子卖了，她必须付卖房款的二分之一给邵文安。后来他进了监狱，这房子的事就搁下了。却没有料到前妻会把房子卖了。所以他要讨回这二分之一的卖房款。最后，王律师答应为他打这场官司。

## 5

蔡雨晴接到法院的传票时有些吃惊，她没有料到邵文安真的会去法院起诉她，急忙请了律师应付。邵文安请的王律师经过精心的准备。由于准备充分，在法庭上能言善辩说得头头是道，而这事本来蔡雨晴的做法就不够妥当，这房子毕竟是他们夫妻俩的，双方都有份。如今房子已经出手，自然所得的应该属于两个人。邵文安没想到自己会胜诉，法院判蔡雨晴该把的二分之一卖房款给她前夫邵文安，一个月内付清。这让蔡雨晴感到很难堪，也没面子。其实她暂时也拿不出这么多钱。怎么办？她是不是该把钱还给邵文安？从法院回家后她一直在考虑这个问题。她想他的情人宋敏方也许会帮助她，既然他们已经同居了，这跟夫妻没有什么两样啊！她就把这想法对宋敏方说了。可宋敏方说他没有钱，如果有钱他会毫不迟疑地拿出来的。他后来说，这钱可以通过另一些办法来解决。她感到有些困惑，这是什么意思？结果宋敏方跟她说了一席话，她听后目瞪口呆。她认为这简直是不可思议的，她对他说这怎么可以呢？他说可以的，这又什么不可以呢？既然那家伙对你还有好感……两个人商量了半夜，才商定下来该怎么对付邵文安。

第二天，当邵文安接到她的电话要跟他谈一次时，他说事情到了这一步已经没有什么可谈，她只要把法院判决下来的钱给他就是了。她说是会给他的，但她一时拿不出这么多钱，她必须去向别人借才行。他说他不管，随便她用什么方式，只要把欠他的钱还给他就没事。她说她去想办法。

很快到了期限。她约邵文安来到家里取款。这一天，她精心修饰，还准备了一桌子的菜。当邵文安来到家里时完全改变了对他的态度。她见邵文安脸上的火气渐渐消失了，就装出一副热情的样子接待他。

邵文安有些吃惊，他不由想，这法律的作用真大，它使真理获得伸张而前妻屈服，一瞬间他感到非常得意，感到这次官司打对了，这钱用得值，自己是个胜利者，所以说起话来大声大气的。见她一个人在家做了那么多菜，好烟好酒款待他，话就多了起来。他说："你知道我在监狱里吃了很多苦，在里面我实际上想的都是你，你知道，毕竟我们做过十来年的夫妻。可没有想到的是，等我出来，你竟然把房子卖了，且故意躲避我！你说我怎么不生气?”

“这都过去了。其实我不是故意躲避你，我是怕见到你！”她说。

“为什么?”

她看了他一眼，向他笑笑，说：“我其实是怕又放不下你啊！”

他听她如此说，激动不已，说：“真的吗？既然如此，为什么还找男朋友?”

“你是指上次见过的那个男友吗？我跟他没有什么，我们的感情很淡，事实上我们已经分手了。”她狡黠地说。

“分手了？那么说，你现在还是一个人吗?”

“是的，我还是一个人！”她和颜悦色地说。

他看了她一眼，心中虽然感到奇怪，但还是非常兴奋，怎么现在又一个人了呢？不由多看了她几眼，她早就意识到了，热情地说：“吃呀！”她急忙把一块鸡夹到他的碗里道：“多吃些，别见外啊！”

他慢慢地吃了起来，他说，一切都过去了。他就想要回他的钱，还想见见他的儿子小泉。她说她临时给他凑二万元，还有四十多万元给他写张欠条，她过几天凑齐这笔款子就给他。等星期六，小泉从学校回家，他自然就会见到小泉。他感到很激动，他没想到会是这样的结局，当他见她如此看着自己，心中有种说不出的滋味，不由心情复杂地点点头，望了望她。而此时他已经喝得半醉了，恍惚中他见她把自己扶到了床上，他的热血沸腾。

“我们好像又走到了一起。”他醉眼朦胧地说，他几乎不相信自己的眼睛。更不相信自己的感觉，因为此时此刻她跟他靠得很近,她身上那种熟悉味道又在他的嗅觉中出现了。他默默地注视着她,在监狱中无数次梦见跟她在一起的情形,那时他多想回到现实中能真的跟她在一起啊……如今,她就在跟前,只要双臂展开搂住她就行了。但他没有这样,他反倒很冷静,他想她这是怎么了,短短的一个多月中就对他态度一百八十度转变?难道真的希望跟我复婚?就为了这五十万元钱?他似笑非笑地说:"你别来这一套,我心中很明白。"

"你明白什么?"她问道。

"你想跟我重新和好是不是?可是晚了!"他说。

"你怎么知道我一定想跟你和好?"

他没想到她会这样说,就不知道怎样回答才好。

"别装了,你是不是还喜欢我?"她凝视着他的双眼问道。

他一声不响地避开她的眼神,却显出心事重重的样子。

"那就是了。"她正儿八经地说:"如果你愿意,可以经常来。"她看他的反应,见他慢慢地转向自己,就显出一副温柔的表情来。

他被她的柔情打动了,情不自禁地握住了她的手……一切来的那么突然,他还来不及思考一下,就被她俘获了。

此后的几个星期里,邵文安感到日子过得很温馨,他感到自己又回到了离婚前的状态,他的前妻蔡雨晴像以往那样款待他。一种亲情的感觉又回来了。这一切他感到太不可思议了,尤其她还让他睡她的床。重温旧梦。真是太美好了。邵文安没想到的是那天他们又喝了酒,他又有些醉醺醺了。这时蔡雨晴提出说,既然他们又成了一家人,那五十万元的卖房款就算了。她希望他写一张收据。他迟疑片刻。

她继续说，她是绝对不会再离开他的，她反复想过这问题，还是原配夫妻好！必要时他们可以复婚。他望了她半晌，感到她确实是有诚意的，就说："没问题。"当即写了一张收到蔡雨静的五十万元卖房款条子给她。

然而，第二天他就有些后悔。他感到自己很傻，傻得可爱。想收回五十万元的收据，见她这么热情待对自己，一时也难以启齿。唯一感到安慰的是他已经住进了他前妻蔡雨晴的家，而且这些天来她对他也不错，复婚的意思跟她谈了几次，她说她会考虑的，只要两个人和睦相处，过得下去，暂时不复婚也无关紧要。他想既然如此，再提钱的事确实不妥。因为他毕竟住进了她的新房子，他毕竟已经拿到了二万元。而且为买新房她还借了一些钱，他要为她想想。他们已经过起了日子，她还说了以后就跟他过啊！这样一想他的情绪才平静下来。

## 6

事情一结束，蔡雨晴就装不下去了。对邵文安的态度渐渐冷了下来。有时很晚回去，也不再款待他了。她对他说她的经营部很忙，所以只能由他自己吃了。邵文安倒是理解她，却提出他在家里很寂寞，是不是可以去她经营部帮忙，既然是一家人了啊！她说，一家人在一起开店不是变成夫妻老婆店了吗？她感到不好，所以当场回绝了。她还让邵文安见了几次小泉。可小泉对邵文安冷冰冰的，一点父子的感觉都没有，好像站在他面前的根本不是他的父亲，而是陌生人，她暗暗高心。当邵文安意识到自己在儿子的心目中已经没有一点地位，就感到很悲哀，尽管他想给小泉一点零花钱，想讨好他，但没用，小泉根本不要他的钱。

那天，蔡雨晴问宋敏方接下来该怎么办，她实在不想再看到他，看他在家里悠闲的样子，她受不了！宋敏方耸耸肩告诉她，其实这很简单，请他走就是。蔡雨晴说，那么他赖在家里不走呢？宋敏方就笑了，这是你的家，如果他不走就拨110赶他走。

蔡雨晴心想，事情到这一步，也没更好的办法了。但这样做邵文安肯定受不了，他也许会做出难以预料的事来，譬如杀人报复……想到这一阵她有些担惊受怕。她该怎么办，是不是对他慢慢地冷下来？她有些懊恼，这么多年过去，其实她已经对他没有一点感觉了。人是会变的，感情也会变，那是没有办法的。意识到对他的做法太欠考虑。该怎么办，她几乎不想回去见邵文安。当她把这想法告诉宋敏方时，宋敏方说，既然这样，那我陪你一起回去。蔡雨晴说，这尴尬得很，因为我已经跟他说过跟你了断了啊！宋敏方说，那没关系，这样吧，我去你家跟他谈一次，看他怎么样，你等我的电话。蔡雨晴想了想，实在没有其他更好的办法，也只能这样了。

邵文安没有料到蔡雨晴对他的态度会突然转变。他一点都受不了，当他发现她已经不再回家，而她的情人突然出现在房间里时他就感到自己被骗了。

“你可以走了。”宋敏方毫不客气地说。

“你们太卑鄙了，两个人联合起来搞我！”邵文安说。

“你们俩的事跟我没有关系，再说是你自己先起诉法院的，她也没办法，只能这样了，毕竟她也报答过你了……”宋敏方狡黠地说。

“报答过我了？就这样报答？”

“是啊，不是跟你过了两个月吗？”

“这两个月就要我五十万元的代价？这简直不可思议，真是欺人太甚！”

“就这样了，她不回来，你在这儿也没有意思，收拾东西回家吧。听说你本来不是有个情人吗？你可以找她去，也许你跟她过更合适啊！”宋敏方微笑着说。

“不，我要待在这儿等她回来，我发现我更喜欢的是她，这两个多月来，我们好像已经找到了从前家庭的感觉，我不希望再失去她！”

“但她告诉我，她没法跟你过下去，她再也找不到多年以前的感觉了……不信，你可以打电话问她。”

“不，我要见她，我要当面跟她谈清楚，如果真是这样，我再考虑走。”

“不知道她愿意不愿意……”

“我是个男子汉，我不会纠缠一个对我没有感情的女人的！”邵文安喊道。

宋敏方见他如此激动，感到不叫她来一时也解决不了问题，又想想毕竟是他们理亏，便答应叫蔡雨晴来跟他谈。他来到房间里关上门，拨通了她的电话，希望她马上来家里，这事还是她自己跟他了断比较现实。

蔡雨晴本来以为宋敏方能搞定此事，却不料还是要让自己出场跟邵文安见面，感到不是滋味，但没办法，还是及时赶来了。邵文安见了她感到非常愤恨，他的双眼盯住了她。她感觉不寒而栗，她故作镇静，对宋敏方说，你走开，让我们好好谈一谈。于是宋敏方到了另一个房间。现在客厅里就他

们两个人。

邵文安说："为什么要这样待我？你不是在害我吗？"

蔡雨晴说："没有啊，我只是想你对我们母子太薄情了，硬要我扣出五十万元出来，其实我买新房欠了很多债，每个月要还，此外，孩子以后读大学要很多钱你知道吗？"

"我知道，所以我们要重新结合在一起，以渡难关。"他说。

"本来我们母子平平安安没有什么的，如今你一出现，就扰乱了我们的生活，孩子读书也受到了影响，你知道吗？"

"这与我无关。如果要我走，请你把卖房款还给我……"

"你这人就是不通情理，不要逼我，你不是答应过我再也不计较这笔钱了吗？"她理直气壮地说。

"是的，但有前提的，就是我跟你必须复婚，前一阵你也说要考虑一下的。"

"是的，给我时间，让我独自一个人安静几天行吗？"

"这用得着考虑吗？"

这时宋敏方忍不住出来了。他装腔作势地警告邵文安，如果再这样耍赖，他就要报警了。邵文安也不示弱地说，真理在他这一边，他不怕他们报警的……蔡雨晴感到报警也不是办法，就对邵文安婉转地说，再让她考虑三天，跟儿子商量一下再说。邵文安见她口气软下来，就说，那你考虑吧，我等着就是。说罢就躺在了沙发上，点燃一支香烟悠闲地抽了起来。

这情形让蔡雨晴气得转身就走，宋敏方见她走了，也匆匆跟上她出去了。

两人下了电梯，宋敏方有点沉不住气了。他问她到底该怎么办？是不是叫几个人来哄他走，或者报警？商量下来，蔡雨晴认为还是叫几个人哄他走得了，自己暂时也不准备住这套房子，就租出去吧，她住到宋敏方那儿去，让这风波平静下去再说，两人就这样说定了。

邵文安知道他们会对付自己，但他已经领教过他们了，他感到他是不会怕他们的，他只要坚持下来，他们对他是没有办法的，让他不理解的是前妻蔡雨晴，他感到自己对她越来越陌生了。以往他曾怀疑过她在离婚前写了举报信，如今越来越清晰了，因为只有她知道他的秘密啊！眼下不知她葫芦里究竟卖的什么药？然而一个进过监狱的人是不会怕他们的……这样胡思乱想着慢慢地就镇定自若了。

然而，这天半夜时分，就突然冲进几个陌生人，把他从床上抓起来，对他一阵猛打，随后问他走不走，他开始沉默不语。他们继续打他，并用烟头烫他脸，折腾了一夜……他感到这样下去自己太吃亏了，最终答应了他们的要求，离开了这套蔡雨晴的房子。

回到自己家就越想越气，又想到艾娜，便拨通了她的电话。就把这事情经过告诉她。最后他对艾娜说，如果能要回这五十万元，他就给她十万元。艾娜虽然心动，却将信将疑。最后她无动于衷地说，他是没有本事取回这笔钱来的，因为他已经输掉了！他说他是有信心取回这钱的，不过关键是她能不能帮助他。“怎么帮助？”她问道。

“钱！”他说他要去请咨询公司的人要回这笔钱……

她笑了起来。她说这是不可能的，因为他已经写了收据给她啊！

他想了想，感到自己很傻，这情况只能向法院诉说，把事

情的来龙去脉说清楚就可以了。此后他去了几次法院，他对他们说虽然他的官司赢了，但他取不到这笔钱，他向法院提出执行的请求。

其间，他打了无所次的电话给蔡雨晴，但对方的手机已经换了，她消失得无影无踪。

三个月过去了。他并没有拿到这笔钱，他开始后悔起来，心情非常压抑，他母亲见他如此，就劝他外出走走，不要整天呆在家里。要不会生病的……看着年老体弱的老母还关心他不由双眼湿润了。

他恍惚地来到街上，不由自主去了蔡雨晴住的公寓，他上了电梯站在她的房门口。他想了想终于按响了门铃。

是个陌生男人开的门。他有些尴尬，难道蔡雨晴又换男人了？于是他就问道："蔡雨晴在吗？"

对方摇摇头说，你找错地方了，这里没有蔡雨晴！

他吃了一惊，怎么了，是不是自己搞错了地方？

他失魂落魄地来到街上。七拐八弯地来到了地铁。

现在，他在地铁口等车，他认为自己活在这世上太窝囊了。此时此刻他想到了死。在监狱里其实他也曾经想到过死。但那时的念头一闪而过，而这次，却是实实在在的。

如果他死了，就什么烦恼也没有了。他突然之间想跳下去自杀，他望着下面的铁轨发起呆来。

又一辆列车飞驰而去，但他没有跳下去。

他想到了艾娜，如果她待他好一些，也许他是不会自杀的。他取出了手机，拨起了她的电话。但是让他难以承受的是，她的手机也打不通，对方说她已经停机了。

难道她们都一个个躲着他？越是躲着他，就越是想找着她们，他们为什么这样怕他？就因为他坐过牢？她们越是这样待他，他越是不愿放过她们！这太便宜她们了……这样一想，就又不想死了。他的情绪激动起来，当他离开地铁时，他像吃了兴奋剂一般，他准备豁出去了。此时此刻，他感到自己什么都不在乎，他现在就是要找到他们，这在今天看来其实非常容易，他只要请私人侦探帮忙找一下就可以了，然后雇个人把他们一个个解决掉，就这么简单。

接下来，他为了杀掉他们动了不少脑筋，还专门买来一把匕首，但感到匕首不一定成功，他不可能同时杀死两个人，当他杀死其中一个的时候第二个人肯定逃走的，翻来覆去地想了几天，最后决定自制一个炸药包跟他们同归于尽，以解心头之恨。接下来的日子，他就为制作这个炸药包而忙碌起来。

## 7

蔡雨晴觉得自己是非常了解邵文安的，这么多年来共同生活，还不了解他吗？在她看来他是个欺软怕硬、知难而退的男人，当她跟他过了一段时间渐渐地使他的心软化后，希望他不再要她还那五十万元时，她就把他赶走了。她认为这其实也没有什么，儿子读书需要钱，而儿子也是他的，尽管小泉对他已经没什么感情，她感到自己做得很不错，仅仅三年时间，小泉就不认他的父亲了！从这点上来讲她是很成功的，所以她就把房子租了，自己暂且住到男友宋敏方家里去躲避一阵。等这事过去，她再想办法回去。宋敏方当然求之不得，毕竟她租出去的房子价格不菲，而她住过去的代价是把大部分的租金贴补给他，作为他的日常开销，这样两人就正式过起了日子。

然而蔡雨晴没想到的是，邵文安很快就找到了她，如今的世界找一个人还会难吗？当她发现在家门前等她时她愣住了，这时她和宋敏方在一起，她正感到尴尬时，邵文安已经来到他们的面前。

邵文安说："我已经等你们好久啦！"

蔡雨晴说："你想干什么？"

邵文安说："我没想什么，我就是要回你们欠我的五十万元钱。"

宋敏方说："这钱不是还你了吗，还来跟她纠缠，有这种蛮不讲理的人吗！"

宋敏方说罢拉住蔡雨晴的手臂就走，邵文安冷冷地看了他们一眼，他的手已经伸进了包里，心中说，我要与你们同归于尽。随后紧接着上前拦住了他们说："你们到底还不还？"邵文安一瞬间就变成了一个凶狠的人，这把蔡雨晴吓了一跳，宋敏方就感到有点不对劲，正想脱身而去，这时邵文安的挎包已经"轰"的一声巨响，浓烟四起，引来许多路人，原来邵文安的包里藏有自制炸弹。

三个人同时倒在血泊中，当路人报警救护车飞临时，邵文安早已昏迷过去。

## 尾　声

当邵文安在医院里醒来时，感觉轻松多了，他好像变了一个人。他感到自己一生中最傻的事情就是用自制炸药炸了前妻蔡雨晴和她的情人，结果他们没有死，虽然不同程度受了伤，而他自己受的伤是最重的，等他伤好后还要被起诉判刑，那是毫无疑问的，在他看来如此严重的罪行判他十年无商量。因为他太懂法律了，他陷入绝望之中。

邵文安的精神崩溃了。在法庭上，他面对义正词严的公诉人提问，语无伦次。指定的辩护律师为他辩护时反复强调的是他不是为了报复，他是为了向对方要这笔欠款，而在多次要不到欠款的前提下他才实施爆炸的……

经过法庭调查和辩论，对邵文安十分不利。虽然没有对对方造成更严重的后果，但毕竟这是一起大案，因为他实施了爆炸。

最终他被判了九年徒刑，他又一次入狱了。

当蔡雨晴获悉这一信息后，她心中的一块石头终于落地了。

# 嫁女记

近段时间，老朋友V君夫妇为宝贝女儿的婚事忙得不亦乐乎！我虽然忙，必须挤时间去参加，毕竟夏盈盈是我看着长大的。隆重的婚礼三天后在W酒店举行，我为V君夫妇能找到一个称心的女婿而高兴。可当我接到他们取消婚礼、小两口准备闹离婚的电话时，我惊得目瞪口呆了。这突然而至的变故让V君心脏病复发。幸亏其妻杜兰及时送他去医院，因抢救及时，才保住了一条性命。

为女儿能找到个好老公，V君夫妇可谓呕心沥血、百折不挠，算下来已整整十年。盈盈现年34岁，某公司会计，长得秀气文静。据说，盈盈当时择偶的标准是男方一米七六到一米八三，大学毕业，人长的帅气且有个好工作好家庭背景……按此标准虽谈过几个却都没成功，盈盈发现这些帅哥在跟她敷衍的同时，竟然跟其他多个女孩有染，其中一个还骗她上了床，等她提出结婚要求，此男竟然跟她玩起了捉迷藏游戏，一瞬间就变得无影无踪了！

这是血的教训，盈盈久久不能释怀。受骗后，她整整几天吃不下饭，此后她看见帅哥就手脚冰凉，浑身颤抖着像发癫痫症一样，渐渐地发展为不苟言笑、情绪低落、喜怒无常、仿佛得了抑郁症……这可急坏了V君夫妇，如果女儿有什么三长两短，他们也不想活了，女儿是他们的掌上明珠啊！开始时夫妇俩陪她去看心理医生，两人还演起了双簧戏逗她乐，却根本行不通，盈盈情绪压抑，就是不见好转。他们急得六神无主，逢人便讲女儿的不幸遭遇和她得病的原因。当时曾找我商量，我积极给他们出主意，我认为哪儿跌倒就该从哪儿爬起来，如果有个英俊的好男人爱上盈盈并跟她结婚，她就会像以前一样阳光开心，抑郁症也不治而愈了。

他们认为我说得有道理，开始托亲朋好友为盈盈介绍对象，亲朋好友自然竭力推荐优秀的帅哥给她。但盈盈好像不是很感兴趣，V君夫妇只得连哄带骗的求她出去相亲，但看了好多个，没有一个让她中意的，这样一晃三年过去了。在他们的眼中，盈盈变得有点不可思议了，难道她准备单身过下去真想成为剩女不成？怎么办？当时人民公园爱情角非常火爆，许多父母为大龄儿女去那儿物色对象，他们也去了，觉得试试无妨。开始确有几个比较合适的约出来见面，却都不了了之。可相亲成本不低，有时还遭到难以启齿的欺骗。如当他们安排好一切，极力说服盈盈去相亲时，对方却无故推脱不来，这使老两口十分尴尬，而弄得盈盈差点跟她父母反目成仇。

然而，可怜天下父母心。尽管遭受挫折，V君夫妇为女儿的婚事还是再接再励、继续努力，最终来到了W婚介所，婚介老师自然拍胸脯向他们保证，说一定给他们找一个称心如意的女婿，只要他们的女儿盈盈配合她们，多看几个优秀男士，总会有一个合适她的。听老师这样说，他们心动了，尽管服务费很高，但为了女儿的婚事，他们还是掏了钱。此后老师们非常热情，当即联系安排。相亲很简单，盈盈休息双休日，就安排她两天见六个男士，一天三个，一小时相一个，就在婚介所约见室见面(约见费另算)。一切安排妥帖，夫妇俩才离开婚介所，回去就做女儿工作，又是九牛二虎之力，终于说通了她去那儿相亲。断断续续，相亲成本高得出奇，前后也见了不少优秀男士，却总是阴差阳错不能如愿。

夫妇俩又添了几许白发与愁绪。无奈之际，竟然想到要上电视相亲节目试试。劝说女儿数日，可她死活不愿意。其时盈盈已经上QQ跟人聊天，朋友圈子逐月递增，整天乐此不疲，终于结识一个可以谈婚论嫁的网友，聊到不见面不行的样子，最后见面互访，论条件长相，不说门当户对，却也旗鼓相当，双方家长均感到满意欣慰，尤其V君夫妇简直乐翻了天，拿出全部积蓄，为女儿买了一辆价格不菲的高尔夫轿车作为陪嫁……盈盈自然请未来的老公先去学车，希望他婚前就能学会，婚后开车出去度蜜月……然而，问题就出在这辆车上，当盈盈发现已经拿了驾照的老公、竟然不敢驾车上路时，她震怒了，竟然嘲笑他胆小如鼠没男人气质……两人顿时吵翻，随即提出取消婚礼解除婚约的决定……这就有了本文开头的一幕。

为此，V君夫妇后悔自责，痛不欲生。嫁女就嫁女罢，赶什么时髦买什么车呢？当他们明白在交通如此拥挤复杂的今天，不是人人都能开车时，已经来不及了。最近他们问我，盈盈的婚姻是否能够挽救？我说什么都有可能，只要盈盈认可未来的老公是不能开车的即可。是啊，让我们为小两口能和睦相处重新回到婚姻的殿堂而祈祷罢！

# 谜　踪

## 一、神秘失踪

夜深了，惊魂不定的许玲仍迷迷糊糊地躺着。她刚才做了一个噩梦，梦见她和丈夫蔡欣闹翻了，蔡欣还折磨了她，她浑身伤痕还淌着血，现在她醒了。朦胧中回忆刚才的梦境，却只能记起一些模糊的印象。此刻，当她意识到丈夫蔡欣还没上床，就披上外衣走出卧室，她以为蔡欣还在书房中工作，但当她来到书房时，眼前的一切使她惊呆了，书房中乱糟糟的，好像被陌生人翻动过一般，而桌子上的烟缸中，有一段烟蒂正冒着烟雾，却没见蔡欣的人影。她把烟蒂掐灭了，四处察看，这么晚了，他会去哪儿呢？她竭力回忆刚才的梦境。难道这梦就是现实，她真的跟蔡欣吵了一架吗？她又去卫生间，卫生间的脸盆在滴水，她把水龙头拧紧了。随后她逐个房间重新找了一遍，也没发现他的踪影。

半夜三更的，他究竟会去哪儿呢？她疑惑地问自己。

她打他的手机，却根本接不通，又发短信息给他，也没回音。她神情恍惚，竟一夜没睡好。

上午，许玲给蔡欣的公司打电话，但她就是拨不通他办公室的电话，又拨他的手机，他的手机老是关着。于是她想是不是应该直接去他单位看看，或者报警，她想还是去他的单位比较妥当。

人们在忙碌着，许玲突然闯入，她向蔡欣的同事打听他的下落，他们告诉她，蔡欣上个月已经被辞退了。许玲震惊不已，怎么会这样？她沮丧地走出蔡欣的公司，急匆匆地往家里赶。

一回到家，她就忧心忡忡开始找寻他的通讯录，但仔仔细细翻了几遍，却一直没找到，突然，她在他的电脑抽屉里发现了一张名片，像捞到了救命稻草一样，马上按上面的手机号码打过去。是个女人接的电话，许玲问她知道蔡欣在哪儿？不料她回答说她不认识蔡欣这人！说罢就把手机关了。

许玲失魂落魄地在房间里走来走去，不知道怎么办才好。

第二天，许玲抽空走进晚报的广告部，为失踪的丈夫刊登寻人启事。事情办完之后，她就赶回家，跟表姐秦琴通电话，把家里发生的一切告诉给秦琴听，秦琴也为她着急了。这时蔡欣的母亲张美琳突然闯了进来。她追问许玲家里发生什么事？怎么好多天没看到蔡欣的踪影了，蔡欣究竟到哪儿去了。怎么一直没消息？许玲说她也不知道，她正在找他呢！张美琳就怀疑是许玲把她的儿子给谋杀了，她无中生有地说许玲外面有情人，她要报案去。许玲有口难辩，她的精神几乎崩溃了。

当晚，许玲躺在床上，她似睡非睡，朦胧中又做了个噩梦，她梦见丈夫蔡欣站在她的床前，他面色灰暗，浑身淌着鲜血，她被吓醒了。她胆战心惊地爬起来，把房间里的灯都打开了，又逐个房间检查过去……她猛然发现一个黑影消失在门前，随后听见一种声音离她而去。这房间里怎么会有如此奇怪的声音？她胆战心惊地想，而此时此刻她究竟在做梦还是在现实中？

她带着疑问又躺下了，她在回忆刚才的梦境。夜更深了，她来到书房，她见蔡欣一动不动地坐在电脑前，手中夹着香烟，就劝他回房间休息，但他理都不理她，他把一段香烟头搁在了烟缸中，她把它掐灭了，当她抬头看蔡欣时，蔡欣却不见了，她不由浑身颤抖了一下，他是人是鬼？

张美琳已经去警署报过案了，该署警员已到许玲家来了解过情况，但这仅仅是例行公事。一个星期过去了，派出所自然没把她儿子送回来。她再三打电话去派出所询问，也没打听到一个结果来。于是她三天两头去许玲家闹，一定要许玲把她的儿子蔡欣交还给她！这事自然惊扰了许玲，使她惶惶不可终日，精神恍惚、看上去病得不轻。由此许玲的精神状态越来越成问题，在跟表姐秦琴通电话中，显得有点语无伦次了。

## 二、黑影再现

许玲跟秦琴一同吃晚饭时，许玲向秦琴提出去她家里陪她几天。秦琴二话没说就答应了她。

第二天，秦琴带着她的替换衣服和一些化妆品等来到许玲家，许玲陪她看了为她准备的房间，秦琴感到比较满意。

“你真的认为蔡欣被人谋杀了？”秦琴问道。

“我只是怀疑而已，我做了个梦，梦见他满身是血……”许玲说。

“梦很可怕是吗？”

“是的，已经一个多星期了，他竟然没跟我联系，一定是出事了！警察也来过几次，这些小警察真是无用之辈，到现在还没调查出什么结果来。”

“那晚，他失踪前，家里发生过什么事？”秦琴又问道。

许玲想了想，把她跟蔡欣吵架的情况说了出来，“……也许他一气之下出去了，随后他遇见了歹徒被人暗算了？！”

“原来你们夫妻关系不是很好！难道你杀了他？”秦琴问道。

“你胡扯什么呀！我怎么会杀他哪！我胆子这么小，是不会杀人的啊！”许玲惊呼道。

“可被人谋杀应该是有原因的啊？他是个那么诚实的好人！”

“他的确待我不错，尽管平时也跟我不开心……”

“那你们为什么而吵？是不是他一时想不通而自杀了？”

“不会吧？实际上也没什么大不了的……他这个月没有把工资交给我，我们每月的按揭有了问题！如果我知道他已经被辞退，我也不会跟他计较了！”

“现在他会在哪儿？”

“我不知道，我现在该怎么办？”许玲一脸忧心地问秦琴。

秦琴也不知该怎么样才好，两个人讨论了一会儿，也没讨论出一个结果来。

夜深了，两个人分头睡下，许玲却辗转反侧睡不着，她害怕又做噩梦，便索性来到秦琴的床上，跟她说起话来，两人说了一回，秦琴说明日要上班还是睡吧，许玲感到好些了就回自己的房间。当她从秦琴的房间里出来时，眼前的景象让她震惊不已，她看到一个黑影闪进了蔡欣的书房！

她感到有秦琴在，不应该害怕，便壮胆喊了几声，但房间里只有她的回声毫无动静，她又来到书房，书房中静静的，但她感觉这儿好像有人来过。这时她仿佛听见她的房间里有动静！她紧张得不敢大声呼吸，悄悄地来到秦琴房间门前，她呼唤秦琴，秦琴出来了，她告诉秦琴刚才所发生的事，秦琴倒是不怕，她开了灯，对着许玲的房间喊那人出来，但是里边静静的，没人回答。她们的胆子大些了，两人进了房间，却什么也没发现，虚惊了一场。

这房间里究竟发生了什么？怎么会有让人感到恐怖的黑影呢？许玲想。

·

许玲在办公室里的电脑上看资料，一同事从外而入，告诉她说，经理请她去一次。她点点头，神情恍惚地来到经理办公室。经理问她怎么这一阵老是出差错？她不好意思地看着经理，却答不上来。经理希望她注意一点，要不她会被辞退的！

许玲垂头丧气地回到自己的办公室，突然接到了老同学李娜的电话，说明晚有派对，希望她一同参加……她答应了。

随后许玲跟秦琴通了电话，她告诉秦琴她要晚些回去。秦琴告诉她说知道了，她可能会带一个男友来陪她。

秦琴带着男友章明来到许玲家。他们准备在许玲家度周末。现在秦琴在厨房里做晚饭，而章明则在房间里看电视。这时电话铃响了，秦琴出厨房接了电话。是蔡欣的母亲打来的，当她向秦琴打听蔡欣的下落时，秦琴有些紧张，因为他母亲怀疑是许玲把他儿子给杀了，因为她怀疑许玲有外遇！秦琴搁下电话把这事告诉给章明听，章明分析了一下，感到这不可能。但还是有点半信半疑。

秦琴的饭菜做好了，她跟章明吃起饭来。两人继续谈起许玲的事，她说她怀疑蔡欣已经被人谋害，可能就在这房间里！而且她还怀疑这事有可能是她的表妹许玲干的！因为许玲的眼神看上去有问题，而且一天许玲看到了蔡欣的鬼魂！章明顿时感到紧张起来。他神经质地东看看西瞧瞧，好像这儿真的发生过凶杀案一样。

夜深了，许玲打的回到公寓。她一脸疲惫地进了电梯，突然发现电梯内有个男人朝她做了个鬼脸。她吃了一惊，看都不敢看他。电梯一停，她慌忙走出急步向家门口走去。

许玲一边敲门一边在提包中找钥匙。

秦琴暂住的房间里，秦琴跟男友章明躺在一起，他们俩听见敲门声，慌忙爬了起来。秦琴准备去开门。许玲已经开门进来了。

这时章明也已穿好衣服出来，秦琴为他们俩互相介绍了。

章明、秦琴用异样的目光打量许玲，许玲却没觉察到。

秦琴带男友来，许玲表面上客气，心中却有些不高兴。许玲去过洗手间后，三个人说了一会话，随后各自回房间躺下了。

许玲辗转反侧，终于她迷迷糊糊地进入梦乡。

凌晨三点钟左右，半醒半睡的秦琴突然被一声惊叫吵醒了，这惊叫来自卫生间。她慌忙爬起来，来到客厅。

许玲也被吵醒了，两个女人小心翼翼地靠近半开着门的洗手间，见章明躺在地上人事不知，不由惊呆了！

她们俩把吓昏过去的章明抬到了床上。秦琴竟喊不醒他。许玲忐忑不安地说是不是把他送医院？秦琴不同意，说他还有气，问题没那么严重。此后两个女人再也不敢睡了。但秦琴对许玲有所警惕起来，认为是她的精神出了问题！

章明慢慢地醒了过来，秦琴问他看见什么了？章明摇摇头，说他遇上一个奇怪的黑影，一动不动像鬼怪！他被吓晕了。可这黑影瞬间却又没了影儿……两个女人惊慌失措地望着他。

这黑影是人是鬼？难道蔡欣是被这隐形人害死了？或者是章明的幻觉？许玲神情恍惚地想。秦琴却提出了许多问题问许玲，甚至问她是不是有外遇。许玲被问得越来越糊涂了……

## 三、午夜凶影

许玲无精打采地在办公室打字。有一同事喊她出去，说有人要见她。当她发现来人是警官，就有点紧张。警官向她讯问了有关蔡欣的事，还做了记录。警官离开时留下了名片，希望她有新情况就打电话给他。她答应了。

下班后，许玲慢慢地在街上走着，她显得有些神情恍惚。

她来到一家服装店橱窗前徘徊着。正犹豫想离开时，她突然想起去年曾跟蔡欣在这家服装店里，她跟一营业员讨价还价的情景，而蔡欣则拉着她就走。为此她回去跟他吵了一架。她感到一阵眩晕，慌忙离开了这家服装店。

现在许玲兴致勃勃地在准备晚饭，电话铃响了，是秦琴打来的，秦琴告诉她，她今晚有事不能来了。许玲沮丧不已，她做饭的动作顿时变得迟钝起来，怎么办？晚上是不是住到别处去？她举棋不定。

夜深了，她一个人静静地坐在客厅里，有一种声音从洗手间里传了出来，这声音越来越响……她神情紧张地走向洗手间，当她进了洗手间时，才发现原来是水龙头没关紧。

现在，她进房间躺下了，正迷迷糊糊地睡去，突然电话铃叫了。她心惊肉跳地举起话筒，话筒中传来了幽灵般的声音……她慌忙搁下话筒，心惊肉跳地盯着话筒，几乎绝望了。

可是这电话又叫了，铃声回荡在整个房间里，开始她不敢去接，但终于鼓起了勇气，她又接了电话，对方是个男人的声音，他说他们曾经相爱过，他希望能去看她。

搁下话筒后，她竭力回忆这个男人，曾经相爱过，那么他是谁呢？她竭力回忆着，一个个男人在她眼前闪过，但她记不起来这个男人是谁了。

她又躺下了，朦胧中她做了一个梦，她梦见一个带着假面具的男人在狂吻自己，这一幕像是真的，她惊呼起来……梦醒了。

她睡不着了。她坐到了餐桌前，拿起了一只苹果，用水果刀把它削了皮。当她吃着苹果的时候，她下意识地把水果刀顶住了自己的手腕。恍惚中她回忆起她曾经在自己的房间里跟前男友通电话，蔡欣突然闯了进来！她慌忙搁下话筒望着他，他用怀疑的目光注视她……这都是过去的事了，现在她又回到现实中。她的神情更忧郁了……

上午，许玲去了公司，她眼圈发黑，神情恍惚地坐着，她几乎什么事也干不成了。秦琴因为不放心，突然来看她了，她告诉秦琴昨晚发生的怪事。秦琴答应今晚还是去陪伴她。秦琴走后，许玲被同事叫进了经理办公室。

“这一阵，你好像身体欠佳，是不是生病了？”杨经理问道。

“家里发生了点事情……不过没关系的……”许玲语无伦次地答道。

“如果暂时不能胜任工作，你可以请假一段时间。”经理说。

“不。我会尽力做好自己的工作！”

杨经理点点头，她说着就离开了办公室。

在公司干了一天，许玲疲惫不堪，现在她一个人在房间里走来走去，她在等秦琴。电话铃响了，是蔡欣母亲的电话，她问许玲蔡欣是不是回来了？她说没有就匆匆搁下了话筒。她神情有些紧张慌乱，她怕那个陌生男人的电话又响起来。

秦琴终于来了，她说服了她的男友章明，因为自从那晚发生恐怖的一幕后，他简直把这儿当成了鬼府地狱！但她终于把他带来了。秦琴跟许玲说了几句话就把章明带进了房间。

许玲辗转反侧，恍惚中她听见了洗手间里有声音，她紧张起来，不由情不自禁地站起身来到客厅，她听见秦琴睡的房间里发出做爱的声音来，就有点受不了。她拿起水果刀走进了洗手间，并迅速地开了灯，但里边没什么异样。

秦琴睡的房间里。秦琴跟章明做完了事，就披上睡衣，她开门出了房间，当她来到洗手间时，洗手间的门却打不开。她叫来章明，章明撞开了洗手间，见许玲躺在浴缸中，浴缸中的水呈红色，不由惊骇不已。

医院观察室中，许玲脸色苍白地躺在病床上，秦琴默默地坐在床边看着她。

她的眼睛睁开了。她见自己竟然在医院里，就问秦琴道，出什么事了？

秦琴就把昨晚发生的一切告诉了她。她隐隐约约记起来了。她问自己，她为什么要自杀，难道她真的做了不可告人的事情？

秦琴见她面露凶光，双眼凝视着自己，不由一阵颤栗。就问道，是不是你把蔡欣杀了？

许玲叹息一声说，“莫名其妙，我为什么要杀他？”

“那你为什么要自杀？害怕他的鬼魂来报复你？”

“我感到太累了！我感到活着没意思……”许玲沮丧地说。

“你不能这么想，你住了这么漂亮的大房子，生活上要什么有什么！”

“这是你们的想法，而我下个月房贷按揭都成问题！”

“你别这么悲观，一切都会好起来的！”秦琴由衷地安慰道。

两人说了一会，接着医生来检查了，对许玲说，“你可以出院了。”

## 四、神秘现身

回家后，秦琴安顿许玲躺下，随后拨电话到许玲的公司，她为许玲请了假。

许玲迷迷糊糊地躺在自己的卧室中，她的回忆出现了，“客厅中，她跟蔡欣谈起了买房子按揭的事，蔡欣说，他这个月做得不好，没钱还房贷。她恼火了，两人争执起来，蔡欣竟一气之下出去了。她不知所措，不由举起了电话，向朋友借起钱来。”她想到这儿，全身不由颤抖了一下。

客厅中，秦琴正跟人通电话，她正在跟别人谈论许玲的事。

现在，秦琴搁下电话，听许玲的房间里有人在争吵，就急忙过去，当她推开房门，她看到眼前的景象惊奇不已，床上被子零乱不堪，许玲正在说梦话呢！秦琴感到问题有些严重，就希望许玲去看心理医生。但许玲死活不答应，说自己没有心理问题！

然而，那天从医院回家，许玲的情况就越来越差，她反应迟钝、目光迷惘、一脸忧郁。秦琴急了，她开始确信这是件扑朔迷离的疑难案子。许玲需要有人保护！由此她几乎不离许玲左右了。

响起了敲门声，秦琴去开门，进来的是蔡欣的母亲。她大声嚷嚷，不讲情理地逼许玲交出她的儿子，许玲气得浑身颤抖起来……

秦琴劝蔡欣的母亲，终于把她说服了，并把她送了出去。

秦琴终于说服了许玲，由她陪着去看了心理门诊，医生说许玲得了忧郁症为许玲进行了心理疏导，还为她配了药。

回家后，许玲吃了心理医生配给她的药，昏昏欲睡。渐渐地她进入梦境……她梦见一个陌生男人来到她的房间。她听见了剧烈的门铃声，她披上衣服爬了起来。

原来一个男人在按门铃！门开了。半醒半梦的许玲望着门前的陌生男人。她竭力回忆，却想不起曾跟这个男人有过什么纠葛。男的自我介绍道，他叫卢扬，他是她的朋友，他曾经追过她，如今他了解眼下她特别需要帮助，就来找她了……于是她请他进来了。

卢扬劝她吃他带来的药，说吃了这种药就不会做噩梦了！

她将信将疑，但还是按他的意思吃下去。她竭力回忆眼前这个男人究竟是谁，却一点也想不起来，她越来越迷惘了。

一个小时过去了，两人越谈越投机，两人仿佛是老朋友一般，卢扬向她大献殷勤……她的感觉越来越好。

这时候，秦琴回来了，她见许玲跟一个陌生男人如此亲热，震惊不已，她猜测这男人或许就是许玲的外遇？秦琴向他打听蔡欣的下落，可卢扬神秘兮兮地说他什么也不知道。秦琴对她有些怀疑了，这时候夜已经很深了，秦琴要求他离开这儿。卢扬却说想留下来陪她们，许玲犹豫不决，但秦琴坚决要他马上离开这儿。卢扬只得悻悻走了。

卢扬走后，秦琴才放心。但许玲有些失落，她昏昏沉沉的像是梦刚醒一样，语无伦次地说她实际上希望这个卢扬能留下来陪她们。

秦琴跟她争论起来，秦琴说这个卢扬看上去不像是个好人！

半个多月过去了，许玲的丈夫蔡欣还是没有踪影！警官来许玲这儿了解过几次，但毫无进展。这天，许玲走进公司的财会室结账。她已被辞退，她是去领最后一个月的工资的。

夜又深了。许玲正在看电视，电话铃响了，电话是卢扬打来的，他问她做噩梦了没有？她说做了。他又问她药吃了没有？她说没吃。他问她现在她家里几个人，她说就她一个人。他就说要来看她，她说已经太晚了。

但不一会卢扬还是来看她了。卢扬见没人，就向她表示了爱慕之意。她有些害怕，但心中很激动。卢扬见她对自己有点意思，就对她动手动脚起来，她吓昏了，她激动不已、却浑身颤抖地躲闪着。

与此同时，秦琴正跟章明在一家咖啡馆喝咖啡，他们正在谈论许玲的事。秦琴突然心灵感应地停下谈话，她拿出手机，给许玲拨了电话，她问许玲怎么样，是不是出事了？许玲此刻仿佛清醒了，她告诉秦琴说，那个卢扬又来了！秦琴要求许玲把话筒给卢扬，她想跟他说几句话。

然而，当秦琴让她把话筒给卢扬时，卢扬却不见了！许玲搁下话筒，逐个房间去找卢扬。

她来到书房，她看见烟缸中冒着烟的烟头……情形跟她在梦境中看到的有些相似……她惊恐不已，恍恍惚惚地来到镜子前，对着镜子上的自己，连声问道，我是在梦中还是在现实中？

而在咖啡馆的秦琴见电话突然断了，就急了，对章明说，走，马上去许玲家！章明犹豫了一下，还是跟着秦琴去了。

赶到许玲家，秦琴按门铃，但里边没动静，秦琴拿出钥匙，打开房门，见许玲颤抖地蜷缩在沙发中不由惊呆了。

她问许玲发生了什么事？那个卢扬人呢？许玲却呆呆地什么都说不上来。

秦琴安顿许玲睡了。章明去卫生间时，突然发现里面有动静，便屏着呼吸悄悄地在门外观察了一下，随后开门进去，里面却什么也没有。

由于秦琴怕许玲自杀，就不离她左右。秦琴见她睡着了，就轻轻地回了自己的房间，章明已经在等她了。章明把刚才洗手间听到的动静说了，秦琴要求他陪她去洗手间。

但当他们来到客厅时，他们突然看见黑影一闪，不见了。章明吓了一跳，说明日要上班，他准备走了，秦琴有点生气，但她留不住他。秦琴回到许玲的房间，见许玲正疑神疑鬼地说梦话，便静静地听了一会，但她感到越来越害怕，想离开这儿，见许玲可怜兮兮的，终于留了下来。

## 五、原形毕露

许玲跟秦琴正吃晚饭，电话铃响了。许玲去接电话，电话是章明打来的，他说他今晚不能来。许玲把话筒给秦琴，秦琴希望他能来，但章明已经把电话挂了。秦琴又拨电话给章明，章明要求她出去谈，秦琴犹豫片刻，答应了。

秦琴吃了饭就出去了，当秦琴走后，许玲便一个人了，她神情恍惚，此刻怪异的事情发生了，她的房间里突然出现了卢扬，她感到非常迷惘，难道这又是在做梦？此刻，卢扬微笑地望着她并慢慢地向她靠近，她紧张不已……这时电话铃响了。她去接电话，传来了遥远的幽灵般的声音，希望她接受卢扬的爱……她迷迷糊糊地答应了。这时卢扬搂住了她。她由他亲热着……但当她再看卢扬时，卢扬的脸变了。她惊恐得不知所措，原来站在她面前的不是卢扬而是蔡欣！这前前后后究竟是怎么一回事？她脑子飞转却一片空白，此刻，她什么都想不起来了。

蔡欣笑嘻嘻地望着她，他说他如今证实了一切，她是不爱他的！她似梦非梦的双眼凝固了。当她真的向他伸出手时，他突然间消失了！这到底是梦还是现实？此时此刻的蔡欣是幻影还是真人？她竭力回忆刚才的情景。

现在，许玲房间里静静的，她在床上说着梦话（她已经有了幻觉）。现在她像梦游一样地下了床，她走出房间，在客厅中喊道，蔡欣，你在那儿，我是爱你的，你到底是活着还是死了？上次我们吵架了，是我不对，但你不该这样报复我啊……她絮絮叨叨地说着，这时卢扬又出现了，他说他就是蔡欣，他没死，他还活着！她惊喜若狂，但一看是卢扬，她又沮丧不已，说他在骗她！

秦琴跟章明进来时，卢扬却突然消失了。

秦琴见她一个人自言自语，不由惊呆了。

秦琴哄她上床，但她一个人说个没完。秦琴、章明谁也听不懂她的话。

许玲呆呆地坐在沙发上，秦琴坐在她身旁，她劝许玲听她的话，去医院检查一下，这是为她好……许玲突然站起身说，她很好，她什么地方也不去，如果再提去医院的事，她就自杀！秦琴吓得不敢再说什么，她离开了许玲。

第二天清晨，许玲静静地坐在房间里，房间里突然又出现了卢扬！卢扬开始跟许玲谈起了感情问题，卢扬告诉她他是她的初恋……她开始竭力回忆，但她好像什么都记不起来了。卢扬则帮助她回忆。

卢扬慢慢地挨近她，突然就搂住了她，她已经无力反抗。但在她的目光中，卢扬的脸变了，变成了蔡欣！她突然惊呼道，你究竟是卢扬还是蔡欣？卢扬说，真正的蔡欣已经死了，我是蔡欣的鬼魂！他突然把他的长舌吐了出来。

她见此情形惊恐地吓死过去，不由猛地把他推开了，转身就冲出门去！她来到了街上，她在街上飞奔……

晚上，秦琴来到许玲家，房间里静悄悄的，她紧张地走进房间，找遍了所有的房间，却没许玲的影子。她打电话给章明，问他怎么办，说许玲不知去向，她有点害怕。章明说他马上来陪她。

秦琴忐忑不安地等许玲回家，她打开电视机，看起了新闻节目，当她看到清晨时分有一个穿着睡衣不明身份的女人被一辆载重车撞成重伤时，她震惊不已！她慌忙去找许玲的睡衣，但衣橱中根本没她的睡衣！她猜测也许电视上被撞死的女人正是许玲？她不由胆战心惊了。

秦琴刚给章明打完电话时，房间里突然出现了蔡欣，他也不管秦琴在场，心急如焚地找寻着什么东西（许玲的人寿保险），但当他意识到自己有些鲁莽时，就转身打量起秦琴了。他要她离开，这是他的家。她问他这一阵躲到哪儿去了，怎么没有一点音信？为什么要装神弄鬼的谋害许玲？两人争论了一会儿，蔡欣向她解释着什么，秦琴开始怀疑他了。

蔡欣意识到秦琴怀疑自己了，就向她解释着，“我离开她，是因为她得了抑郁症，我没法跟她一起生活下去，是她把我逼走的！”

“不会吧？你老是在半夜里装神弄鬼吓唬她，她怎么会不发疯？那个卢扬是不是跟你是同一人？或许是你带上面罩扮演的？”她问道。

“算你猜对了！她是车祸死的，跟我没关系！”

“是你害了她！”她高声叫道。

蔡欣见她这样，突然笑眯眯地向她靠近，她浑身一颤，不由心惊肉跳了！他告诉她许玲已经死在医院里了！秦琴转身就走，但已经晚了，蔡欣挡住了她。

“你想怎么样？”她说。

“留下来陪我吧，会有你好果子吃的！”蔡欣说着露出狰狞的面目，他要求秦琴服从他，做他的情人要不她就得死。

“不，我要去告发你，是你杀死了许玲……”她坚决地说。

“笑话，她是车祸死的……”

“她是你害死的……”

“你有证据吗？”

“有……”她肯定地说。

“我让你有！”蔡欣说着一步步逼向秦琴，秦琴向后退去。蔡欣倏地冲上去，掐住了秦琴的脖子，秦琴惊骇地大声叫唤，但马上就喊不出声音来。

这时，章明已经赶到了许玲家门口，他听到房间里秦琴嘶哑的挣扎声，就使劲地敲起门来，但当他知道门是敲不开的时候，当即拨通了110电话。随后他撞起门来，门终于被他撞开了。

章明向蔡欣扑了过去……蔡欣放开奄奄一息的秦琴，转身对付章明，两人动起手来。

秦琴气绝身亡。一会儿，警车呼啸而至……把他们俩带到了警署。

## 尾　声

许玲家发生的一切终于水落石出了。原来，许玲跟蔡欣结婚四年多来，两人感情一直不好，蔡欣工作不稳定而经济拮据，两人常因每月还按揭贷款而争吵，由此许玲得了抑郁症。脾气暴躁的蔡欣想跟许玲离婚，但许玲就是不答应，由此蔡欣有几次真想杀了她，但一直没有实施。最终导致他离家出走的是因为债务，他知道出走后，这按揭将由她一个人还了！却又故意回来装神弄鬼，因他了解许玲胆子小而吓唬她，潜意识中希望加重她的病情，使抑郁症而发展为精神病，最后被送进精神病院。因为他知道，精神病人是活不长的，等她死后，他就可以独享这套住房，或者干脆抛掉它独吞房款。秦琴介入使情况更趋复杂，蔡欣对秦琴也恨之入骨，在他看来这是他家里的事，外人不应该介入，秦琴既然识破了他的诡计，所以他就对她也下了毒手……然而等待他的将是法律的严惩。

# 凌晨时分

2010年12月31日午夜时分，离新年尚差半个小时。我坐在电脑前，静静地等待2011年的到来。电话突然叫了起来，我心中一颤，这么晚了是谁打来的呢？举起话筒，原来是老同学徐铭打来的。他嗓音嘶哑，略带哀怨。我问他出什么事了，为什么这么伤心?！他语无伦次，几乎说不出话来，好长时间才弄懂他的意思，他希望我好好活着保重身体，现在他想明白了一切，他将在新年到来之际跳楼。

跳楼？我非常震惊。但一切都有可能。我看时间，离凌晨还差三十分钟。他说到做到，真是十万火急！他住在13楼，跳下去可不是闹着玩的，再说他这个人从来不开玩笑，更不会幽默。其实他跳楼的原因很简单：七年前他把房子抵押出去，贷款五十万，跟人合伙做生意，被人哄骗，结果非但颗粒无收，还欠了一屁股的债，生意做不下去，又面临按揭还贷，利率升值、银行催款，房子早晚保不住，五十多岁的年龄，找工作比登天还难，而老婆孩子早就跟他拜拜了，生活艰难、心情沮丧，既孤独又无助……他们夫妻之间的点点滴滴我真是太熟悉了。现在的问题是，怎么让他丢掉轻生的念头使他好好地活下去?!

是呀,一个对生活绝望的人你该怎么劝他呢?当时我脑子飞转着,我希望能想出有说服力的言词劝他别干傻事。此刻,他发现我为他失去理智的想法害怕不已竟准备挂电话了。我急忙说,你觉得这样做合适吗?他回答说,为什么不合适,这是我解脱的最佳方式。我说,你欠了多少人的债?八万还是十万?你小子这辈子就不打算还了吗?他说,他想还,但力不从心,想一了百了。之所以给我打电话,因为我们是老朋友,该向我道个歉。我说,你应该把钱还掉了再跳楼,要不你就不是一个男子汉。

工作都没有,该怎么还?他说前些日子他把房子过户给了儿子,要求前妻还余下的欠款,每月三千五,还得还六年。前妻已经答应了,不过前妻向他发出最后通牒,即三天内搬走滚蛋,他眼睛眨都不眨就答应了。一切都办妥了,他感到无牵无挂。唯一感到歉疚的是欠了我八千元钱没法还,只能等下辈子了。那天我真是绝了,手脑两用:我一边不停地跟他通话,我说我的钱别挂心上,接着跟他聊起了青年时代有趣往事等等,一边则打开手机,找出他前妻的手机号码给她发信息,说快去救他前夫徐铭,他的抑郁症得了多年,此刻正准备跳楼自杀,再晚些就来不及了!信息发出去了,我祈祷着他的前妻能及时收到,至于她赶到后该怎么劝他,我就管不了那么多了。

我还在跟他通话,这时离凌晨还差五分钟。他说时间不多了,他已经望见窗外繁星中的彩虹,他从来没看到过这样美丽的夜景,他要飞向彩虹飞入天堂,他这辈子也就心满意足了。我说活着就是天堂……

我想坏了，她的前妻不知道收到这个信息没有，或者她还在路上？我得稳住他。此刻他的前妻回信来了，我说，你要去天堂我管不着，你必须得跟一个人告别，这很重要。是谁？他问我。我说，待一会你就知道了。他说，你快说，时间不多了！我说，她要你等着她，她有重要的事情跟你商量，她要求你帮忙。

真的吗？我这样落魄还会有人求助于我？他激动地问我。我肯定地说，是啊，你要耐心等她一会，她马上就会来的！我说。这时，我听见了开门的声音……接着他就把电话挂上了。我想他前妻已经来到他身边开始劝他，惊险的一幕即将过去。

果然有惊无险。昨天他给我来了电话，说他们又走到了一起，要感谢我，还要请我吃饭。我祝贺他，说吃饭倒不必，就是八千元的借款还是应该想办法还我的……可我没说出来，或许会有一天还我的吧，如果他们夫妻真正地好起来。我想。

# 失恋那天

失恋那天，我去了住宅附近的 H 按摩店找小姐。这地方我跟我的朋友莫辉去过一次，那天我做了足部按摩和全身指压，对里边的服务小姐尤其那个姓邹的小姐留下了较深的印象。可自从有了恋人后再也没敢去。现在我失恋了，我放任自己又想去那儿。我希望见到那个姓邹的女人。

我三十岁，曾跟女孩同居过并差一点结婚，所以我的性欲特别旺盛。然而找小姐我心有余悸。如果染上性病呢？或者更严重如得了艾滋病呢？你必死无疑！你还敢去吗？你获得短暂的快乐，却迎来了长时间的痛苦，你会后悔吗？你有了一次，就会有第二次、第三次，你总有一天会被抓去劳教的，到那时你后悔就来不及了……我告诫自己。

但我还是想去一试，可脑子里全是问题！如，我与这些姑娘做爱能快乐吗？当我跟她们做爱时，我会感到紧张吗？万一被警察抓住，我会吓傻吗？当我付钱给她们时，我的手会颤抖吗？因为没有尝试过，所以我的头脑中出现了一连串的问题，我驻足不前。

我在按摩店门前停留了半分钟，当里面一个小姐出来叫我时，我就进去了，同时这一瞬间我希望见到姓邹的女人，我跟她只有一面之交，却印象深刻，这是我没有料到的。遗憾的是她现在不在按摩店。我见一个男人笑嘻嘻地跟姑娘们开玩笑、讨好她们，不停地跟她们调情说话，好像这儿不是按摩店，是他的后宫……他发给每个姑娘一支中华香烟，好像是对她们的施舍。接着他带着一个他选上的小姐去了按摩室。

半年前给我按摩的小姐竟然认出了我，她悄悄问我，今晚是不是就做一下按摩，还是需要其他服务？我问她，你们的邹小姐怎么不在？她说邹小姐不常来，她是这儿的老板！有事就跟我们通电话。我问她我怎么才能找到邹小姐？她看了我一眼，目光流露出对我的一丝不信任，她迟疑片刻说，邹小姐是不为顾客服务的。她明天可能来。

我点点头，像上次那样在按摩室的床上躺下了，我说，我就做一下指压罢。

我说这话是言不由衷的，我多想跟眼前这个姑娘做一次啊，可我并不喜欢她，因为我觉得她长得太瘦弱了，可没想到她的手指很有力气。可此时此刻，我就想着邹小姐。而她正在为我按摩。我问她道："你能告诉我邹小姐的电话吗？"

她说："不能，除非她自己告诉你。"她朝我莞尔一笑说："你喜欢上她啦？她可不会随随便便跟人上床的噢！"

"我就想再见见她，她是与众不同的姑娘。"

"那把你的手机号码报给我，我会给她的，你这样的人她也许会喜欢。"她说。

"谢谢。你叫什么？"我问。

"你叫我小红吧。"她笑道。

现在，我闭上了眼睛，我的肉体被一位姑娘抚摸着、按摩着，我感官所感觉到的，是一种享受。自从我跟女友分手后，我身边就再也没有过其他女人。来这儿做全身按摩，却总能聊以自慰。快乐和痛苦并存。因为我没有达到那种境界。我的理性使我暂时还不敢跨出那一步。

面对那些姑娘，我感到很渺小，因为我的灵魂很肮脏，我感觉到她们也是一种服务，社会需要的就是合理的，尽管许多人不这样认为。我渴望她们抚摸，并且紧紧地拥抱她们。我不知道用什么词来形容当时的一副满足神态。

## 2

几天后邹琳给我电话了，我喜出望外。她问我，你是不是叫汪秋水？我见过你一面，你现在有空吗？

我自然说有空，可我看了看时间，已经是深夜十点钟，这么晚了，还出来见面合适吗？我还没来得及表达这意思，她就约我去了 X 酒吧。

我赶到那儿已经快十一点了，邹琳正静静地坐着等我。

正值初夏，她上着豆沙色的紧身上衣，下穿一条米色的中短裙，嘴唇涂成暗红色的花瓣状，她四肢均匀、体态轻盈、坐姿幽雅，然而此时此刻她的双眸流露出淡淡的忧郁。

她请我坐下，问我喝什么？我说随便什么都可以。她就为我要了一杯冰啤酒，她自己喝的是威士忌加苏打。

她打量了我一会说："为什么要见我，有什么事吗？"

"没什么事，只是想跟你聊聊……你与众不同。"

"聊天也要收费的，你得买我的钟。对了，你看上去是个正派人,怎么到我们这种地方来啦?”她莞尔道。

“无聊,有时就不想一个人呆在家里。”

“无聊?你这种人挺虚伪的,真让人讨厌!”她猛喝一口说。

我浑身一颤,没想到我竟然被她讨厌,我半晌说不出话来。

“刚才,我的一些姑娘们也全都被抓走了,我幸亏没在那儿……是不是你去告发的,或者,你就是个便衣警察,你把我们出卖了?”她瞪了我一眼说。

我惊呆了,说:“完全是误解了”,急忙为自己争辩:“凭什么我要出卖你们呢?而且我的朋友莫辉常到你们那儿去玩。”

她用不信任的眼光看着我,说:“那你为什么像个便衣,又是打听我的情况,又对姑娘们一尘不染?难道你是个圣人?”

我大笑起来,然后诚恳地向她解释了一番,也就是把这几天来对她的一些想法告诉她。她将信将疑地望着我:“你真想跟我交朋友?”

我点点头:“你对我的诱惑力太大了。”

“你别恭维我。在你眼里我不过是个小姐而已……你不像一个善良之辈。”她点燃了手中的烟。

“随便你怎么看我,只是我见过你之后,一直想起你。”我把她手中的烟夺了过来,吸了一口,“这烟味道不错”,随后又还给了她。

她噗哧一声笑道:“骗人!我不信你们这种人的花言巧语。这种话我听多了!没想到你们男人都是一路货!”

“对不起。你要这样看我，我也没办法。你现在怎么办？”

她嚯地站起，慢慢地又坐了下来，她双眉紧蹙，语气沉重地：“既然你把我当作朋友，肯不肯帮我一个忙？”

“当然。只要我能帮忙。”

“出事了，上次跟你一起来的莫先生也在。我现在不敢回去。我的一些小姐妹肯定要被送去劳教的，她们为社会做出了牺牲和贡献，可她们仍要被送去劳教！她们不说出我还好，如果把我出卖了，我是逃不掉的。”她看了我一眼：“我自己租有一室一厅的房间。可我现在不敢回去。”

我猜出她的意思来了，她是要找一个安全的地方躲几天。

“你要我帮你什么忙？”我明知故问。

“你让我去你家里躲几天，等事情过去了，我再走。”

“那没问题。可我的家很小且只有一张床……”我尴尬地说。

“没关系。我可以睡地板，反正是夏天，很方便的。”她笑嘻嘻地说。

我答应了，“我有沙发。”我补充道。

## 3

我没想到我竟然会将邹琳带回家。当时我想这是我自找的麻烦，这不能怪别人，那晚她睡了我的床，我睡了那张破旧的三人沙发上，这沙发是人家准备扔掉的，被我捡了来，如今却派上了用场。

一个漂亮的女人躺在我的床上，这使我的心中充满了幻想，尽管她是做这档子事的女人。第六感觉告诉我，我是十分喜欢她的。此时此刻她的身上洋溢着某种情欲和温柔的气息，我偷偷地看着她优美的睡姿，听着她轻微均匀的呼吸声，这对一个长期孤身独居的人来说，意味着什么？不用说，那晚我一夜没睡好。我既怕警察会突然到我家里来找她，又有一种难以克制的欲念在吞噬我的灵魂。渐渐地这种欲望越来越强烈，我几乎不能控制自己了。

一种声音向我呼喊："快躺到她的身边去，她刚才不是给你暗示了吗？你怎么这么傻，竟然无动于衷！现在还来得及，她不会拒绝你的！"

"是时候了。"它再次呼喊："你不是喜欢她吗？你不是渴望有一个女人陪伴你吗？你这傻瓜，以后再也不给你机会了！"

我感到窒息，她现在需要我的帮助，我不能乘人之危。

这时，另一种声音出现在我的耳边："她只不过是一个小姐哟，值得你去爱吗？她曾经被许许多多男人玩过，你还想做她吗？"

让我离她远点吧，她是个罪人！她曾让数百甚至上千个男人开心，可她在我们的眼中却罪孽深重，你还蔑视她吗？

可是她在我的眼中却是那么的可爱，那么的天真无邪。

我的欲念增长了。我开灯起来喝茶，当我偷偷地看她时，她的双眸睁开了，她呆呆地看着我，我们的目光相遇了。我感到我很笨拙，我把她弄醒了，我望着她不知说什么才好。

"你怎么还没睡？你在想什么？"她揉了揉眼睛说。

"我在想莫辉，今晚他要在派出所的拘留室里呆一晚了。"我说谎道。

“他会没事的，他最多罚五千块就可以出来。”

“他不会被送去劳教？”

“他是第一次被抓，罚点钱就完事。”

“这太可惜了，他老婆刚被辞退。”

“他是自作自受。”

“他会被单位辞退吗？”

“我不知道。这要看他单位了。如果派出所放他一马，让他老婆带着钱来领他回去就好了，那单位就不知道了。”

“可他老婆知道他在外面嫖娼怎么受得了？”

“据他说，莫辉的老婆四年没跟他同床了！”

“那为什么还不离婚？”

“也许是为了孩子，孩子还小。也许是为房子，房子分不开……”

“如果一个男人离婚了很久找不到女人，或者这个男人老婆不让他睡，一时又没有找到合适的女朋友，他生理上又特别需要……我们这样的按摩院是不是对他们这种人有点意义？”

“这是社会问题，很难用几句话概括清楚。”

“难道我们没有存在的价值吗？”

长时间的沉默。

她突然笑吟吟地望着我，我被她看的不好意思，好像他发现了我的内心世界，我心中的秘密……此刻我关上灯慌忙躺下。

“你是不是想要我？”她说。

我感到她太善解人意，而我反倒不好意思了。此时此刻我非常激动，可当我想到她曾经跟许多男人做时，我又迟疑了。

她见我不吭声，就说："我有男朋友，我知道你是个好人，你担心我有性病是不是？你放心，我自己早就不干这一行了！我不会收你钱的，你上来吧。"

"你现在心情不好，而我还不太了解你，我更不应该乘人之危……我不知道这事是不是应该……"

"你真是个想法多多的书呆子！我已经没兴趣了，后悔也没用。我要睡了，你可不要再吵醒我哟！"她感叹道，

"你安心睡吧，我不会后悔的！"我言不由衷地说。

"傻瓜！"她轻声地骂我道。

我听到了她轻微的骂声，但我无所谓。时间一分一秒地过去了，我辗转反侧，感觉度日如年。我跟她做爱是什么样子？我胡思乱想着，那晚我一夜没睡好。

## 4

第二天还没下班，我就想到了还在家里呆着的邹琳，我想象此时此刻她在做什么，是不是在看电视，或者在跟朋友煲电话粥？也许在翻阅我那只小书架上的藏书？我仿佛能看见她躺在我床上看书的姿态，因为在我眼中她是个喜欢读书的姑娘。我恨不得马上回到家里。

我向汪主编汇报了一下近期的工作，然后朝家里赶。但在路上邹琳打了我手机，她告诉我，她已去了市中心的 X 饭店，她在那儿等我。

我答应了。

当我赶到饭店她已经在等我了。

“对不起，上下班时，路上的车很堵的。”我解释道。

她请我点菜，我推辞说我什么都喜欢吃，她也就不客气了，一会儿她点了许多菜，还要了一瓶红葡萄酒。我说太多了，吃不下的。她朝我笑笑说，她早饿了，她要吃饱喝足。晚上她还有事呢！

菜陆续送了来，我们边吃边聊。

“我把钱送去了，也许莫辉已经回家了。”我举杯道：“对了，为你能躲过一劫而干杯！”

“谢谢。你知道吗，以后也许我不会再干这一行了，很丢人的。”她说。

“那太好了。我向你祝贺。”

“你知道吗，我已经有男友了，他非常喜欢我。他长的很帅，是一家装潢公司的老板，是个成功的生意人。他不知道我开了一家按摩店，我瞒着他。这事我不能告诉他，现在反倒好了，我的按摩店被查封，以后就想办法嫁给他……”她慢慢地喝着杯中的葡萄酒说。

我的头脑一片空白，我感到我很可笑。我一直以为她是个单身女人，既然她已经有了男友，而且准备嫁给他，为什么昨晚要答应我跟她上床呢？为什么出事后她不去找他呢，难道她怕连累他，或者他有老婆，不能随便去他家里？难道他不知道她是干这一行的？我对眼前的女人一点都看不明白。

“他经常请我到这儿来吃饭。”她笑道：“对了，今晚你是否再帮我个忙，到我租的房间里去看看，最好帮我去拿几件替换衣服出来……省得我去买。”

我犹豫着不答话。她见我沉思着，就说：“你怕被他们抓住？”

我摇摇头说:“我是不怕被抓。我没犯罪我怕谁?对了,我问你,来你这儿打工的小姐知道你的住址吗?”

“不知道,但她们知道我的电话。”

“她们会出卖你吗?”

“我想也不会,我平时待她们都不错,都是我的同乡……现在她们都被抓去了,不知道她们现在怎么样哩!我是很怕的……感到遗憾的是我没法跟她们的父母交代,但我会送些钱给她们父母的,她们的父母都很可怜……哎,我真想离开这地方,一走了之,但我租的房间里有一大笔现金……”她伤感地望着我不说了。

“我听说,你开这按摩店白道黑道都摆平了,怎么还出事?”

“是其他区的警察来检查的,是相互检查,他们早给我透过风,说这几天要当心,可我疏忽了,没告诉姑娘们,也不知道这么快就来,其实他们有时也来玩的。”她感慨万分地说。

“这事都过去了,也别后悔啦!我愿意冒险为你去一次。你把地址告诉我,我马上去你住处,你在这儿等我的电话。”我说。

她惊喜不已,兴奋地:“你真好,你做我哥好不好?”从包里拿出纸笔,当即把她的住处写给了我:“你打的去,千万小心点,如果房间里有人你就不要进去。我等你的电话。”

现在我后悔莫及,我昨晚该跟她睡一觉的,如今一切都晚了,她竟然把我当哥……我心中不愿意,但形式上已经承认了。因为当她说这话时,我没表示反对,只是望着她傻傻地笑了笑。

我拿着她写给我的地址正要离开,骤然间发现邹琳眼睛瞪大，双唇微微颤动，脸色顿时苍白，我又坐下，问道："你怎么了？"

"我看见……"她的眼泪顿时涌出："他跟我的一个小姐妹在一起！"

"谁跟你的小姐妹在一起？"我明知故问。

"他假装没看见我，我真想过去抽他一巴掌……你叫埋单吧，我们一起走，我不想呆在这儿了。"她用餐巾纸蒙住眼睛说。

我抢着埋了单，跟她一同走出了饭店。

## 5

我们来到街上，她拦了出租，她让司机直接开往她的住处。她一脸忧伤，看上去要比她昨晚沮丧多了。我想安慰她几句，但一时找不出适当的词来转移她对她男友的怨恨。

出租车在她的住处附近停下了，我说我先去她住的房间看看，如果没事，我就回来叫她。她望了我一眼说，你害怕吗？我摇摇头，但神情有点紧张，还是害怕了。

她说，好了，我现在不想回去了，真的遭到伏击就没意思了，过几天再说。接着她就叫司机开往我的住处。我不好意思违背她的意愿，我只是看了看她，她的双眼直愣愣的，她在想她的男友。

路上，她让出租车在一家大型超市门口停了下来，她下去买了许多吃食，替换衣服，卫生巾等等，还要了两瓶威士忌，她的脸上一直保持着严峻的表情，我感到事态有些严重。

一回到我的住处，她就要我把威士忌打开给她喝，我劝了她，她却用双眼瞪着我。我把威士忌的瓶盖打开了。她问我家里有没有冰块。我说我这里连冰箱都没有，怎么来的冰块？

她咯咯地笑了起来，说我是一个不懂生活的人！随后她就喝了起来，还希望我陪她喝，她要一醉方休。我陪她喝了一小杯，趁她不注意，把一瓶威士忌挪到了床下。

在这个初夏的夜晚，邹琳——这个失恋中的女人，在我的小屋里唱着流行歌曲，喝着威士忌，满嘴的胡话，我忧心忡忡地望着她，她看上去马上要去自杀似的。我劝她别再喝了，醉了不好受！但她看都不看我一眼，好像我不存在一样。

我见她还在喝，脸上露出一丝倦意，就夺下她手中的酒杯，她瞪了我一眼，醉意朦胧地说："把杯子给我。"

"你不能再喝了。"

"让我喝醉吧，喝醉了，就什么都不想了。"她双眼瞪着酒杯恳求道。

"喝醉了，对你的身体有害。"我坚持道。

"我不管，你给不给我？"

正说着，她小提包里的手机叫了，她脸上流露出紧张的神色，她慌忙把手机取了出来，她听起了电话。这使我想起了她的按摩店。

现在她脸上的表情由忧郁转变为激动，她跟对方说："好吧，我相信你，我会听你解释的，你什么时候过来？"她的目光盯着窗外："明晚？好吧，明晚我等你。"她关上手机笑嘻嘻地望着我："好了，再让我喝一口，我就不喝了。"

我把酒杯给她，一口把杯中的酒全都喝光了。随后她去了一下卫生间洗了洗。出来后她的神态比刚才好多了，接着她在我床上躺下了，她双眼望着天花板。

“刚才他来电说他今天刚回来，他跟那个女孩是逢场作戏，他就爱我一人。”

“他是这么说的吗？你相信他？”

“是的，他还发了誓。”她说。

恋爱中的女人智商是很低的，很容易轻信别人，她的男友其实在玩弄她的感情，她却一味地相信他，我把这意思说了出来，她却认为我在嫉妒她的男友，我只得沉默不语，早知道她有男朋友，我也不找她了！她兴致勃勃地说她跟他的恋爱经过，说着说着竟然睡着了，我为她盖上了毯子。

望着她半闭半阖的双眸，我忍不住想吻她一下，但当我想象她和她男友躺在一起亲热的情景时，我的欲望、我的激情竟烟消云散了。

第二天她醒来后就匆匆离开、去找她的男友了，此后再也没有跟我联系，我曾打电话给她，但她说他跟男友在一起，希望我不要再打扰她。我感到又一次的失落，胸闷了好久才慢慢恢复状态……

大约半年后，我又强烈地想起了她，想起她那晚看着我微笑的表情和目光，我是一个怀旧的人，此时此刻多希望再见到她啊，或许她跟那个男友已经分手了，但当我举起电话准备打她的手机时，却犹豫不决了……此后我再也没有见到她，她已经在我的生活中消失的无影无踪了。

（选自贝鲁平长篇小说《灵感》）

# 梦与现实

苏梅一早醒来，见窗外飘起了雪花，小区里的绿地已经有了厚厚的积雪，就竭力回忆刚才梦中的一幕：她隐约记得，自己骑着车在白茫茫的马路上飞驰，突然就滑倒了，倒地后迎面驶来一辆大卡车，把她压了过去……她惨叫一声就惊醒了。

看时间已经是七点四十分，得马上起床去公司，然后去拜访三位客户，一位重要客户刚住院即已向她提出理赔要求，客户不知该怎么操作理赔程序，希望她代理，昨晚她答应第二天去医院看他，现在的问题是，窗外鹅毛雪花，而刚才的噩梦回想起来很真实很惨烈，那卡车压过来那一阵几乎像真的，现在胸部还有点疼，所以自己是不是还应该骑车出去？这么多年来她的交通工具就是骑助动车，对公交地铁非常陌生，而事情如此之多，不骑车几乎没法出门……正犹豫时，电话铃叫了，竟然是前夫杨剑打来的，杨剑提醒她今天大雪路滑，出门小心，如果没必要就别骑车外出，她听杨剑的口气就是假心假意，不由来气道："别来烦我，你还是关心一下你的新老婆吧！"当杨剑再次告诫她别开助动车外出时，她已经把话筒搁下了。

由于杨剑的电话，苏梅还是决定骑车去，这么多年来她就是不愿意听杨剑的，尤其是近段时间，杨剑隔三差五地打来电话，离婚了还来关心她，她觉得没意思。

雪花仍在飘舞。现在她骑车上路了，一路上她小心翼翼，尤其是看到大卡车，主动避开唯恐之不及，被压在车轮下的梦境一直浮现在她眼前。终于到公司了，参加早会、打印计划书、与业务员沟通等忙了一上午，竟将梦中的情景抛掷脑后。

从公司出来，直接去医院，随后跑了两家客户，事情圆满办妥，已经是晚上九点多了。这时雪也早已停下，她开始朝家里赶，一路上小心翼翼。当她离家还不到一百米时，突然听到不远处一阵刺耳的急刹车，朝前望去，不远处见一辆载重卡车迎面停了下来。心中一惊，猛然想起上午的噩梦，觉得梦有点玄。随即踩了一下油门来到卡车前，一辆助动车被撞在一边，已经不成形了，而它的旁边，一个中年男子趴在地上一动不动。司机吓得不敢下车……而她，被眼前的一幕惊傻了：趴在地上的中年人是她的前夫杨剑！

已经有几个人围了上来，苏梅当即打电话报警，还拨了120急救电话。随后她慢慢靠近杨剑，且弯下身去呼唤他的名字，杨剑此刻毫无反应，他其实已经昏迷，或者已经死亡。一群人看着她，她并不在意，一个劲地呼唤着他的名字。不到十分钟，警车和急救车呼啸而至……由于抢救及时，杨剑活了过来，但全身多处骨折，还伴随脑震荡，所以一直昏迷不醒。

苏梅想，如果不是杨剑替她出了车祸，也许这天晚上被撞的应该是她。她有点自责，因为当杨剑提醒她下雪天骑车当心的时候，她也应该告诫他要注意安全啊，为什么她就耿耿于怀过去的感情纠葛而不主动提醒他呢？毫无疑问，那晚杨剑是来看她的！就这么简单。此刻，她在他的床头不停地呼唤“杨剑”这个可爱的名字。然而，一个星期过去，他还是没有醒来，她尽管有点失望，但她还在坚持。

大约半个多月后，杨剑终于在她亲切的呼唤下睁开了双眼。他们互相对视，都流下了滚烫的泪水。杨剑动了动嘴唇，意思是说，他很高兴见到她，他再也不离开她了。她还是提到他和他的那个女人的事，他告诉她，压根他外面没有女人，是她捕风捉影了。她终于相信了他。

三个多月后杨剑痊愈，当苏梅接他出院时，她向他提到那个可怕的梦境。杨剑说，梦与现实有时是有关联的。那天黎明他也做了跟她同样的梦，在梦中，他看到她被卡车撞倒了。于是他醒来后就打电话给她，希望她别骑助动车，他怕她出事，没想反倒他自己出了车祸。实际上梦中可怕的情景是在提醒他们注意行车安全啊……

# 短信风波

我男友吕景文为人正直善良、工作勤奋踏实，颇受他公司上层的赏识和器重，我感到欣慰的是我已经跟他谈了三年恋爱，准备结婚了。

婚礼那天，我大学里的同学都来祝贺，然而让我难堪的是曾经追求过我的大学同学周君良不请自来！当我发现他远远地望着我时，我的心中不由一颤，却再也不敢朝他那里看了。

婚礼进行时，周君良突然朝我走来了，我顿时感到紧张起来，唯恐他会说些怪话让我难堪。此刻他向我微微一笑道，“怎么，不希望我来向您祝福?”当着我丈夫吕景文的面，他向我献上了一束红玫瑰。我神情紧张急忙道谢，吕景文却都看在了眼里。

我见周君良看上去没什么恶意就平静下来。不一会当我跟着景文来到同学中间敬酒时，周君良又悄悄对我说，“你们的婚姻不会长久，你会重新回到我的身边的!”我吃了一惊，他这是什么意思？难道想跟我重燃旧情？在大学时代我跟他有过一段恋情，但这已过去五六年了，而且当初我们分手时也都讲清楚了，没想到他还会这样盯上我。但场面上我仍强装镇定，像什么也没发生过一样。

婚礼结束了。来宾纷纷道别。送走客人，我忧心忡忡地跟着吕景文来到新房，我见吕景文脸色有点难看，我以为他已经知道我们的过去，就把自己在大学时曾经跟周君良相恋的事说了。吕景文听了沉默不语，他还以为我跟他还藕断丝连，就反复解释，但这种事是解释不清楚的啊，我恨死周君良了！而此时此刻吕景文不再有笑容。我当时就后悔莫及。觉得自己心直口快，几乎是闯祸了！于是我进一步解释说："我早已把这个周君良给忘了，要不是看在同学的情分上，我是绝对不会邀请他来参加婚礼的。"吕景文很有风度地说："我怕你们还有来往呢！只要把他忘了就好。"这才使我放下心来。

令人沮丧的是，第二天周君良发短信给我，希望能跟我见上一面。我想我没有给过他手机号码，又是谁告诉他的呢？也许是我其他同学，我又不能阻止他们！我当时就回绝他说电话里谈一谈就可以了，不必见面。可周君良说电话里说不清楚，再三恳求我出来一叙，不管我同意不同意，当即约定了见面的时间和地方——烛光咖啡馆。

我已经结婚了，而初恋的情人来骚扰我，自然思想斗争很激烈，我其实是多么害怕见到他啊！到了约会时间，我还难以做出决定。可他又来短信催我了。由此我身不由己地还是去赴他的约了。

周君良见到我后即滔滔不绝，他告诉我说他这么多年来其实一直在等着我，而我竟然不通知他一声就结婚了，他受不了，眼下他感到非常痛苦……

我甚感震惊，不是说好分手了吗？怎么会是这样呢？我诚恳地对他说："周君良，我们是老同学，虽然曾经好过，但一切都已经过去了，别再纠缠我好吗？因为我现在是个已婚的女人啊！"

"但我忘不了你。"他说。

"你也可以找个心仪的女孩结婚的啊！"

"除了你，这世界上我是不会跟任何一个女孩结婚的！"

"不要这样，你让我好难受！"我没想到他对我还是那么痴情，不由情不自禁地叫道。

"我没想到你竟然这么快就结婚了！当我听到这消息，我差点想自杀……"他激动地说。

"你不要说了，我该回去了。"我痛苦地答道，我想如果我不走的话，我会被他说动的，也许会旧情复燃，那就不可收拾了！是的，在我跟他交往的记忆中我最怕他动真情，我相信他会做出傻事来，此刻，我想快点离开他。

周君良却没理会我的感受，望着我说个不停。我终于忍不住站起身要走，他这才表示道，以后不再纠缠我了……

如果真是这样就好了，可他其实只是说说而已，几天后他又发来短信，说既然我拒绝他，那他活在这个世界上也没什么意思了！竟然在短信中表现出想自杀的意思来。我这个小女人就是胆小怕事，我想也许他只是吓唬我一下而已，我在短信中只得好言劝慰。希望他去找别的女孩，我还想介绍他去婚介所，那里的好女孩是很多的！可周君良狡黠地回道，他这几日天天在想我，还回忆和我度过的那些美好时光……此后我害怕他发短信给我了，我想把我的手机号码换了，但他几乎猜到了我的想法，说如果我把手机号码换了，或者关机，他就找到我的单位或家里来，我只得听天由命。

与此同时，老公吕景文仿佛忘记了我们婚礼上的事情，我感到欣慰，其实我本来想把后来发生的一切都告诉他，但我怕这事越解释越说不清，会使夫妻关系产生隔阂，就只当没事一样平平静静地过起了日子。

后来才知道吕景文是一直怀疑我跟前恋人有接触的，我只是没有感觉到而已。然而让我感到痛苦的是吕景文待我没有在婚前体贴了，有时竟像陌生人一样。我发现他原来跟他公司里的一个叫金佩玉的女孩好上了。有一天他又半夜回家，我问他是不是公司里又有应酬？他说是的。可这天我打过电话去他公司问过其他人，其实那天他没应酬的事，又跟那个女孩出去鬼混了。我真的一点都受不了，结婚才半年，他就有了外遇！我逼他承认，他说这一切都是我自己造成的，我当时哭了，哭得很伤心，内心深处我恨透周君良了。他见我这样就安慰我说，他不会怪我的，也是理解我的，在他的眼中好像我跟周君良是真的藕断丝连了！当即把婚后发生的一切告诉他，但他似笑非笑将信将疑地望着我，不发一言。

水能载舟，也能覆舟，事到如今解释也没有用。其实周君良天天发短信给我，有时又打我电话约我，几次我都慌忙关上手机，可这样反而弄巧成拙，他猜测出这位打电话给我的就是那个叫周君良的人。他说如果这样的话，就什么都不用解释了。我情绪低落，神情压抑，常常睡不好觉，所以脸色苍白，我思前想后，还说什么呢？该谈离婚的事了吧？让我回到初恋的情人怀抱中去？可经过此事我已经对周君良产生了极大的反感了。他不是一个君子，君子成人之美。

第二天周君良又打电话给我，他问我说，昨晚为什么关机？我不想回答他的问题，真想狠狠揍他一顿！可是他又约我出去，他希望我答应他……我没想到周君良会这样难缠，我跟他的感情早已经结束了啊，不是跟他说过了吗？他葫芦里究竟卖的什么药？是不是我当初提出跟他分手他现在就想报复我？我感到从未有过的恐惧！我慌忙又把手机关了。

可第二天周君良真的来到我公司，我请他去公司旁边的咖啡馆，我尴尬万分，希望他别这样，这样下去他会破坏我的婚姻！因为我认为我跟吕景文的婚姻还是可以挽救的。我口气很婉转地说出了我的想法。可周君良坚持说我并不喜欢我现任的丈夫，实际上喜欢的还是他！他希望我跟吕景文离婚。他实在太喜欢我了！他最近认真想过了，失去我他没法活。他以前也对我说过这样的话，最后怎么样呢，他还是离我而去，他是个不太讲信用的人，难道这次他浪子回头了？再说我会不会重新爱他呢？我不知道，此刻我感到困惑。我该怎么办？面对他真诚的双眼我反复问自己，我本来希望跟他谈谈清楚，希望他别再纠缠我，可没想到他竟然要说服我！

这段时间我老公吕景文跟金佩玉的关系在发展着，我绝对有感觉。吕景文待我不冷不热的，我看得出来，他一直在应付我。其实他希望我提出跟他离婚。但我仔细想想我还是爱他的，他也是真心爱我的，要不我们何以会走到结婚这一步呢？尽管他已经有了外遇。我想他是不会把那个女孩当真的，等他们激情过了就会回到我身边来，而且我根本没想过要跟他离婚。

然而，让我感到心神不宁的是每天我收到周君良的不少情感短信！我很少回复，偶尔回复一条，也是希望他别来打扰我的意思，但他坚持发短信给我。这些短信不仅仅是甜言蜜语，还有情诗。更难以拒绝的是，当我生日那天，他买了玫瑰花来到我公司门口等我，而这天吕景文把我的生日给忘了！我不怪他，他工作是非常忙的。为庆祝我的生日，这天周君良请我去了一家西餐馆，就我跟他两个人。在大学时代他请过我一次，记忆中很浪漫的，过了这么多年，他竟然还记得我的生日！当时我们四目对视，他深情地望着我，我差点被他打动了。我其实是一个十分软弱的人，尤其是在感情上。他半年多的穷追猛打，使我的感情倾斜了。他希望我跟吕景文离婚，我低头不语。他说大学毕业后，虽然谈了几个女朋友，却没有一个中意的，其实他心中只有我……当时我反复强调我已经结婚了，我跟吕景文的感情不错，离婚是不可能的。他说，你们既然感情不错，那为什么在我生日这天没见他为我庆贺呢？而且他已经打听过了，吕景文跟他的小秘打得火热……

没想到我丈夫有了情人他也知道！我被说得哑口无言。他说他会等我的，今生今世等我一辈子。

那天我很晚才回家。而没想到吕景文回来得比我更晚。当时我被吕景文弄得心潮起伏，思绪万千真的难以入睡。一方面初恋情人周君良对我穷追不舍，另一方面我丈夫吕景文有了外遇，在我的生日这天他跟他的情人在一起。而我的初恋情人周君良邀出去为我庆贺生日！谁待我更好些呢？不言而喻是周君良。我该怎么办？当时我们有一段对话，现在回忆起来还记忆犹新。那晚他见我在家里等他，他有些歉意对我说，“对不起，我把你的生日忘了！”

他竟然还记得我的生日！我想他是故意气我的。我心中虽然很生气，但我今晚是跟周君良在一起，心中才平衡了许多，我很有风度地说：“这事已经过去了，我知道你跟谁在一起。我也知道你是喜欢她的，但是我要问你的是，你还爱不爱我，是不是还想跟我生活下去？”

他说：“我是爱你的，但自从婚礼那天发生了这样的事，我就不再爱你了，因为你跟初恋情人还藕断丝连！一个男人最受不了女人的就是感情不专一。”

我是冤枉的，我又恨起了周君良。我说：“我已经跟你解释过无数遍了，我跟我初恋情人没有什么啊！”我想这其实是解释不清的，越说越让他怀疑，而且我已经跟他反复说过，但他就是念念不忘婚礼上的那一幕，不肯原谅我。此时此刻，我见他用不信任的目光看着我，我的心都碎了。

他说：“我们离婚吧，省得互相猜忌。这样生活在一起有什么意思？”他见我眼泪差不多要掉下来了，就婉转地说：“你考虑一下吧，我是认真的。”

他回到他的房间（我们三室一厅，自从产生隔阂后我们各住一间房间），我抱住枕头痛哭起来。我没有想到竟然走到这一步，这是我的过错吗？应该是周君良的短信骚扰，才引起我们夫妻之间的隔阂最终反目！而我的现任丈夫吕景文也是无情无义……我知道眼下的局面无法收拾。那晚，在我生日的那晚我难以入眠。我想做女人真难，尤其是已婚女人，感情上的事真的让人难以把握。我想回到初恋情人周君良的身边也许是天意。

一个星期后，我跟吕景文谈妥了一切，我们协议离婚了。

我们好聚好散，办好手续后我跟他还吃了一顿分手饭。

我在感情上实际是十分脆弱的，当我把离婚的事告诉周君良时，他感到非常激动，我们马上就见面了。我想可以跟他生活在一起了。他百折不挠的追求终于获得了回报，但当我发现，即让我万万没有料到的是他竟然是个已婚的男人，我差点晕倒！既然如此他为什么要这样做？世界上怎么会有这样无耻的男人？他在追我时我疏忽问他是不是也结婚了！更感到难以接受的是，他并不准备离婚，也并不希望我跟他结婚生活在一起，他说婚姻中没有爱情，他不爱他的老婆……我顿时感到天旋地转。这究竟怎么了？这么美好的初恋感情竟然已经变味？实话说，如果没有发生这一切，我对初恋的感觉还是很美好的，而那天，当我望着他意味深长的微笑时，脑子里一片空白。我心情沉重地问他究竟发生了什么事？他狡黠地笑道："做我的情人吧，我们还是像以前一样相爱吧，我们本来就是恋人啊！"

让我出乎意料的是他实际上是想让我做他的情人。我责问他为什么要骗我？他说他跟他妻子没什么感情，有了孩子后就分开睡，没有了夫妻生活，但为了孩子能健康成长，他不想离婚。而他真正喜欢的还是我……他希望我再回到他的身边，给他时间，等到适当的时候，孩子大了他可以考虑离婚，然后再跟我结婚……没有想到我初恋的情人竟自私到极点。通盘全为他自己考虑问题。我当时就气晕了，我欲哭无泪，眼泪往心里流。

我的心碎了。我离开了周君良，永远地离开了他，今生今世我不想再见到他了……此后几年中，我跟男人交往小心翼翼的，怕再受到伤害。再也不轻易相信一个男人的情感表白,更不相信虚伪男人在短信上的花言巧语。在情感上,我不再轻易投入。现在我还是一个人生活着,我不希望再受到欺骗,如果没有真正的感情,其实一个人生活也不错。

# 嗜　　好

她天资聪慧，颇有姿色，又有一份好职业，婚后特别受老公的器重与爱戴。生活美满而幸福。不过好景不长，老公一年内就有了外遇。尽管她竭尽全力千方百计地想使他悬崖勒马，可愿望与现实总是背道而驰，老公跟别的女人走了。

离婚后她郁郁寡欢，几乎一蹶不振。为什么不重新寻找另一半，气气前夫？难！离婚容易再婚难，这谁都明白。为什么不降低标准？潜意识找的人要比前夫更优秀，要不太没面子了！所以再婚之事一直没有进展。

不久她终于有了一种解脱方式，那就是疯狂购物，尤其是在选购时装时她觉得更过瘾。下班后、休息天，只要一有空就去商场选购，回家后就对着穿衣镜试了又试，在试衣的过程中忘记了一切烦恼，这渐渐成了她的嗜好。

她总是选那些举办促销活动的商场去选购，买回来的时装总是打折打得厉害的，几年来乐此不疲。家里的大橱放不下了，就堆在沙发上，沙发上堆不下了，就索性放在床上，越叠越高……当然其中包括各种名牌服饰。转眼之间，二室一厅的房子竟然成了服装仓库，人就睡在一张三人沙发上。许多时装买回来一次也没穿过，有的仅穿了几次就束之高阁，是啊，便宜没好货，款式陈旧，做工粗糙的时装穿上它才会发现这次又上当了……可尽管这样，她却不舍得送人。

这期间，她也试着谈过几个男朋友。约会前的试装是一大难题。这么多时装，究竟穿哪一套或者怎样搭配才好呢？有一天，她被 W 婚介老师约去相亲，她提前半天在镜前试装，可两个时辰试下来，竟然没有一套满意的。最后决定立刻再去卖一套，当她风风火火赶到时装店，挑好试好穿好，冲出时装店去打的，相亲的时间早就过了。

不久，总算谈上一个，双方都有感觉。一天饭后两人路过商楼，恰逢服装楼面举办促销活动，所有的时装正在打折，她毫不犹豫地冲了进去，兴奋得像个孩子来到玩具世界。男友只得陪着她却不耐烦，见她挑了又挑，最后试装准备买下时，男友还以为她想让他买单，就想溜之大吉，却发现她已经从包里取出银行卡来，这才舒了口气，真是一场虚惊。

终于有一天，她把男友带回家，她没有意识到房间里被各种时装堆得混乱不堪，几乎连坐的地方都没有，不像一个女人呆的地方。男友很尴尬，更让他吃不消的是，在这个时候她竟然不断地炫耀战绩，一套套穿给他看，此时此刻她几乎成了模特，而她狭小的房间成了 T 型舞台……男友悄悄地离开了，一去不返。

交友的失败，使她感悟到什么。可面对家里这么多时装她束手无策。于是她把她的无奈说给几个小姐妹听，姐妹们约好来到她家，见了个个都惊叹。最后每个人都挑选几件满意的回去。其他挑剩下的都送到居委会支援灾区了。

房间被腾干净了，又有了空间。她还是一如既往地逛服装市场，挑选自己喜欢的时装往家里搬，甚至去上海有名的七浦路淘便宜货。只是在挑选的时候更理智更谨慎了。“只要去那儿多看看就会感到满足，总会挑到你称心如意的时装，对我来说，这是一种享受，一种嗜好，一种人生……”她说。

# 死亡游戏

## 一

被人抬上担架那一刻,我全身感到一阵剧烈的难受,此后我失去了知觉,迷迷糊糊中,我的魂魄轻盈地向天上飞去,到了另一个世界:神秘的世界。这时我感到极度的快乐,从来也没有过的快乐!也许死比活更有意思,这就是我跟死神遭遇的感受。现在我任人摆布。也许因为抢救及时,我活了过来。可我面临的是,我将被起诉判刑……

## 二

三十七岁那年,丈夫车祸去世,两年后我跟一个名叫周觉的男士同居了。一开始,当我了解他的实际年龄比我小几岁时就想离开他,我告诉他说咱俩年龄不合适。当他开玩笑似地说如今性别都不成问题、年龄成什么问题时,我就笑了。我之所以跟他同居,是因为他并不讨厌我那十七岁的儿子灵秀，而且还比较喜欢他，这让我非常感动，这之前我通过婚介所跟不少单身男士相过亲，当我告诉他们我有一个儿子时，他们竟然表示不能接受我的儿子！我感到很气愤，没想到这些男人就这么自私，自然我没法跟他们谈下去，那些日子我几乎不愿再去见什么单身男士了。然而，一次偶然的机会，我认识了周觉，当我向他提起我的儿子灵秀时，他说，我的灵秀也是他的灵秀，他会对灵秀好的。话说得朴实真诚，这让我激动不已，而且他还有一张挂着永久笑容的脸……当即我就接受了他。

几个星期后，我就让他搬进了我家。他这个人很有才华，天文地理、历史掌故，文学经典无所不通，他的电脑水平是一流的，而且他温文尔雅，举止得体。由此我跟我儿子灵秀十分迷恋他，有时他还跟灵秀一起玩电脑游戏。尽管我十分反对玩电脑游戏，但见他跟我儿子如此亲热地在一起，我心里就很踏实，我只是提了一下说不要影响灵秀的学业就好。他说不会的，他跟灵秀是会有节制的。应该说，开始的几个月一家人的生活是十分甜蜜和谐的。半年后，就在我思量要跟他结婚的当儿，一件意想不到的事情发生了。

那天已经凌晨三点多了，我醒来后发现他没躺在我身旁，就吓出一身冷汗，我想这个时候他会去哪儿啊？我就爬起来，去别的房间找他，但没有发现他的踪影，最后我打开灵秀房间的门，猛然发现他跟我儿子躺在一起，而且他紧紧地搂住我的灵秀！这可怕的一幕使我震惊不已，我怀疑自己是不是在做梦？然而事实毕竟是事实，当时我就气急败坏地把他拉了起来(灵秀没醒来)，我叫他回我的房间，质问他是不是跟我儿子灵秀搞同性恋了?！他矢口否认。他说因为是周末，跟灵秀电脑玩得太晚，所以迷迷糊糊就睡在他的房间里了。也不知道睡梦中会抱住灵秀，而自己还以为是搂着敏娜你呢！

我不是傻瓜，午夜十二点左右他是睡在我身旁的，难道趁我熟睡时他又去我灵秀的房间玩电脑游戏？或者真的像他所说那样电脑玩得晚了稀里糊涂地就睡在灵秀的房间里了？我将信将疑地再次质问他，但他已经躺下假装睡着了。我望着他微笑的脸思绪万千，也许真的像他说的那样只是偶尔睡在灵秀房间里的？而搂住灵秀睡也是不自觉的是无意的？或者这只是一场误会？是不是应该问一下灵秀？如果真的是一场误会，会不会引起灵秀对我们的误解？我左思右想，觉得暂时还是别提的好，先观察一下他们再说。

然而此后不知为什么，我常常做噩梦，好像灾难马上又要来临我家似的。而且我对他好像没有了感觉，在事实没有搞清楚之前，我几乎不想让他碰我的身体，他也感觉到了，但他好像并不在乎。这期间，我在密切注意灵秀的情况，我发现他似乎比以前更沉默寡言了，仿佛心中怀有许多秘密似的。这使我很焦虑，在我单独跟他在一起时，我就装作若无其事地套他的话，希望他说出跟周觉的关系中有不正当因素，但他回避这个问题。我悄悄去跟他的班主任通电话，旁敲侧击地问他说我儿子灵秀是不是学习上有问题，性格上有什么异常情况，毕竟第二年就要考大学了。班主任除了说一切正常外，我什么也没问出来。

一天周末，周觉来电话说他晚上有应酬，要晚些回来，我自然没话可说。因为这一个月我待他比较冷淡，他是个敏感的人，也许我真的冤枉他了，那晚真是我的幻觉？而他在一个月里已经找到了新欢？由此我心中越来越不自在，情绪也异常低落。这天更使我失落的是，黄昏时分，灵秀来电说他和班里的几个好同学聚会，饭后还要出去唱歌，所以要晚些回家。

一个人在家冷冷清清的，我不知道该怎么度过这个周末才好。我反思自己是不是有了心理问题，是不是要去看心理门诊？那一晚我几乎又没睡好，不是想着周觉，就是担心灵秀。午夜时分，我反复打他们俩的手机，却都打不通。直到凌晨两点左右周觉才回来。而儿子灵秀，还是没有音讯，我心急如焚，担心他是不是会出事，因为以前灵秀可不是这样的，我想打110报警，周觉劝阻了我。我问他为什么不接我的电话，他说手机没电了，现在他不是回家了吗？我无话可说。让我欣慰的是灵秀也很快回家了，我追问灵秀为什么不接我的电话，灵秀说是跟同学在一起唱歌没听见。我自然相信了。

但此后的半个多月里，周觉渐渐地疏远了我，他陆陆续续把他的东西带走了，他还常常整夜不归，开始时我整夜等他，他的手机无法打通，当我终于意识到他也许是跟其他女人在一起时，就彻底灰心了。感情是不能勉强的，我比他大几岁，在他眼中我已经很老了，根本吸引不了他，当初怎么走到一起的，就是因为他喜欢我的儿子灵秀吗？我不得而知。现在只有选择分手了……此后我不再找他，一切顺其自然，就当他没在我的生活中出现过。但是曾经好过，一旦失去，心中还是隐隐发痛。他发过两个短信给我，都是祝我周末快乐的。我希望跟他谈一次，也许他会回心转意，但我没有勇气打这个电话。

让我担心的事终于发生了。那天周末灵秀又一整夜没回家,同样如此,我没能联系上他,他的手机始终关着。由此我为他担心了一夜。潜意识中我感到他会出什么事。当我拿起话筒想要拨报警电话时他却回家了。

“去那儿了?为什么一夜不归?”我大声问他道。

“跟同学去网吧了!”

“家里不是可以上网,为什么一定要去网吧?”

“跟同学们在一起玩开心!”

“为什么要关上手机?”

“手机没电了。”他毫不犹豫地说。

我没法相信他,因他的眼神告诉我他是在说谎。他有几秒钟走神并露出疲倦的状态。我说你先去睡吧,等你睡醒了我再问你。

## 三

感觉告诉我,也许灵秀昨晚在周觉这儿!其实有时女人的感觉还是很灵的,当我举起话筒拨通他电话时,他就显得有些吃惊,我直接问他说,昨晚灵秀是不是在他家里。他慌忙否定。接着我蒙他道,灵秀已经承认了,可你还抵赖……很长时间他沉默不语。我想也许这一切都是真的了。我气得全身颤抖、手足无措,再次责问他道:你使我未成年的儿子误入歧途,我要去法院起诉你……说罢我重重地搁下话筒。顿时“同性恋”这概念在我脑中闪现,这让我不能接受,灵秀还小还不懂事,他有救吗?整个上午我心烦意乱,几乎一桩事也做不成了。我该怎么办?是否去有关部门举报?有证据吗？结果会怎样呢？是不是会影响灵秀的前程？他还是个高中生啊！我想了又想，不知道该怎么办才好。

中午时分我进了灵秀的房间，他睡得很熟。他手机掉在地上，我拾起来看了看，无意中我发现手机上有一条新的短信还没打开，我打开看了，原来是周觉发给他的，大意是说，你这痴呆，怎么能把我们的事告诉你妈？补救还来得及，你只要说跟我在一起什么也没有做，只是玩得晚了，在我这儿住了一宿而已。我气昏了，周觉还教我儿子对我说谎，这个男人真是太无耻了，想起他我就感到恶心。现在一切都清楚了，当我注视睡梦中的灵秀时他的双眼睁开了。他呆呆地望着我。我要他说出昨晚发生的一切。开始时他矢口否认，我知道他无法面对我的追问。我说周觉已经什么都承认了！我告诉他，如果他不说实话我就自杀……他惊讶地看着我，随后说出了一切。

灵秀说周觉引诱了他。那天他们一起玩网上游戏到凌晨一点多，吃夜宵休息时才停下来，周觉突然打开了黄色网页，其实这种黄色网页他看过，但那天看时不一样，因为看着看着周觉跟他亲昵起来，他的心怦怦乱跳，开始时他竭力拒绝，但最终还是经不住周觉的诱惑……那晚他们俩在床上开始了"性生活"，后来又有了几次，他渐渐觉得那种性生活很刺激……我听不下去了。我郁闷地离开灵秀躲到了我自己的房间，关上门，对着前夫的肖像抽泣起来，我没想到周觉是个双性恋者，他残忍地摧残了我的儿子，儿子竟然成了我的情敌……这一切太让人啼笑皆非了，我伤心欲绝，几乎痛不欲生。

我知道灵秀此刻的心情也不好过，因为他知道，他的行为是我不能容忍的，他是个懂事的孩子，会因为得罪我而感到愧疚。我不想失去儿子。如果此时此刻我去指责他，他也许会跑到周觉那儿去，或许他会因此而逃出去不再回家，所以我只能忍受着。我希望他会来找我，我会跟他好好地谈一次。当他敲开我房门说对不起我时，我颤抖地抱住他痛哭了。他感觉到我对他的所作所为是如此痛恨。当他说他以后再也不跟周觉来往时，我才恢复了平静。我感到欣慰的是，此后一段时间，他再也没去找过周觉，周觉也没来找过他。

一段平静的日子过去了，我又发现了他们交往的蛛丝马迹。事实是，他们还在联系。我看他的眼神就知道。让我猜到他还是偷偷去周觉那儿，只是更隐蔽而已。难道这就是所谓的同性恋？我想去灵秀的学校跟他的班主任老师说说，看看他有什么办法阻止他。然而我错了，在他的老师办公室里其实难以启齿这档子事儿，那天我只是询问了一下灵秀的成绩。他说灵秀的成绩退步了，如不抓紧跟上，进大学就有问题。我听此消息，浑身透冷，脑子一片空白。我没想到结果会这么糟。我恨周觉，他毁了我的儿子。我决心要把这一切纠正过来。

## 四

我把周觉请到了咖啡馆，他还以为我要跟他重温旧梦，但当我向他提出别再纠缠灵秀时，他的笑容收敛起来，脸色苍白、情绪压抑，竟然一声不吭了。我说看在上帝的份上，我求你了！他默默地看着我，还是不说话。好罢，我说，如果你再缠住灵秀我就去有关部门举报你……他开始向我狂笑，说我疯了，他跟灵秀什么事也没发生，是我多心了。我被他的笑声弄懵了，但我马上回过神来，我说你别不承认，灵秀什么都告诉我了！他口气才软下来，一脸诚恳地让我放心，他以后再也不跟灵秀来往了。随后他试探地问我说我俩是不是可以重归于好，他是不是可以重新住回我家来？我立即否定他说不可能，我俩的事已经结束了，我希望他离得远远的，别再纠缠灵秀，我也不想再见到他。他耸耸肩，不知道怎么回答我才好。从咖啡馆出来，他要送我回家，我没答应，但他坚持，我默认了。随后他叫了出租，送我到小区门前就走了。

此后几个月，我仔细观察灵秀，他好像变了一个人，整个人懒懒的对什么都提不起兴趣来，我感觉有些不对劲，问他却什么都不肯说。接下来的事情更让我措手不及，灵秀发起了高烧，寒热几星期不退。经进一步验血检查，灵秀得的是艾滋病。医生告诉我这消息时，我就吓傻了，跟周觉交往仅仅只有两年时间啊！太恐怖了，或许是周觉传染给我儿子的?！如果这样，难道我也得了此病?！我不知道该怎么办才好。我问医生是什么原因导致我儿子得的此病？他问我这儿子是不是染上了毒瘾？我摇了摇头，我想灵秀这孩子哪有钱买毒品？他又问我，他是不是跟人同性恋了，如今同性恋得此病的也不少……我就又想起了周觉，此时此刻我恨死他了！当即我就打电话给他，把灵秀的情况告诉他，周觉竟然平静地告诉我说他也得了这个病，也刚检查出来，他没想到灵秀会这么快就感染了，他对不起我和灵秀，如果知道会有这样的结局，就不会跟灵秀好了，他说他玩的是死亡游戏，如今后悔来不及了……当他想挂电话时突然提醒我说，希望我也去检查一下，极有可能我也感染上了这种病毒……关上手机，我思绪万千，我还要去检查什么？毫无疑问我肯定也得了此病，我倒没什么，死就死了，可灵秀他才十八岁啊！我心如绞割、天旋地转，当我看着他苍白毫无血色的面容时，我的双眼湿润，泪水滚落下来。

灵秀知道自己得的是艾滋病就绝望了。那天，他望着我哭喊着说，妈，就让我死吧，我不想活了……我说别怕孩子，这病可以医治的，你还年轻，以后医学发达了完全可以治愈的。但他不相信，尽管为他治疗，但他每天生活在恐惧中，我痛不欲生，几个月过去了，他越来越瘦。而我也发起了高热，后检查被证实我也感染了此病毒。我左思右想，这一切都是周觉害的，我想他也许正在坑害别人，我想我也不想活了，如果我跟他同归于尽，至少他不能再害别人了。

我将周觉骗到家中把他灌醉了（酒中放了安眠药），这一切都是被逼的，我安慰自己道。动手前我忐忑不安，犹豫了好长时间，最后还是把他掐死在我的床上……终因他害了我的儿子灵秀，我不能原谅他。当我发现我已经成了一个杀人犯时，我的脑子一片空白，几乎失去思维能力。接着心情沉重地为在医院治疗的儿子写了封遗书，无非是希望他坚强地活下去……最后我来到厨房，打开了煤气，时间慢慢地在流逝……此后我就失去了知觉，出现了开头的那一幕。

# 外遇

这段日子，韩亦然经常上QQ，跟一位网名叫燕子的女人聊了多次后，就被对方约出去见面了。开始时韩亦然有点不相信自己的眼睛，难道这个叫燕子的女人荧屏上的字都表达错了？可是对方明明白白告诉他，她对他有意思，他就是她要找的男人，眼下她非常需要他……如此等等，他有点受宠若惊飘飘然了。不由写了一些轻佻的语言发了过去。对方就不失时机地向他发出了邀请。

他不知所措了。毕竟他是个有家室的男人啊！这是不是有悖伦理道德？想到此他还是憋不住把他已婚的事实和想法说了出来。不料燕子却说，她就是喜欢已婚的男人，成熟、睿智、能体贴女人，这就够了。韩亦然感动了，这简直是个天使啊！竟情不自禁地说那就见面吧，地方由她定。她告诉他，有一个地方安静宜人、环境典雅，她非常想去……于是她说出了幽会的具体地点。

这是一家不起眼的小酒吧，却布置得温馨幽静。韩亦然来到那儿，燕子已经在等他了。他深深地看了她一眼。在他眼中，她婀娜多姿、身轻如燕，馨香扑鼻，全身上下透着一股妖气，这妖气特别吸引像他这样的已婚男人。此刻，他在她面前感到有点迷醉，有点神不守舍的样子。她向他微微一笑，随即面对面地坐了下来。侍应生送来饮谱，他让她先点，她答应了。他见她有点伤感的样子，就问她有什么心事？她说受老公的欺负，所以想找个人诉诉苦。他理解了，又同情又体贴地安慰着她。

开始，她要了一杯法国红酒，还点了水果盘，他也跟着要了红酒一起喝。接着她又点了 XO。那是一种高档洋酒，有点贵，但他无所谓。他们碰杯，以庆贺能成为好朋友，尽管相识于网上，在 QQ 上聊天不到十天。可酒一喝，两人话就多了起来，卿卿我我有那种相见恨晚的意思。他发现她特别能喝，一会儿瓶就空了。她继续点了一瓶。他觉得这酒有点问题，不像正宗的 XO 那种味道，却还是装出豪爽的样子，微笑着不让她扫兴。现在，她的脸色微微潮红，虽笑得有点夸张，却很甜美，他觉得她越来越好看，便默默地注视她。此刻，她让他坐到她的身边去，他迟疑片刻，鼓起勇气起身坐在了她的身旁，并握住了她的手。接着，他凑近她的脸，缠绵地向她说起情话来，渐渐地几乎控制不住自己的情欲而动手动脚了。

确实，结婚这么多年，已经好久没这种感觉了，这感觉真好。这是在享受人生享受生活吗？当他跟她调情这当儿，时间已经过去了三小时。他完全沉浸在情欲的漩涡中了，他多想带她去宾馆开房间啊，当他将要说出这意思时，她笑容可掬地望着他说，时间不早了，谢谢他热情款待，今天就到此为止，以后有机会再约好吗？他觉得她跟刚才不一样，突然变得冷漠了。他有些想不通，刚才她对他还热情洋溢情真意切的，有点恋人的感觉，怎么瞬间就变得如同陌生人一样呢？

服务生送来了账单。韩亦然接了一看，竟然是九千八百六，不由吓了一跳。他盯视燕子片刻，瞬即便什么都明白了，眼前这个女人是跟酒吧一伙的。于是，他说他没带那么多现金。服务生告诉他说，他可以刷卡。他说他什么卡也没带。燕子劝他还是乖乖地付了，要不会有麻烦的。再说她陪了他半天，总该有所回报吧？他凶狠狠地瞪了她一眼，却不知该怎么办才好。

僵持了几分钟，他想到了报警。而燕子早已觉察到他想报警的意图，告诫他说，如果报警，遭殃的将是他……为什么？他疑惑地望着她。她说刚才他强奸了她，已经被摄录下来了。没有哇，这是她自愿的，可这事怎么说得清楚呢？他想。她微笑着说，如果是男人，就该付这笔钱……终于，他有点想明白了，便不再坚持。他从小皮包中取出了银行卡给服务生。燕子这才露出了可爱的笑容。

韩亦然离开小酒吧时，最后瞥了一眼这个引诱他的女人。这一刻，他的情绪坏到极点。他想，如果自己不上 QQ，也不会遇上这样的女人，如果不遇上这样的女人，他也不会被敲诈，如果不被敲诈，他的心情也不会如此恶劣，是的，这是第一次，也是最后一次……不由想起了贤惠而善解人意的老婆于莲，幸亏他的荒唐外遇她不知道，为了不让她伤心，他要瞒她一辈子，这是毫无疑问的……想到此，不由长叹一声，快步朝地铁站走去。

# 今天是情人节

## 1

情人节下午，林依然把他的新女友卢英带到家里。他微笑地望着她说，我的美丽的、富有魅力的、光芒四射的卢英小姐，我是多么地爱你，世界因为有你而增色，而我因为有你而年轻！你难道看不出来吗？他把事先准备好的玫瑰花给她说，这是我送你的红玫瑰。卢英接过花嗅了嗅说：好香，你肯定在花瓣上洒过香水了！他说，是啊，我特地为你精心制作的。她说，真的吗？他说，是啊，这个世界除了你，没有值得我动心的女人了！你双眸向我瞪一下，我就会死去，你温情脉脉地看我一下，我又会活过来。看到了吗，这里的一切都是为你准备的！坐下吧，我的小美人，不要像客人一样拘谨啊！

她望着他热血沸腾的样子想，难道他真是我未来的老公？这儿真的是我梦寐以求的新房？她激动地说，嗨，怎么不让我进你房间里看看呢！他自然求之不得，他把她引入房间，随后搂住她的脸凑上去就吻。她后退一步，撒娇道，我只希望你对我说真诚的话，别动手动脚的嘛！

我在这茫茫人海中发现了你，就好像我这个溺水的人抓住一根救命稻草！对我来说，你是黑暗中的灯泡，饥饿时的面包，寒冷中的空调、炎热时的冰雹……这房子装修好后就没带其他女人来过，你是第一个，也是最后一个！今生今世就是为了等你来当这房间的女主人！说着他找出两只高级酒杯为自己和她斟酒。他继续道，自从遇见你，就日夜思念你，你光彩夺目魅力无比，所有的女人在你面前都显得丑陋不堪！

怎么让我相信你不是在逗我呢？我真有那么漂亮吗？我的气质真有那么好吗?!

他把斟有葡萄酒的酒杯给她，并在她身边坐下，继续说，你是春雨，月亮，新鲜空气，你是夏天的凉风，秋天的明月，冬天的阳光，春天的花香！哦，美丽的天使……为情人节干杯！

他们干杯，她微微一笑。他乘势搂住她想跟她亲热，但她向后仰了仰，说，你真的非常非常喜欢我？真的非我莫娶吗？

是啊，这有什么不对吗，难道你看不出来？看不出来我有多么喜欢你？他把她压倒在床上。

她竭力抵制他，见他不肯放弃，就说，我知道你喜欢我，可是……

可是什么？

我是基督徒，我相信上帝。

这没什么！

我害怕……

害怕什么？

被上帝看见！

上帝不会看着我们做爱的！

可上帝希望我们结婚后再上床！

这是上帝以前的想法，如今上帝的想法改变了！

上帝会改变想法？

是的。他说，上帝比我们更超前，人类一思考，上帝就发笑。好啦，我们明天就可以去登记！

那等明天再说！

他恼火了，站起身放开她。

她说，没想到你把这种事情看得很随便！

他说，都什么年代了，还像真的一样。

她说，我感觉你待我不是那么回事！有人说离过婚的人是很靠不住的，你为什么离婚，是不是有外遇？

他耸耸肩说，我离婚是因为我跟前妻性格不合，她是个妖婆，我在她身边就胆战心惊，你没法跟她过下去！其实那时我对感情不太懂，一个大男孩，就只知道被女人爱，她爱你爱得发疯你受得了吗？她顾私家侦探盯你的梢你受得了吗？她晚上的呼噜声比青蛙还响你受得了吗？她嘴上的怪味比我袜子还难闻你受得了吗？跟她做爱就像要了她的命你受得了吗？这就是婚前不先上床的失误！当我发现我前妻跟我在一起并不合适并不快乐后，已经晚了！我就只有提出离婚，并不是因为我有了外遇！我其实是清白的！那时我对感情问题没有研究过，是个白痴！在这个世界上，怎么可以不研究情感问题呢？它伴随着人的一生啊！所以当你意识到浪费了青春的宝贵时光，你才会觉悟过来！相信我吧，我这人感情专一，温柔体贴，决不会移情别恋的。我最痛恨的就是见异思迁喜新厌旧的人！此刻，他搂住她继续说，实话告诉你，前妻跟我离婚后，伤心得一塌糊涂！她至今还后悔呢！如果你想跟我结婚，就先跟我上床，要不，我怎么知道你口中的味道我喜不喜欢？你晚上是不是打呼是不是说梦话是不是磨牙影响旁边一个人的睡眠？如果你的优点压倒缺点我就娶你为妻，我会一心一意跟你过日子！如果我有三心二意就天打雷劈给车压扁不得好死！

她被他说得笑了起来，说，一心一意跟我过日子？别逗了，你对你自己评价这么高，可如此诋毁你的前妻，你这样的人会重感情？

他微笑地拿起玫瑰花说，今天是情人节，我们在一起是有特殊意义的！我可以发誓，今生今世就爱你一个人。

这时他的手机叫了，他慌忙看了看来电显示，顿时掐掉了。她注意到他脸上的异样表情，对他刚才说的话将信将疑，但对他掐掉电话难以理解。

这时，他的手机又叫了。他犹豫片刻才接听电话。他说，哦，亲爱的，什么事？情人节？什么情人节，我早就忘了！我已经好久没过情人节啦！我今天正忙着，以后再见面吧！瞥了一眼身边的卢英，继续道，现在就要跟我见面？为什么？可我现在忙得一塌糊涂，实在抽不出空啊！忙什么？生意上的事，这跟你说不明白！真是生意上的事，我没有时间了，我完事后再打给你！什么，你已经快到我这里了？为什么要到我这儿来？我没有约过你啊！你怎么不早点通知我？你怎么变得不可理喻了呢?！我有事要出去了，我没有时间陪你，真的没有时间，情人节又怎么了？情人节又不是中国人的节日，你瞎起劲干吗？

他的前任女友秦淑敏震惊了，她没想到他这么快就变了心。她望着眼前川流不息的车辆，想想人活着真没意思，一头撞上去算了！想归想做还是要有勇气的，于是她吓唬他说，你敢离开我就撞车！你不信？我现在就撞给你看，你听见汽车声了吗？

千万别干傻事！他叫道。

那你等着我吧！她自信地说，听着，我几分钟就到。今天是情人节，就想跟你在一起！什么中国的外国的，只要是情人节，我非跟你一起过不可，除非你不在这个世界上，真的出车祸死了……对了，不知道玫瑰花给我买了否，去年你为我买的红玫瑰我还珍藏着呢！

他急了，说，可是，可是，我们不是说好的，咱各忙各的，互不干涉各自的空间吗？

什么空间不空间，你别强加于我，那是你个人的意思。

他说，可我只能陪你一小会儿，我真的很忙！说罢他关上手机。现在他尴尬地望了望身旁的卢英。

卢英愤怒了，追问道，她是谁？刚才你对我发誓了。今天是情人节，你难道真的忙不过来？！

他说，我的小天使，你是那么的可爱！那么的温柔！是的，我承认她是我的旧情人，可我跟她已经不来往了，实际上我已经把她忘了，我对她早就没有了感觉，说实话，她不适合我！不知道为什么，她像幽灵一样又出现了！她来找我，也许来跟我叙说一下旧情而已，在我看来，旧情已经烟消云散了。仅此而已！当初我们分手时说起过，每年的情人节就一起过，我曾答应过她，可自从认识你后，我就把她忘了！我把她忘得一干二净，这就是你的魅力啊！现在你要顾全大局，看在上帝的份上，你懂吗？你现在帮我一个忙，我以后一辈子都听你的！你现在到房间里躲一下，她见到你肯定会吓死的，因为你美若天仙胜过西施，太漂亮啦！千万别出来，等我把她哄走后我就请你去吃情人节大餐……你才是我的唯一啊！他拿起红玫瑰若有所思地闻了闻望着她。

卢英说，把她吓死？别逗了！难道我在你眼中就这么漂亮吗？你这人说话总是那么夸张！我非待在这儿不可，看看你的前情人怎么收拾你。

又来了！实话告诉你，亲爱的小天使，我爱的是你！她是过去式，一切都过去了，只不过今天是情人节，我们见面怀一下旧而已。

怀一下旧而已？倒是浪漫得很啊！那我是现在时？好了，我就听你这一次，你这个口是心非的家伙！

说着话，他把她推到房间里，并把门关上，这时候门铃响了，他去开门，他的前情人秦淑敏进来了。

秦淑敏一进门就责问道，你真是昏头了！怎么能在情人节把我给忘了？我是可以随便给人忘记的女人吗？难道忘了当初你是怎样向我海誓山盟的？你还记不记得差点跪倒在我的石榴裙下？你以为我会忘了这一切吗？我不会忘的！是我救了你！难道没过一年你就对我审美疲劳了？盯着他的眼神说，竟然对我斜着眼，怎么如今连看都不愿意看我一眼了？见他手中的红玫瑰，一把夺了过来，如醉如痴地，哦，美丽的红玫瑰，好香啊，又是那种香味，去年的那一种！好像又回到了一年前的情人节！见他还没看自己，更恼火了，说，以前在你眼中的美丽天使如今就变得那么丑陋了吗？为什么不正眼看看我，难道真的开始讨厌我了吗？

他尴尬地笑笑说，怎么会呢？白云从不向天空承诺去留，却朝夕相处；星星从不向夜空承诺光明，却努力闪烁；朋友从不向对方倾诉思念，却永远牵挂！我虽然不常跟你见面，却每天想着你，想你时就感到温馨无比……我就知道你会来，所以准备了红玫瑰，上面还喷了法国的名贵香水！

秦淑敏注视着红玫瑰，语气一下子变温柔了，她说，是不是又在哄我？我打电话给你为什么不接？是不是约了别人？

他热情地请她坐下，并为她倒了杯速溶咖啡说，我的小美人！我这个人就是不喜欢说谎，刚才我真的在忙，我以为你今天没空被别人约走啦！

我怎么会被别人约走呢？亲爱的，怎么了，我闻到了蹩脚的香水味，是不是有其他女人来过？放下玫瑰花瞪着他，他急忙狡辩道，没有，你别神经过敏。最近你在忙什么呢，是不是有新男友了？

她来到房门前，欲推门，但被林依然挡住了。她说，你怎么了，见了我全身冒汗一脸紧张的样子真让人害怕！

害怕？害怕你？他说，你是那么的完美无瑕，那么的富有魅力，那么的富有女人味，那么的体贴入微，你是我生命中永不凋谢的红玫瑰！我怎么会害怕你呢！

她说，别开玩笑啦！今天你说话如此富有诗意，是不是练习好了准备对另一个女人说的？

他冷笑道，如果你这样认为，那就走吧！

现原形了吧？你这人就是无情无义，想想我待你怎么样？你离婚后，做什么都不顺，有一段时间你的生意一落千丈，落魄的像个要饭的小瘪三，是谁睡在你身边安慰你？又是谁使你重新有了生活下去的信心？又是谁帮你渡过了一个又一个难关？

他说，谢谢你对我所做的一切！我这一辈子不会忘记你对我的深情厚谊！

但如今我对你已经没有了感觉，我也不适合你，你可以找一个更适合你的。

是不是你已经有了新欢才这样讨厌我？可我们曾经是那样的相爱，你落魄的时候总让我听你倾诉，那时你说我是这个世界上最体贴最温柔的女人，这一切难道你忘了？

恕我直言，我现在已经不爱你了，跟你在一起的时候感到很乏味，很没劲，你以前在我眼中是那么可爱，可如今你在我的眼中变得那么不可思议！

这时，他身上的手机叫了，是卢英发给他的短信，她告诉他，她想上卫生间！他急忙发回道，你忍一下，她马上就走啦！卢英又发了过来说她憋不住了，他又发回道再坚持一下。现在他关上了手机，望着气得脸色铁青的秦淑敏耸耸肩说，对不起，你走吧，我不能陪你啦！

她不由一愣说，你真要赶我走吗？我可不是个随随便便的女人，你想要就要想扔就扔！你这样待我，上帝会惩罚你的！我现在就是不走，我就是要紧紧地缠住你，像条蛇一样把你缠死，看看你究竟跟怎么样的女人在一起！

他没想到眼前这个女人变得陌生起来，正想说什么，发现身上的手机又叫了，他打开手机，见是前妻于晓莲打来的，不由浑身一颤，却还是接了电话，他告诉于晓莲，虽然是情人节，但他非常忙，没时间跟她相聚。

电话那头的于晓莲没想到林依然竟然这样不把她放在

眼中，不由恼火地问道，忙什么？是不是忙女人？

他说，真让你猜对了！

于晓莲见他如此狂妄，反而更想见他。她说她已经在他的小区里了，马上就可以上楼。

当他发现对方的电话已经掐断，就目瞪口呆，他知道于晓莲也不是好惹的，今天肯定要跟他大闹一场！现在他颓然坐下，见秦淑敏还没走，就对她说，对不起，请走吧，我受不了啦！秦淑敏却不理他，幸灾乐祸地望着他说我就是不走，看你怎么表演。这时他的手机又叫了，又是卢英发给他的短信：你到底让我出来吗，再不让我出来，我要尿到床上啦！他马上回短信道：亲爱的卢英小姐，你再忍一分钟行不行？我马上就让你出来！此刻他叫秦淑敏也藏起来，他向他解释道，我前妻于晓莲马上来这儿，虽然是前妻，但她看到我跟如此漂亮温柔的你在一起还是会吃醋的！她是当今世界第一丑女，我做人的原则是永远不伤害一个女人！但她的自我感觉好得一塌糊涂，一年三百六十五天就是爱听我赞美她的话。如果哪一天我不对她说这些无聊的赞美话，她就会生病，就会活不下去！你看离了婚她还来找我！这就是我的前妻！我已经受够了！这样吧，你先避一下，我马上打发她走！

秦淑敏就是不同意，她说她要面对他前妻于晓莲，问一问她既然离婚了，为什么还要跟他来往，是不是想复婚？她责问他，为什么还跟她缠不清，这不是在伤害她吗，现在她就呆在这儿，她倒要看看他的前妻是一个怎么样的女人！

他继续解释道，千万别这样想！还是躲起来吧！于晓莲是只纸老虎，其实我还是有点怕她的！

秦淑敏大笑道，已经离婚了，还怕她？问题严重啊！

他说，不！我没时间解释，现在你进房间暂避一下吧，我求你了！秦淑敏被他推进了另一间房间。他马上拉开藏卢英房间的门，跌跌撞撞地把她推进卫生间，并把门关上，随后他才去开客厅的房门。因为客厅里的门铃已经响了一会，这时他的前妻于晓莲进来了。他看到她尴尬不已，但还是强颜欢笑。

于晓莲恼火地望着他说，你怎么啦，这么长时间不开门，想把我冻死在走廊里吗?!

他说，怎么敢。我今天胃有点问题，不知怎么搞的，自从我们离婚后，我的生意就一落千丈，我的胃也老出问题，我的血压也偏高，我的心跳常常不正常，我的脑子不像以前这么好使，所以好运离我而去……

于晓莲说，这就对了，这是你离开我的缘故啊！你知道吗，我这人以前一直给你带来好运，所以为了你的将来，我们复婚吧，我相信到那时你的胃就会好转，你的血压你的脑子也会正常，运气也会好起来！

他笑了笑说，我倒是乐意！你是那么的吸引人，那么的有品位，那么的美若天仙，你如嫦娥再生，西施重现，你身上的味道比法国最著名的 W 香水还好闻，你的微笑比蒙娜丽莎的微笑还有魅力！难怪你身边的男人那么多，你的追求者不计其数，我知道我是配不上你的啊！所以忍痛离开了你！你是个成功的有震撼力的稀世珍宝，跟你结婚是上帝跟我开了个玩笑！这玩笑开大了，弄得我神魂颠倒茶饭不思好多年，结婚后才意识到这一点。事实证明一切都是无知的错！无知者无畏！想想吧，你的男朋友如此之多，而我又是如此的落魄无能，我是配不上你的，我更不是他们的竞争对手啊……

于晓莲听不下去了，打断他道，你还是巧舌如簧！这么多年来我这人就是运气好，一切顺利！我知道你配不上我，也知道我以前是下嫁给你，但我是自愿的，我也知道追求我的人有一个营，但是我就喜欢跟你这样的坏男人在一起，男人不坏女人不爱，这胡话还是有点道理的！而我就喜欢听你讨好我，每天赞美我，服从我！这就够了，离婚后我常常在想这个问题，可你把我说得这么好，这么迷人，这么有魅力，为什么还没到七年之痒就迫不及待地在外寻花问柳？迫不及待地跟我离婚呢?!

林依然忙解释道，冤枉！我怎么会是这样的男人？其实我这个人就是规矩老实，对女人无动于衷的一个登徒子，就是满世界的男人都在寻花问柳，我也不会蠢蠢欲动！就是所有的丈夫都在外面找情人，我也不会见异思迁！何况我如今是个落魄之人！

于晓莲心动了，想，既然这样他为什么不跟我回去？其实为他们俩的事她还咨询过万峰，万峰说像林依然这样的小男人不管在外面折腾得多厉害，总有一天会回到她前妻于晓莲的身边，所以她趁情人节来见他……于是她向他承认给《相伴到黎明》节目的万峰打过电话，说他回心转意指日可待。

林依然反驳道，亲爱的，别听万峰胡扯，在情感问题上他其实是个低能儿！因为他没离过婚！所以他永远不会成熟！而我，我一上你的床心里就感到害怕，我怎么还敢跟你回去？这，你没告诉过他吧？所以我们再也不可能回到从前了！让美好的回忆留在记忆中吧！别嘲笑我，自从跟你分手，我早把情人节忘了！

于晓莲震惊了，想他怎么就忘了？去年情人节答应过她，今年他们一起过情人节，还说好一起去淮海路西餐厅共度良宵啊！

此刻，林依然一只手捂住胃部，显出痛苦状，说，我本来是想打电话给你的，看，我还为你买了红玫瑰！他举起红玫瑰给她说，可现在我肚子出问题啦！

于晓莲接过红玫瑰吻了一下，激动地说，谢谢你的红玫瑰！我记得你第一次送我的红玫瑰也是在情人节！好了，不提往事了！我现在送你去医院，如果没事我们再去西餐厅。好香，又是那种杀伤力很重的香味，不是为我准备的吧？

他迟疑片刻说，切切实实是为你准备的！

那我们走吧，我已经订好了情人节大餐的座！

我心领啦！他双手捂住肚子说，还是请你的小姐妹去吧！

她恼火地望着他想，开什么玩笑，情人节，让她跟一个女伴去西餐厅吃大餐，她再傻也不会当众宣布她是同性恋者啊！嘴上却问道，你到底去不去？

他转念一想，还是暂时离这儿更好，就说，好了，我这就跟你去，我其实是多么的矛盾，因为我一跟你走，我就可能永远离不开你啦！你简直是个魔女啊！

她说，又说疯话了！说实在的，我就是要魔住你永远离不开我！好啦，走吧！

## 2

林依然一走，卢英就从卫生间里出来了。她感到自己刚才很傻，怎么会听从林依然这家伙的调遣，乖乖地待在里面不出来？现在她想离开这儿了，永远地离开这儿，不再跟他见面，因为眼下林依然在她眼中真的是太虚伪了。她感觉到那个女人还没走，还在房间里，她想见这个女人一面，看看她究竟是林依然的几任女朋友，刚想敲门，客厅的门却被人打开了，进来的是一名英俊的男士，她吃惊不已，怎么了，这房间还另有人住？

他见她惊慌的样子，就知道她是林依然的女朋友，忙向她解释说，他是庄云青，林依然的同住者，他本来不打算回来的，平时一般都在公司里忙到深夜，可今天办公室里的人全都走光了，经理也劝他去跟情人幽会，可他暂时还没有情人，跟谁幽会啊……所以也就回来了。接着他补充说，实在对不起，他打扰他们了！

卢英明白过来，并疑惑地向他询问。当她了解这房子并不是林依然的，而是两个人合租时不由傻掉……

他发现林依然不在，就问她，林依然去哪儿了？

卢英此刻非常委曲，觉得林依然骗了她。她告诉他说，林依然被前妻叫走了，今天是情人节，也许他们藕断丝连。正说着，秦淑敏从房间里出来，跟他打招呼。庄云青见她面熟，就感慨不已，心想这林依然也太过分，情人节竟然约了两位女友同时见面！现在他们三个人聊了一会，两个女人对林依然抨击得体无完肤。尽管庄云青还想为他辩护，却根本没用。对卢英来说，如今什么都清楚了，此时此刻她待在这儿还有什么意义呢？然而，让她讪讪不走的是眼前这位庄先生，她觉得她应该好好跟他聊聊，她意识到自己对他有一种特别的感觉。可眼下碍于秦淑敏，她不便跟他说什么。正想着，机会就来了，秦淑敏的手机叫了，她进了林的房间去接听电话了。

现在客厅里只剩他们俩了，他们默默对视。庄云青见她一副委屈的样子就安慰她一番，由此她的情绪好多了，接着他们又聊起了婚姻家庭问题。他认为，一对恋人有了爱情，就应该走向婚姻的殿堂。她表示同意。彼此之间隐隐约约有了那种感觉。可让她难以接受的是，庄云青还认为她是林依然的女朋友，对她好像有防范心理。在她眼中，庄云青跟林依然两人的人品真是相差太远。她希望能成为眼前这个男人的女友，她想，要对一个异性产生感觉只需八分钟就可以了，他们已经认识半个多小时了，她觉得她已经了解他了，按现代科学观点，谈恋爱也就三个小时够了，用不着马拉松似的没完没了的谈！他是一个诚实男人，跟林依然完全是两种人，林依然对她说了谎，竟然把租的房子说成自己的，真是太过分了！就一套破房子啊，为了达到目的竟然作假！林依然真是该死。而眼前这位先生，她又瞥了他一眼，刚才他说没有情人，我不信他这样的人会没有情人！他只要还没结婚，对另外一个女人就永远会有机会……认识他她感到非常欣慰。现在她发现他看上去有点失落，就猜想他也许刚失恋了，要不情人节怎么就一个人呆在家里呢？现在，她再次问他，相信不相信一见钟情？他点点头说，相信，难道在这美好的情人节有这么好的好事发生？

此时此刻，庄云青感到很兴奋，但脸上还是装得很平静，在他的生活中从来没遇上过这样的好事，情人节下午，竟然有个漂亮女孩在家等他！尽管是同住者的女朋友。令他想入非非的是，她当着他的面宣布她跟林依然分手。他觉得眼前这位姑娘是个聪慧而富有灵气的女孩，还读得懂男人的心思！现在，当他默默注视她时，他的心跳加快了。他想她是多么漂亮、温柔、性感、清纯、体贴、有气质，一个讨人喜欢的靓女啊！如果今晚能与她共进晚餐那该多好？可林先生会认为我抢了他的女朋友！于是心有余悸地把这意思对她说了。而此刻卢英的心也怦怦乱跳，她听他如此说，就转弯抹角地解释了一番，最后说，不用担心，我跟他已经结束。就是结了婚我也可以跟他离婚的！更何况我跟他一点事都没有发生过。其实你跟林先生不一样，他花言巧语地讨女人喜欢，许多女人被他的甜言蜜语迷倒，而你是那么的腼腆，心里想的就应该说出来！我想今天是个好日子，2010 年的情人节，我现在是自由的啊……他见她如此坦率，不由激动万分地说，今晚我们共进晚餐好吗？卢英求之不得，随后，两人一起下楼去找饭店了。

## 3

林依然上了于晓莲的车，却担心楼上两个女人，见她发动后正要倒车，就装出一副苦恼的样子说，你还是走吧，过几天我跟你见面聊！

于晓莲感到愕然，讲好的怎么又变卦了?！不信任地望了他一眼说，你真不想跟我回去一起过？我难道对你一点没有吸引力了吗？你回想一下，你以前追我的时候是什么样子的！你今天如此落魄还不思回头！告诉我？你就心甘情愿住在租的房子里当一个无家可归的浪荡子？

他微笑道，没那么寒酸！

一个人自由自在的生活很舒服是吗？

也许。

是不是有了新女友？

也许。

什么也许可能，说确切一点！

不，还没有！

那就回家啊！

不想回家！

到底为什么？

我们离婚了！

可以复婚啊！

我们现在是朋友，这样不是很好吗？

她拿出孩子的照片给他看，难道你不知道，孩子需要你？

我知道。但孩子更需要你！

单亲家庭难以使孩子健康成长！

他说，我知道，我可以常回家看孩子！

她失望了，说，是不是一个人生活很自在？

是的。

于晓莲绝望了，她想，她是看在孩子分上才来找他的，没想他竟然这样顽固！她知道，单亲家庭对孩子成长不利。孩子虽然判给她，他也应该负责，可一个月见一次孩子，这很不道德！他见她沉默不语，就若有所思地说，离婚后我对我的人生观进行了反思，当我意识到我这个人已经不再适合结婚时就视感情如游戏，对我来说，我已经不习惯过家庭生活了！但我还是爱你的，我爱你胜过其他一切女人。可对我来说，这都过去了，曾经拥有，这就够了！

她感到太可怕了，眼前这个男人这么变成一个玩世不恭的花花公子？只是曾经拥有，难怪他不想破镜重圆！于是就劝他说，从前他们有一段时间多美满？他难道不想回到从前？他可以回到原来的位置上当公司经理，他难道不明白这是我给他的最后机会!？

可他无动于衷。他说，我知道你已经是一个公司的董事长，今非昔比。也知道你身边有许多男人在追你，因为他们知道你是个富婆！在你没有重新结婚之前，我希望跟你友好相处下去，如果你有了新男友，就告诉我一声，我不会再纠缠你的，你放心好啦！说罢摆出一副要下车的样子。

她一声叹息，说，我知道有人约你了，我也知道你已经不在乎我了，我就那么令人讨厌！好啦，我也没时间跟你啰嗦啦！对了，你欠我的钱尽快给我送来，拜拜！

他想起来他还欠了她一些钱，便微微一笑道，好吧，我会还你钱的，不过，我再也不会上你的破床啦！说罢打开车门下车，慢慢地向前走去。

于晓莲望着他背影感慨万分，她一踩油门向他冲了过去，但离他后背十厘米时她踩了刹车。他转身一看，不由吓得半死，慌忙让开道，脸色苍白地望着她。她朝他盯视片刻，随后一踩油门向前驶去。

林依然叹息一声，随即拨通卢英的手机说，你还在等我吗？

你下来好不好，我不上来了，我在公寓门口等你！我们一起去西餐厅共度良宵！

她嘲讽地说，已经有人请我吃晚饭了，现在我很开心，我跟你已经拜拜了，希望别再打扰我！

他大吃一惊，问她在什么地方，跟谁在一起？当着庄云青的面她说，已经跟你毫无关系了！再说，你已经回到前妻那儿，我也找到了心仪的男友，请你好自为之吧！说罢就把电话挂了。

## 4

林依然没想到自己十分用心追求的女孩突然之间离他而去，一时便感到很失落，回到房间倒在沙发上闭目静思，反省自己情感上的得失，却猛然发现秦淑敏站在跟前望着他，不由十分惊讶，自己怎么把她给忘了？此刻，他的情绪才稍稍好起来。他说，这世界有了你这样的女人，一切就会变得灿烂阳光；生活中如果失去你这样的女人，人生就会变得暗淡无光！

秦淑敏说，是不是在前妻和刚才那个女孩这儿碰了壁又开始对我甜言蜜语了？

他说，我还以为你早就走了！没想到你是个有情有义、通情达理、顾全大局的女人！像你这样的女人就是遭遇车祸残疾了坐在轮椅上，也是有人抢着要的！

住口，你这乌鸦嘴，我好好的怎么就车祸残疾了？

他拾起玫瑰花嗅了嗅说，我是比方，像你这样的女人，真的是人见人爱！比方说，你突然被车压伤瘫痪在床，我也是要你的！我将服侍你一辈子！

又信口开河，你真是个痞子，出车祸也可以比喻的吗？她愤然说。

他说，今天你都看到了，我的前妻，我那漂亮的小情人都让我撵走了，我永远不想再见到她们了！此时此刻，我就想跟你在一起，跟你，我的小傻瓜！多浪漫的情人节之夜呀，一年以前我们是在一起过的！逝者如斯夫，不舍昼夜！那时我们多开心？今天又是情人节，一个人过这样的节日会有多孤单？多寂寞？多没劲？幸亏你来了，你来得太及时了！我还以为你已经把我给忘了呢！过来，让我好好亲一下！秦淑敏靠近他，他搂住她，吻了吻她嘴唇微微笑道，感觉还是那么的甜蜜，唉，生活确实是黑暗的，除非有渴望；所有渴望都是盲目的，除非有了知识；所有知识都是徒然的，除非有了工作，所有工作都是空虚的，除非有了爱情，唉，有了你，我什么都不想了……她感动不已，说，除非有了爱情！说得太好了，可你这样的人也懂爱情？你真的还爱我吗？你这油嘴滑舌的花心萝卜？

他说，别这样称呼我。我虽然花心，但对你是一片真心，你难道一点都看不出来？

我确实看不出来，我只知道你有那么多女人，这些女人都是我的敌人！你知道吗，我一想到她们心里就有气……现在她们都已离我而去！哦，对了，最近我老是睡不好，常常做噩梦！

什么噩梦？

跟你有关的噩梦！

跟我有关的噩梦？

是的。跟你有关的噩梦！

快说，什么噩梦！

你把刀架在我的脖子上！

刀架在你的脖子上?!

他笑道，对不起，跟你开玩笑，你真不走，跟我重温旧梦?

是啊，我还是想嫁给你的啊，我本来没有考虑成熟，可如今我已经想好，所以我今晚一定得跟你在一起，因为今天是一个特殊的日子！

嫁给我？这太好了，你不是开玩笑吧?

是啊，有什么问题？难道我配不上你?

不，其实，我还没有考虑过这问题。

她有点恼火了，那你就慢慢考虑罢，我走了！他急忙挽留她说，待会陪我一起去吃晚饭吧，要不我会孤独死的！

她迟疑片刻才答应了。她想，他对我激情已经没有了，但激情是可以重新培养起来的啊，嗨，激情有的时候一钱不值，有的时候就一刻值千金，尤其是在今晚！也许我俩过了一个夜晚又找回新的感觉！然后再考虑下一步，是不是可以重新开始……这样想着就问道，我俩会找回失去的感觉吗?

会的，他说，今晚他已经对她重新产生感觉了，此时此刻他喜欢她的鼻子、眼睛、嘴巴、迷人的腰肢……他说着就抱紧了她。他继续道，哦，你是空气，阳光，春雨，你是我的天使，2010年情人节的最佳选择！

最佳选择？她激动地问道，真的吗？我是空气阳光春雨是你的天使吗？好久没有听你这样说我了！那多好，你又变得激情四溢啦！

是啊！今晚你的丘比特之箭射中了我，我无法招架啦！

两人滚到床上搂在了一起。哟，你别太急，你的指甲把我给弄疼啦！

秦淑敏欢叫道，疼死你，我就要让你记住我，如果你再三心二意我就叫你的小弟弟裂个口子，永远合不起来，让你失去功能一辈子……他叫道，哇，你真是个狠毒的蛇蝎女人！

## 5

从饭店出来，卢英跟庄云青已经依依不舍了。两人谈到了结婚，庄云青说，结婚以后添了孩子，开销就越来越大，孩子从幼儿园到读大学，算下来要三十万，在这期间而他还可能失去工作，每月的房租就成问题，更不要说买房按揭了！养活孩子就有困难，更不要说养活自己了！

卢英没想到庄云青会实话实说。就说，她会努力工作的，还会帮他找工作，还会像可爱的李安老婆一样出去攒钱养活他和孩子，如果他有事业，她会毫不犹豫地支持他的事业，她还会节约开支操办家里的一切，只要有爱情，什么难题都会迎刃而解的，因为爱情是至高无上的。

庄云青很感动，他故意说道，他公司里有许多靓女，她们对他都非常有意思，有的还暗示过他要跟他成为恋人，他不是花花公子，但他难以阻挡外界的诱惑，在以后的生活中难免不出婚外恋事件，可他已经结婚了！他说她会吃醋，会埋怨，会劝他回家跟他闹，也许他会回家，但他可能提出离婚，她受不了！也许会把他杀了，或者他把她杀了……到时她后悔就来不及啦！

她不认为会有这样的结果，除非他已经不再喜欢她，一切顺其自然，如果他不再喜欢她她也不会缠住他，她做不来这样的事，因为她是一个有自尊心的女人！如果他移情别恋她也不会怪罪他，她是个贤惠的女人，相处时间长了，他就会明白，只要他开心就好，她是不会后悔的。如果他有了外遇，她更不会嫉妒他恨他的，她会根据他的意思，乖乖地离开，此后他们就客客气气的协议离婚，离婚后他们还是好朋友，她认为一个女人如果真爱一个男人，就要使他幸福，让他的生活里充满了阳光，并且毫无怨言地为他作出牺牲。如果他跟他的新恋人在一起感到幸福的话，她就会为他默默祈祷……

他激动不已，她真是个天使啊！这世界难道还有这样的好女人?！他情不自禁地靠近她握住她的手，她的心灵真是太美了！我还有什么理由拒绝她呢？不由问道，你这么快就爱上我了？凭什么？

她说，凭感觉啊！你难道不相信在这世界上还有一见钟情的可能？难道你对我一点都没有意思？可为什么在情人节之夜要请我出去吃饭？为什么刚才你的一双眼睛像火一样地盯着我？

他不由笑道，我的眼睛像火一样？

是的，你的眼神透露出你对我情意绵绵，你的心灵呈现在脸上表达出你对我相见恨晚，情人节之夜，我们都不想一个人独处，难道不是吗？

我的眼神，我的心灵，你真会说话，不过，如果遇上林先生怎么说？

我都把他给忘了，你还提他！?

好，我也把他忘了吧！

走，我跟你去家里。看他能把我怎么样！

可是…

我就是要做给他看，我们相爱了，今晚就睡在一起！

好吧，你很有个性，今晚就听你的。

## 6

已经是清晨六点多了，秦淑敏从房间里出来，进卫生间，而卢英也从庄云青的房间里出来，她发现卫生间有人，就在门口等着，一会儿秦淑敏出来了，她发现是卢英就大吃一惊，心想，怎么会呢，刚认识就住一起了？就问道，喂，我说卢英小姐，你究竟是林先生的女朋友还是庄先生的女朋友啊？

卢英回答道，我本来是林先生的女朋友，现在是庄先生的女朋友，有什么问题吗？

秦淑敏问道，你们刚认识就睡在一起啦？

卢英说，怎么刚认识？我们昨天就认识啦，认识快一天啦！

秦淑敏说，认识一天就睡在一起了，还说不快？简直是宇宙速度啊！

卢英微微一笑道，三十秒钟就可以钟情一个人，三个小时就可以完成恋爱过程，半天就可以完成结婚仪式，所以要离开一个缘分结束的人是不要思前想后的！就是结婚也可以离婚！我们对情感理解的不同所以结论也不同！其实林依然这人太让人伤心了！我差点被他骗了，你难道没有被他骗过？昨天他约了我，竟然又约了你！你也是一个受害者啊！我感到很奇怪，这样的男人你还敢上他的床！更让人啼笑皆非的是他的前妻追了来跟他纠缠不清……其实他一点都不在乎我，也不在乎你！我就是想让他看看，我上了他朋友庄云青的床！他的朋友庄先生比他好一百倍一千倍！

秦淑敏说，没想到你的情感意识这么超前！我没你那么胸襟，说到林依然，其实我根本不在乎他！是他追的我，我看他可怜，就同情他接纳了他，如果哪一天他再像今天一样当着我的面追女人，我就跟他彻底拜拜啦！

是该趁早跟他结束！

秦淑敏说，结束？如今在你眼中林依然就一钱不值了吗？

卢英说，是啊，他在我眼中一钱不值！

秦淑敏说，你真的很厉害！我算是被他坑了！我已无药可救，可爱上一个坏蛋是没有理由的，我这个女人就是这样傻！我知道他是个痞子，是个无赖，是个寄生虫……背叛他，你有种，等一会看他怎么收拾你！不过，真的很可笑，像你这样有品格的女人怎会看上庄云青这个平庸的小男人呢！

卢英疑惑地望着她，不知道怎么回答才好。两个女人对视片刻，觉得被对方羞辱了，都感到不是滋味。卢英突然发现林依然从房间里出来，忙转身进了卫生间。而秦淑敏思前想后跟林依然的交往，觉得自己很傻，为什么非得找林依然这样的玩世不恭的男人呢……正想着，就见林依然来到她身旁。

发什么呆呢？他说。

我感到自己有点傻！

为什么？

不为什么，我得走了！她说罢去房间收拾东西。

林依然觉得奇怪，刚才还好好的怎么一会儿就……见卢英从卫生间里出来就迎了上去，其实他刚才已经见到了她跟秦淑敏在一起。就故意问道，你还在卫生间？从昨天开始你一直呆在卫生间里没出来？

卢英冷笑道，是的，我还在卫生间等你回来啊!?

我不是在做梦吧？我还以为你已经回去了！

别逗了！实话告诉你，昨晚你的同住朋友庄云青请我去吃情人大餐啦！

是他请了你？他为什么要请你?!

因为你耍了我！因为我跟他有缘分！因为我昨天差点为你而跳楼！我要问你的是，你昨天竟然约这么多女人跟你见面！抛下我一个人在卫生间等你回来！而你却跟另一个女人去约会！幸而遇见庄先生，才使我过了一个美满幸福的情人节！

此刻，林依然脸色都变了，说，所以你就成了他的情人上了他的床?!

她拿起茶几上的红玫瑰放到嘴唇边，是啊，情人节这是一个爱情的节日，是个有纪念意义的节日，这有什么不对吗？

他无地自容，追问道，你，你，你跟他做啦?!

她笑了，说，是啊，跟他做啦！有什么不对吗？其实我就是要做给你看的，你这个朝三暮四的家伙！庄先生现在是我男人，我们下午就去登记！

他困惑了，说，你们昨天刚认识啊！

刚认识怎么啦，一个晚上的恋爱时间足够！我喜欢他，他也喜欢我，这难道不说明问题？

他沮丧不已，说，我追了你三个月，你竟然无动于衷，而你们昨天刚认识，就睡在了一起！我永远也想不通！你太让我伤心啦!

谁让你三心二意?谁让你有那么多的花言巧语而言行不一?谁让你约了我而又约了你的前妻和你的前女友?而他什么也没有说,我就给他了!真真的爱是不用多说废话的!我的身体、我的贞操、我的年轻美貌,我的一切毫无保留地给他了!而你是个情场老手,可说得太多了!有时说得太多反而不好,说得太好感觉就是假的。女人最怕的就是虚情假意,因为她们觉得没有安全感!咱拜拜啦,这辈子不想再见你啦!对了,还得谢谢你,是你把我带到庄先生家里来的啊!

他没想到眼前的女人变得这么不可理喻,不由叹息道,这世界变化太快,一切都出乎我意料,情感变化更快,一切都让你来不及思考!房子车子果然重要,可一个人的人品更重要,他对你说什么了,是不是说这房子是他的,或者他开车请你兜风了?

他什么也没有说,也没有开车请我出去兜风!如今房子车子对我来说已经不重要了,感觉才是最重要的!我今天刚懂得爱情跟房子车子无关,感觉跟金钱无缘,爱是第一重要的啊!

没想到你的品位也提高了!你们就这样爱上了,就这么简单?

是的,就这么简单!你说的对极了,寻找恋人人品是最重要的。如果一个男人有房有车有钱有地位,但心灵丑恶,那有什么意思?跟上他只能吃一辈子苦头,他是不会给你带来任何幸福的。其实,一个人如果什么都没有,不要紧,只要勤劳肯干,有目标有追求,财富是可以创造出来的。

你变得会说话了，是他说的吧？

是啊，他说得对，他的世界观跟你不一样，你是那么的成功，那么有魅力，所以在你身边的女人那么多，连你的前妻也想跟你重新和好！可他什么都没有，还跟你这样的人合租在一起，你曾帮他很多忙，他说你是个好人，是个值得让人尊敬的人……

他尴尬不已，他是这样说的吗？他简直是在嘲笑我！

嘲笑你?！那他说的一切都是假的啦？房子是你的，而他是这儿的房客？

他恼火不已，说，你别装得什么都不知道，其实他什么都告诉你了！实话告诉你，这房子确确实实是我们合租的！他也是个身无分文的穷鬼……这样的男人你也敢要？你以前不是这样的，你好像变了一个人！

她故作惊异地说，你们合租这套房子？好啦，这就是了，我相信你说的这句话才是真的！这才是人说的话！我昨天就感觉到跟你在一起不对劲，你是一个狗娘养的无耻男人，你昨天要了我，今天还想骗我吗?！

你怎么这样说话？我是时时刻刻想着你，盼着你回到我身边，尽管你现在已经误入歧途，喜欢上一个身无分文的穷小子，现在回头还来得及，我会原谅你的，你可以重新回到我身边，至少现在我除了你是不会爱上别的女人的啊！

卢英大惑不解，想他这个男人厚颜无耻到极点了，他房间里已经有个女人了，还要我回到他身边！而且我已经向他宣布我跟他的同住朋友庄云青相爱，怎么还这样？就说，你房间里已经有个女人了，还让我回到你身边，你这人怎么这样恬不知耻？

他说，你别这样想，虽然我身边有其他女人，但我并不爱她们，我跟他们只是逢场作戏！我最喜欢的是你。

她瞪他一眼说，谁还敢相信你？一切都结束了，希望你以后别再纠缠我！

他狡辩道，你误解我啦，其实我早就跟她分手了，昨天因为是情人节，我们见面只是怀一下旧而已！

秦淑敏从房间里出来，见林依然还在跟卢英说着什么，就更来气，她说，我本来想走了，但见到你还是色迷迷地看着她，我就不走了，看看你究竟怎么跟这位小姐重新开始？

哦，你们已经相互认识了！看来背后说了我许多坏话！但我不会计较，现在，亲爱的淑敏，你可以走啦！

秦淑敏说，我不走，今生今世就是要缠死你！

他微微一笑说，卢英，你收拾一下东西，她不走，我们走。

卢英说，笑话，我已经不是你的女朋友啦，怎么还叫我跟你走？

他说，没有关系，我们重新开始吧，我不会让你失望的！

卢英冷笑道，真是可笑之极。我已经是庄先生的女朋友了，怎么还会跟你走？推开房间的门叫道，云青你出来，难道不敢面对他吗？林依然想把我带走，你怎么一点反应都没有?!

林依然讪讪道，好啦，别嚷嚷啦！你这水性杨花的小女人，你这见异思迁的小泼妇！我是不会再跟你有什么瓜葛的啦，开个玩笑你就当真！说罢灰溜溜地进房间，秦淑敏大笑地跟进去。

卢英也进了庄云青的房间。庄云青穿着睡衣在房间里来回走动，外面发生的一切他都知道，就是不想跟林依然面对面地谈卢英，这一切来得太突然了！他简直无法招架，毕竟他是理亏的，当他听见卢英在客厅里叫他时，正犹豫呢，却见卢英进来了，卢英猛地抱住他道，你怎么这么懦弱？庄云青忙向她解释，渐渐地两人沉浸在热恋中了。

## 7

房间里，林依然对秦淑敏提出的结婚问题滔滔不绝了，他说，我已经离过一次婚了，结不结婚无所谓，其实结婚为了什么？就是为了生孩子，如果你不想生孩子，结什么婚？你是个有魅力的女人，你如果希望结婚的话，就别找我这样的男人，我现在暂时还不想结婚，你要找希望结婚的男人，这世界会有男人希望跟你结婚生孩子的！其实男人想法都是不一样的啊！

你以前可不是这样说的，你曾对我说你是爱我的，也希望能跟我结婚的，你离婚后我们交往了半年多，我一直对你有信心，可最近不知怎么搞的，你就是想跟我分手，我其实对你忍无可忍啦！告诉我，为什么昨晚又哄我上你的床？

因为是情人节，你我都孤单啊！

你喜欢自由，所以昨天有那么多女人找你！要知道自由伴随着孤单，没人关心意味着失落，既然我们都孤单，都失落为什么不互相关心，为什么不走到一起，而你却在外面寻花问柳，昨天我真的很后悔来找你……

林依然沉默了。此时此刻他心中很烦，因为让他最最仰慕倾心的卢英小姐爱上了别人，而且这人竟然是自己的同室好友，如今为了一个女人，好友变成仇敌，以后他们是否还能在一起还是问题！他后悔把她带到这儿，可后悔药是没有的，现在他望着秦淑敏想，幸亏她昨晚陪了他一夜，要不他真的就从楼上跳下去啦！可眼下，他感觉她跟昨晚就是不一样，他觉得眼前这个女人是那么的粗鲁、没气质、俗不可耐……他说，请你别再打扰我了好吗？再说，昨天你是自愿跟我在一起的，我们度过了一个美好的夜晚，这不假，但激情是激情，结婚是结婚，这是两码事，如果我们结婚，说不定哪天就得离婚，所以我们还是趁早分手的好！秦淑敏没想到跟林依然会有这样的结局，不由上前一步给他一个耳光，随后她走出房间，他捂住嘴巴老半天回不过神来。然而让他吃惊的是没过几分钟她返回了，她告诉他她的一个发夹掉了，她得找找，她在床上乱翻，但没有找到。

他望着她乱翻东西，说，我前妻不久前逼我跟她复婚，我拒她于千里之外，昨天也是，但我还是拒绝了她。为什么？就是为了自由！虽然自由伴随着孤独，虽然我接触过的女人都把我当成敌人，虽然没人关心，但若为自由故，两者皆可抛！当初我就是为了自由，什么都放弃了，现在我债台高筑，我曾经是个老板，现在已经不是了，这儿的房子不是我的，我曾骗过你，那没办法，也不是姓庄的，所以他也找不到女朋友，这事就不多说了。你跟了我那么多时间，如果我说这房子不是我的，也许你早就离开我啦。实话告诉你，自从认识了卢英小姐，她就是我的追求目标，但她被我的朋友骗走了，我有点妒忌他们，姓庄的几乎没怎么花力气就得到了她，生活就是这样，你越是用力，你越是得不到，你像玩一样的对什么都无所谓，好运自然光顾你！生活的哲理不就是这样吗？如果我当初说这房子不是我的，你还会要我吗？（怪笑，停顿片刻）一切都已过去，我知道你喜欢的不是我这个人，而是我的金钱，我曾对你说过我有一千万的身价，你信了，所以跟了我一年，如今我身无分文你还会要我吗？不会了吧？可我前妻还要我，因为我们还是有感情的，也许是亲情，因为我跟她有了一个孩子！我们曾经一起创过业吃过苦！但非常可惜，我已经不再爱她了，如果我要跟她重新开始，我就要装出一副喜欢她的样子来，这又有多痛苦？我做不来，我肯定会感到内疚，我可以欺骗她，可一旦我们生活不下去，我又伤害了她。我该怎么办?！不要看我有好多女人，可实际上我迷失得像一只小羊羔，几乎到了崩溃的边缘，我该怎么办？他目光炯炯地望着她。

她见林依然对自己给他的耳光并不记恨，而且如此坦率，她没想到。其实她早已知道他的生意一败涂地，身上没几个钱，而且人品还有问题，但那时感情战胜了理智，一切都变得很简单，只要两个人在一起就好。没想他还是见异思迁摆脱自己，这一点她是最气愤不过的，而此刻见他可怜兮兮的样子，就说，我认为你还是回到我身边，你的运气才会好起来……

林依然没想她的爱是如此执着，倒是出乎他意料！不由站起，慢慢地靠近她，深情地望着她。

她说，你难道没有看出来，我是多么爱你，要不我昨晚怎么重新上你的破床呢？可你看上去就是一个贪得无厌的情感骗子。你既然爱上卢英怎么不早对我说？我昨天也不会来你这儿啦！

他歉疚地望着她，说，对不起，我不是有意的，我想你是不会再来的啊！我感到我们已经结束，因为你太希望你的男人是那么的有钱有地位，可我什么都没有，我怕你看不起我，所以想远远地离开你，我又估计错了！

她说，我说过现在一切都已经不重要，其实早知今日何必当初，哎，爱情是没有理由的啊！

正说着，他身上的手机叫了，他打开手机。电话是前妻于晓莲打给他的，她说看在孩子的份上，希望他别再三心二意了，她最后给他一次机会，她希望他把身边的女人统统打发掉，整理好东西回家。他笑了，说，让他再考虑一下，他会给她电话的，说罢关上手机。

秦淑敏激动地望着他，她知道这个电话是他前妻打给他的。他不无炫耀地告诉她说，他现在一点办法都没有，他的前妻于晓莲是那么的爱他，她没他简直没法活！现在她要我回去跟她过日子，过日子你懂吗？这跟短暂的激情是两码事啊！

秦淑敏没想到他如此得意，气不打一处来，算是看透他了。便情不自禁地从他手中夺下手机，林依然还没反应过来，就拨通了于晓莲的电话，秦淑敏告诉她，她是林依然的女朋友，说他是不会回去跟她复婚的！随后她开始嬉笑怒骂地评价林依然，说他是个在女人面前低三下四、假话连篇花言巧语、不顾廉耻的低俗男人，他跟她相处的一年时间里用去了她八万多元！其中六万元是替他还债的！他许愿说他生意会好起来的，以后会加倍补偿她的，可信吗？而她的钱是什么地方来的？你没想到吧，她是个夜总会的小姐，也就是说她读过大学，挣钱也容易，他知道她的底细，但他还是要她，他们好了一年！她家乡的弟妹读书都是她供养的，她还捐过钱给家乡的母校呢！这所尊贵的学校把她的名字刻在新校舍的碑上，可她是个小姐！钱对她来说无所谓，可她自己很节约！好多年来她以为在这大都市能够找到归宿，她以为大都市的人都是那么高尚，那么文明，其实她错了！她盼望已久的心上人却是个不顾廉耻的花心男人！她这样的女人他也敢要，因为她有钱！他是那么的无耻，而她像是吃了迷魂药一样喜欢他！她瞥了他一眼继续道，我再说一遍，他已经跟我说好了跟我过一辈子，但我看不起他，这样的男人你还敢要吗？好自为之罢，现在我们都得考虑一下是不是还要他……

他惊呆了，他没想到眼前这个女人会有这样的举动言行。这世界怎么了，女人对男人竟然如此敌视？难道情人节是一场男女战争？我成了被女人唾弃的失意者吗？我的尊严呢？我的人格呢？我难道真是一个落魄的，一钱不值靠女人养活的可怜虫？可是，一个人的尊严和人格还是要的啊！这样一想，他说，你刚才骂得好，我是该骂，尽管我债台高筑，借你的钱我会还清的。

她说，总算良心发现！对不起，我刚才太激动了，一提起你的前妻就来气！我刚才说的不知道她什么感受！好啦，你还是乖乖地跟你前妻回家吧，无条件地跟她走，做一个忠实的丈夫，那才有好果子吃！说罢扬长而去。

于晓莲没想到林依然的女朋友会打她的电话，更没想到林依然的女朋友曾是个小姐，而且他竟然被这个小姐看不起，这使她很难受，她感到自己很可笑，以前对林依然百依百顺简直是耻辱！而他却在玩弄她的感情。她体会到，一个女人如果对一个男人失去感觉，只需一分钟！今天，情人节的第二天，她对林依然失去了兴趣，这只是一个电话引起的！

而她前几分钟她还劝过他回到她身边呢……正想着，林依然来电话了，她慌忙掐掉，她觉得一切都已结束，她再也不愿接他的电话了。

## 8

庄云青和卢英已经难分难舍。而让他尴尬的是他突然接到公司的电话，他的上司要他去一次，有重要客户要他接待，心中虽然不快也只得暂时告别卢英，卢英深情地望着他，希望他早些回家，她会做一顿好吃的饭菜等他的。庄云青的意思是如果林依然在，让他跟他们一起吃，毕竟他们是好朋友，不要为了她而使他们俩变成敌人。她自然一口答应。他把备用钥匙给她（因为她要去超市买东西），便依依不舍地离开了。

与此同时，林依然举着酒杯在房间里自言自语：抽刀断水水更流，举杯浇愁愁更愁，这个庄云青，轻易地就把我心上人夺去，而我花了三个月时间还没追到她，我真是个痴呆啊！刚才我又听到她婉转娇媚的声音了，多可爱的嗓音啊！多迷人的气质啊！可她成了别人的情人了，跟我没一点瓜葛啦，一切都过去了，没有留下一丝痕迹！我嫉妒的简直要发疯！这世界还有什么公平可言？而我还有什么可以留恋的呢？还是死了算了！

此刻，卢英正给自己的小姐妹打电话说，对没有结过婚的来说，应该结一次婚！虽然在二十四小时之内决定嫁给他，我觉得这没什么，我们是新新人类啊！我不再多说了，我是不愿意把问题讲清楚的人，有些问题还是朦胧一些好。讲清楚就一点意思也没有了！如果他真的喜欢我，就什么都不要问，就一心一意娶我就是，他现在就想娶我，这就够了，希望我们都不后悔，一切顺其自然，顺从天意！

卢英说罢匆匆出了房间，正要出去，她发现林依然从房里出来，就停住脚步。

他微笑地说，去哪儿呢，亲爱的？

去超市买点东西。

做晚饭？

她说，是的，你可以跟我们一起吃。

他直愣愣地盯视她，我们，说得多亲切！才认识一天就同居了？这也太快了吧？

一点也不快。她说，实话告诉你，只要有缘，时间不是主要问题。我们是一见钟情，然后一起吃了顿饭，接着恋爱了三个小时，最后就住到了一起，我还要嫁给他，有情人终成眷属，就这么简单。

他见她喜滋滋的样子，差点晕过去，说，你难道不明白，他是一个道德败坏的情场老手，一个低级下流的花花公子，多少年前就曾在学校使多名女同学打过胎，有一个女同学的家长来学校告过他，他差一点给学校开除啊！这样的人你还敢要？这次他又故伎重演，现在他又把我的女朋友抢去了，其实我是最了解他的，他只是跟你玩玩而已，他换女人就像换衣服一样！尤其像你这样的女孩子！他对你怎么会当真？哪一天他把你玩腻了就会一脚把你踢开，他怎么会真的傻到跟你同居呢？你跟他在一起是没有结果的，所以我要奉劝你，你必须离开他，如果你对我有看法没关系，但关键是你要离开他，马上离开他你懂吗？

她疑惑地望着他，你说这话有根据吗？

我不会信口开河胡说八道！如果你不听我的劝告，那以后吃苦头的是你自己！

如果我相信你的话，就应该离开这儿吗？

是的，马上离开这儿，离开这个色魔，他玩够了你就会一脚把你踢开！

他会把我一脚踢开？

是的，离开他重新回到我身边，我才是你唯一的选择啊！

她将信将疑了。说，离开他重新回到你的身边？我可没有这样的想法啊！对了，是不是嫉妒我们而故意编造他的缺点？

我为什么要嫉妒你们？如果他是真心诚意的待你，我只有为你高兴才对啊！但事实并非如此，他确确实实是个情感骗子，一个会动刀子的危险情人！他曾经谈的女朋友差点被他杀掉，你知道吗，如果他爱上你，你就是他的私有财产，如果你一不小心跟另一个男人有瓜葛，他就会报复，他看上去文弱，但骨子里凶狠残忍，他是个杀人不眨眼的歹徒，枕边睡着一个歹徒是非常危险的。亲爱的，你听我的没错，跟他同居是你最傻最可笑的选择！我以我的人格向你担保，你快离开他吧！

你说的这些话都是真的吗？

千真万确！

我该怎么办，我现在有点糊涂了，这世界太复杂了，你们俩究竟谁是好人，谁是我真正要找的男人？

难道我不像你要找的男人？难道我不英俊？难道我不

是个好人？亲爱的卢英，你还是回到我的怀抱吧，我是个地地道道的好男人，一百年也出不了几个的好男人！除了我你再也找不到像我这样爱你疼你的男人了！刚才我跟我认识的所有女人都断绝了关系，现在只有你了！你知道吗，我越来越爱你了，越来越离不开你了！你放心吧，为了你，我会重新崛起，我的事业会蒸蒸日上的！我担保我会成功，因为我是个与众不同的男人！我想你也会重新跟我和好的，你昨天的一时糊涂使我痛苦万分！但我是理解你的，我并不记恨在心，只要你跟他分手，我就是你的最佳选择！你不要再犹豫了，我去收拾一下东西，咱一起走吧，离开这个让我痛苦的地方……

我怎么才相信你说的全是事实呢？

到我房间去，我给你看一样东西。

不，她警觉地说，你拿出来给我看。

还是跟我进来吧，我有非常重要的东西给你看，这儿不方便。

你注意了，庄先生马上回来了！

林依然硬是牵住卢英的手进了房间，并随手把门关上。

她惊呼道，你要干什么？

亲爱的，此时此刻我就想要你……

别这样，我们已经结束了！如果要重新开始也得给我时间啊，放开！她挣扎着要出去，但她已被他抱住动不了。

他说，他给你时间了吗？没有！你昨日就迫不及待地给他啦！别紧张，你知道你本来是我的啊！

你就这么妒忌他？放开，要不我就叫啦！

你叫吧，最多我跟你同归于尽！他撕她衣服，我喜欢你叫,叫得再热烈一点,你本来就是我的女朋友啊!她喊得更响了,他见她反抗得很凶猛,便掐住了她的脖子……

放开我!你这混蛋,救命……她的声音越来越轻。他一直说个不停,他自言自语道,别叫,如果你想死我们就一起死好啦,我已经活腻了!好了,你终于叫不出声音来了!怎么,一会儿就一动不动了吗?我不是有意的是吗,也许他昨晚也是这样待你的?你真的晕死过去了吗?可别开玩笑,我可是惊吓不起的啊!我并不想害你啊!这可怎么办,怎么办?她怎么一动不动啦!唉,我得先避一避再说!或许她待会醒过来了?是不是把她搬到庄云青的房间?对啊,那人家还以为是他弄死她的……现在他抱起卢英从他房间里出来,进了庄云青的房间,他把她放到庄云青的床上。他俯下身去吻了她一下,这太不幸了,亲爱的,我不是有意的,我只是想让你别叫,别叫出声来!其实我就想吻你一下,仅此而已!我跟你三个月还没吻过你呢!这是我人生最大的耻辱!实际上叫出声来有什么关系,可我的手不听使唤,我才掐你半分钟,而且很轻的,你就没气息了。没想到你竟然这么脆弱,其实我们每个人都这么脆弱!你走了我活着还有什么意思?毫无意义!趁他不在,我把你放到他的床上,你不是希望嫁给他吗?这就对了!

林依然抱起她一步一步走进庄云青的房间,把她放到了床上,从房间里出来,他想他得赶紧走,逃之夭夭,呆在这儿凶多吉少……这样一想,就马上离开在他看来的是非之地。

黄昏时分,庄云青才回来,他一进客厅就进了厨房,便感觉不对,他本以为卢英在厨房里忙碌,或者已经做好了晚饭等他,可房间里变得那么静,难道她已经走了?那也该打个电话给他啊！他慌忙来到房间，见她躺在床上，稍稍放心了。他说，哦，卢英，你昨晚没睡好，现在睡着了吗！好吧，你再睡一会，今天也别做饭了，咱们外面去吃！见她没反应，就回到客厅坐下，点燃一支烟抽起来。

过了好长时间，发现她还不醒来，就感到疑惑不已。他回到房间按亮灯，见卢英一动不动，脸色苍白地躺着，就感到情况不对，他紧张起来，恐惧地靠近她，她怎么一动不动了？难道在我的房间里发生了凶杀案？他注视着她一动不动的躯体，嗨，卢英小姐，你怎么啦？是睡着了，还是长眠不醒了？你的眼睛太可怕了，瞪着我一动不动的，是死不瞑目吗！想告诉我什么呢？是谁把你杀死在我床上？你不要这样看着我，千万别把我当坏人！我们刚才不是谈得好好的吗？你我牵手走遍天下吃穿不愁。你的话是多么朴实却又实实在在！我相信你的话，可现在你却撇下我，在你眼中难道我是个凶手吗？他后退一步差点跌倒，嗨，你倒是说话啊！他又慢慢地向前靠近一点，终于有勇气碰了碰她，她还是一点反应都没有。唉，凶杀案竟然发生在我的房间里！我该怎么办？我该怎么办？是不是报警？可我是第一嫌疑犯啊！想到这儿，他紧张地抓起话筒，却又放下了……他感到自己走投无路。他想，看上去没人来过，也许是林依然这小子把她弄死的？我先打个电话给他，看看他怎么说！

他拨通了林依然的手机，他说，闯祸了，卢英死在我的床上了，她的死是不是你所为？

林依然回答说，我一早就出去了，今天压根就没回去过，卢英已经是你的女朋友了，她死在你的床上应该问你自己才对，怎么反倒问起我来了？

庄云青说，你是不是回来一下，看看该先送医院还是先报警？

你看着办吧，反正这事与我无关！

与你无关？毕竟她是你的前女友啊！

前女友怎么啦，现在是你的女朋友了，本来我正准备跟她结婚，可你搅乱了我们的好事！现在你杀了她……反倒把我拖进来？再说，她是死在你的床上的吧？她身体里的东西是你身上的啊，也许你激动的时候，精神控制不住自己才把她给掐死了……快些报警吧，然后请个好律师，你还有可能从轻处罚……说罢林依然关上了手机。

庄云青绝望了，在客厅里走投无路地来回走，这太恐怖了，这里发生的事好像是传奇故事！一切看起来好像真是我杀死她的，其实不然，法律是公正的……我还是赶快报警吧。法网恢恢疏而不漏，只要不是我杀的，一切都会水落石出的啊！

但他一时还不敢报警，他坐在客厅的沙发上发呆，因为昨晚一宿没睡好，又因为忙碌了一天，他迷迷糊糊地睡去，朦胧中他发现站在自己的房间里，他看见躺着的卢英动了动，他吓了一跳，朝后退了退，随后慢慢上前。

这时，他听见她说话了，她说，上帝啊，快来救我！

他浑身一颤，紧张地望着她说，亲爱的，你没事吗？

我没事，亲爱的，刚才我做了一个噩梦……

什么噩梦？可以说说吗？

她神秘地说，我梦见在一间陌生的房间里，一个陌生男人向我逼近，最后来到我面前跟我说……

对你说什么？

莫名其妙的话，我感到烦，就想轰他出去，突然他掐住了我的脖子，我喊救命，但喊不出声音来，我觉得我要窒息了……

后来呢?!

后来我什么都不知道了，也许睡着了。

那个陌生男人是谁?

不知道，我要告他去!

怎么告，你不是在做梦吗?

哦，是吗?我有些糊涂了，朋友成了陌路人，情人成了死敌。亲爱的，你会成为我的敌人吗?

怎么可能呢?我是那么的喜欢你!

以前林依然也说过，其实他在玩弄我的感情，我现在明白了，跟他这样的人是不应该谈论什么感情问题的，你是不是像他一样呢?

你也怀疑我吗?

我不知道，我觉得如今男人已经没一个可以信赖的……

请不要这么悲观，一切都会好起来的!他突然发现她坐了起来，满面微笑地看着他，她示意他坐在她的身旁，他在她身旁坐下，她正要说什么，突然她身边的手机叫了……

在客厅中睡着的庄云青突然听见房间里的手机声浑身一颤，他猛地惊醒过来，他回忆刚才的梦境，隐约地记起一些片段，不由毛骨悚然，此刻房间里的手机声仍不绝于耳，他站起身向房间里走去，但他在门口停住了，他恐惧得不敢再往里走一步，他迟疑片刻才打开手机，他拨通了110报警，此刻房间里的手机声仍叫个不停，不一会，警车呼啸而至……

# 尾声

几天后，在该市的晚报上人们看到了这样一条消息：2月15日晚，本市XX路上的V公寓发生了一桩谋杀案，死者卢某是一名23岁的女性，系一家咨询公司业务员。据了解，卢某同时跟两名男士有染。情人节那天，作为卢某前男友的林某对卢某的移情别恋耿耿于怀，因妒忌而丧失理智，在一次接触中将卢某掐死。嫌疑犯林某已被警方抓获，他对杀害卢某的事实供认不讳，目前，警方正进一步调查取证……

# 我的画家情人

我是一个性格内向、不善与人交往的女孩。直至二十五岁还孤身一人。但我渴望爱神的降临。我祈祷，盼望着有一个我喜欢的男孩出现在我的生活中。但这个男孩在哪儿？我的梦中情人会出现吗？我期待着。

我在广告公司有份不错的工作，却因工作繁重、同事的嫉妒和上司的骚扰而不堪忍受，一气之下便辞了职。不久我又应聘进了另一家公司，进公司几个月，仍未能如我想象的那么顺利，便又辞去了工作。由于我平时喜欢写些东西，竟不知天高地厚地想靠写作谋生。我因懂点油画知识，又看到上海的画廊越来越多，更是莫干山路50号的常客，便想写一部有关当代画家生活的小说，为此我通过朋友引荐去采访了画家罗天雨。想通过他找些创作的素材和灵感。

罗天雨很客气，热情地在画室接待了我。当他冲了一杯速溶咖啡，款款谈他的理想时，我被他的激情感染了。在我的眼中他也没什么特别的地方，实在是个非常普通的人。但我跟他仿佛一见如故，竟很快坠入情网。故事是这样开始的，这天他谈兴很浓，谈他的出生、求学以及坎坷的绘画事业。其间还让我看了他的不少油画作品，有些还是裸体女人的作品，很美。当时我非常敬佩他对绘画的执着追求。他的书架上有不少有关绘画方面的书籍，比如说《凡高传》、《蒙克传》、《毕加索的生平和创作》等等，有些书我爱不释手。他见我这样，就同意借给我几本看。我没告诉他我为什么要借这些书看，其实是我想了解一下一个真正的画家是怎么生活的，我想这对我的创作会有所启发。

大约半个月后我去还他的书，他又在他的画室中请我喝了咖啡。但是那天他用异样的目光看着我。接着他说我的身材不错，而他目前正想画一些女人的裸体画，但苦于没有一个合适的人选当他的模特。问我愿不愿意当他的模特儿？我当时紧张得脸都红了。我从来没有想过要当什么人体模特啊！但我见他用清纯而深沉的目光望着我时，我情不自禁地点了点头。再说如果我真的当他的模特儿，我想也可以更接近他一些，看他怎么完成一件作品。这对我创作这本有关画家的小说比较重要。当时他微笑地说会给我满意报酬的。他要求我每星期去三个半天，每次八十元。我想这不错，失业后我有了一份工作。虽然工资不高，但余下时间我可以写作。

第一次去的时候，我感到很尴尬，当着他的面要我一件件把衣服脱下来。当着一个男人的面，而且这是我最不愿意做的事情。然而，我答应了他，如果反悔也可以，但我不想让他失望。当时我的心怦怦乱跳，脸色彤红、羞怯万分。但当我感觉到他是一个画家，为了艺术时我也就释然了。而他则泰然自若，像什么也没发生一样。我的心才渐渐平静下来。也许他这种场合见多了，并不感到有什么意外。我终于把衣服全脱下了。他请我在一张椅子上坐下来，把一条透明的长丝巾挂在我身上，半裸半遮的，我开始觉得很别扭，但几个小时下来，我也就习惯了，不再感到羞涩。他绘画的时候很专心，虽然面对的是一个裸体女孩，但他的目光看上去没有一点邪念。一次二次三次每次他都规规矩矩的，这使我对他产生了好感。他还非常关心我，时而问我冷不冷，还买了各式巧克力给我吃，并把室内的空调开得温暖如春。我感觉良好，这使我安下心来当起了专职模特。

没想到这个男人的心是这么细。于是我的心渐渐地被他吸引过去了。大约是第三周的周末，我认识他已经一个月了。而他画我的那幅裸体画即将完工，是一幅写实的人体画。他说这幅画可以卖出好价钱，说今晚想请我出去吃饭。还说我辛苦了！当时我感到非常激动，心想难道他对我也产生了好感，或者他有点喜欢我了？要不为什么请我出去吃饭呢？这其间我已经偷偷开始写起了小说，并以他为原型，写一个性格浪漫、多情善感的画家。尽管才刚刚开了个头，可我多想给他看看啊！但话到口边就打住了。我怕他见笑，怕他说我没有写作天赋。但我还是忍不住说了这样的想法。还说我想以他为原型写一个画家的生活。他用异样的目光打量我。这时我的心怦怦乱跳，当他慢慢地向我靠近，抚摸我光洁如玉的雪白肌肤时，我的心差不多要跳出来了。我没有拒绝他抚摸，我既激动又紧张，这种感觉在我的身上从来也没有体验过。

不知不觉，他就吻住了我的嘴唇。我全身颤抖起来，不敢看他的眼睛。随后他就放开了我，说要请我去吃饭，我当即答应了。

饭桌上，我跟他聊起了写作并希望以他为原型创作一部小说的想法。他感到很奇怪，为什么一定要选择写作，这世界可以做的事情很多！他希望我不要以他为原型，他其实是一个很普通的画家。并说我是个没有写作天赋的女孩，凭什么就能写他？他说我是写不好一个画家的，因为我没有画家的经历！还说我写作是异想天开。他这样说我，我感到很受伤。我问他为什么不可以以他为原型写写他？为什么他能当画家，而我不可以当作家？他反问我写过什么作品？我被问住了，我知道我以前虽然写过一些小文章，但在他看来那不算什么。他要我放弃，说这条路是非常艰辛的。像我这样的小女人不该去吃这样的苦。饭后我回到家中，一直未能入睡，我在想他，另一方面，我反复问自己，难道我选择的路错了吗？

就这样，我的写作灵感被莫名其妙地遏制住了。但让我迷惘的是尽管他反对我写作，他却深深地爱上了我，他也感觉到了我的爱。结果，当他把我画好后，我的模特生涯也就结束了，我们成了恋人。

我这么大年龄，还没正式跟一个男人恋爱过。跟画家恋爱还是我生命中的第一次。尽管他比我大很多岁数，但年龄不是问题啊！那时我是多么地投入。我小鸟依人地在他身边，没什么要求，对他就想付出。在他画室中晃来晃去，看他画画，陪他去看画展，跟他去过几十家画廊，还跟画廊老板谈生意。其中有几家画廊有他的作品，我看到他的作品在画廊中出售自然很兴奋。其实他是一个非常刻苦的画家，他的油画作品富有美感，尤其是人物画（基本是半裸体女人），色彩逼真，栩栩如生，很有收藏价值。但让我感到不明白的是，他的画竟难以售出。偶尔售出一幅就能让他高兴数天。他又可以借此收入而生活一段时间了。渐渐地我了解到，他还没有真正成功，平时他的开销也很大，他生活来源靠卖画肯定是不够的。他想举办个人画展，但苦于没有足够的经费。为了爱他，我渴望他能早日成功，就把这几年中积蓄下来的钱全部取出来支助他。当他望着我从银行里拿出这笔为他办画展的钱时他激动得双眼噙满了泪水……

画展办起来了，在圈内产生了一点影响。有几家媒体也登了此消息。那时候我几乎成了他的助手。是的，我们同居了。但奇怪的是他的画仍然难以被外界看好。如今画廊林立，画家成千上万竞争太激烈了。要想成功是多么不容易啊。难怪他劝我不要轻易地就投入写作，他深深懂得搞艺术的艰辛。

虽然两个人在一起很开心，但生活拮据确是问题。花钱需要算着用，我没想到他的生活竟然这样！于是我想出去干点什么，他却莫名其妙地加以反对。虽然这样我还是希望跟他生活下去，并想跟他去办理结婚登记，但又遭到了他的抵制。不知道什么原因就是难以跟他走到一起。

终于，我跟他产生了裂痕。他尽管很有个性，却容易伤人。尤其让我受不了的是，他平时经常莫名其妙地发火，譬如有时他拿着画笔面对画布会歇斯底里地喊叫，就是说当他遇上不顺心的事或者创作不顺时（有时我还当他模特）他就骂人，或者拿我出气。有几次竟然还摔东西。我没想到他的脾气竟然这么坏，这使我对他的一腔热血渐渐冷却下来。我扪心自问，我跟一个画家结合是不是错误？跟他这样的人生活下去是不是幸福？我对他感到越来越失望。此后不久，我终于跟罗天雨决裂了。我果断地离开了他。

这就是我的初恋，失落中我开始写起了小说，有了第二章第三章，在写的过程中整个小说的框架都有了。我很兴奋。但生活陷入困境，因为我没有及时去找工作，而我的一笔积蓄支助了罗天雨，当然这是我情愿的。这段时间，我又萌发了去找工作的念头。这时我经朋友介绍认识了文学杂志社的编辑蔡明，我把小说的构思告诉了蔡明，蔡明鼓励我写下去……在写作过程中我得到了蔡明的帮助，我发现自己遇上了知音，激动不已。我对蔡明产生了感激之情，蔡明却以为我喜欢上他。当他向我表白对我的感情时，我感到很唐突。但很快他就读懂了我的意思。我们成了好朋友。与此同时，画家罗天雨突然来找我了。我有预感他会来找我。当我见到他时，我的脑子一片空白。此次由于他主动，且向我承认了错，我和他又恢复了恋爱关系。

我又回到了罗天雨的身边，两个人又像刚开始一样。但我偷偷地在写小说。其时罗天雨的油画作品在一次大赛中名落孙山，由于经济问题我们几乎没钱吃饭，我终于出去工作了。早出晚归的我使他的脾气变得很坏。我又受不了了，在这样的恶劣环境之下，我的小说创作没法继续下去，我又想离开他了。

我去找编辑蔡明，我希望向他倾诉，可这时蔡明去外省组稿，不在出版社。我该怎么办？是不是打消继续写作的念头？写到这程度，我不舍得放弃，放弃是很可惜的。我继续了我的写作生涯。这其间我跟罗天雨若即若离，我偶尔去看他。这一阵他的情绪显得很低落，看上去得了抑郁症似的，尤其当我拒绝他的性要求时。

这天罗天雨来我住处找我，因为他事业的不成功，他居然当着一个女孩的面，絮絮叨叨地说了许多沮丧的话。我虽然有点同情他，但我还是疏远了他。我感到他不像一个男子汉，当即我说我们分手吧，我不想再听他唠叨了！于是就把他赶走了。我没有想到我跟他的恋情会变成这样，我没有料到。

更让我出乎意料的是，当夜罗天雨打电话给我，说如果我不过去陪他的话，他就准备自杀了。我惊呆了，我想他其实是个孩子，难以承受各种苦难包括事业上的挫折，或许他真的爱上我，离不开我才这样的？或者他是在威胁我？分手对他的打击竟然这么大？想来想去，我不知道如何才好。我当时打电话给我小姐妹，让她们给我拿主意。她们各说各的，我无所适从。我犹豫了大约三个小时，怕他真会寻短见，所以还是去看他了。

我来到罗天雨的画室，画室中静悄悄的，当时他正在画一幅抽象风格的油画，差不多要完工了。我轻轻地坐在他身边看着他画，他见我来了，也不放下手中的画笔，继续画他的作品。约过了半个小时他才说，这幅画的标题是《死的诱惑》，他已经画了好多天了！我仔细看画布上画的是什么，只见灰蒙蒙的一片，隐约中有几个扭曲人形骨架……我一点也看不懂。他向我解释说，那是死神……这时，他突然疯狂地在画好的作品上乱涂乱抹，忙抢下他手中的笔，他望着我苦笑起来，我感觉到他得了抑郁症。我突然意识到问题很严重，便不停地安慰他……很长时间，他的情绪才稳定下来，他要我留下陪着他，我心中虽然不情愿，但还是答应下来。

但几天后，我还是离开了他，我归还了他画室的钥匙，我真的一点都受不了他！我回到住处继续我的小说创作。而那时罗天雨已经无法再作画了，他的精神几乎崩溃。是不是我离开他才这样我不知道。一天，他把他近期作的画都涂毁后，真的准备自杀了……当时我不在他身边。可这天我情绪烦躁不安，唯恐他会出事，真是心有灵犀。整日心神不宁的结果是，他的身影在我的眼前挥之不去，各种不祥的状态在我脑子里飞转……黄昏时分，我终于关上电脑直奔他的住处。我用力敲门，但敲不开门……我嗅到门缝里泄漏出来的煤气，我惊慌失措地取出手机报了警。

罗天雨被送到医院抢救，他虽然被救活了过来，但他什么都不知道了，这期间，我一直陪着他……我在陪他期间，在他的身边写出了有关这位画家的后半部小说。我反复修改了几遍，把稿件送到出版社给蔡明看，他热情地把我的有关画家的小说收下了，说很快会给我消息的。

小说完成后，我仍照顾着罗天雨，看上去他有康复的希望。我很激动。一个月后我在蔡明这儿取回了需要修改的小说。这让我非常兴奋，毕竟这部小说有出版的希望了，要不为什么要求我修改呢？在改小说期间我做了一个奇怪的梦，那天我梦见罗天雨从床上爬起来，向我微笑着说，小说该怎么改……醒后我久久地看着他微笑的脸，我回忆梦中他说的话，有点想起来了。这是天意吗？还是别的什么？结果我真的按他的意思改，不久小说完成了。修改后的小说又送到了出版社，当我获悉自己的小说能够出版时，我感慨万千，当我望着躺在床上的罗天雨时，双眸湿润了……

然而，当罗天雨痊愈后，我还是悄悄地离开了他，永远地离开他，不知什么缘故我不愿再见到他。也许我跟他之间缘分已经结束了。这就是我刻骨铭心的初恋故事。

如今我写画家的小说已经出版。也已走上了写作之路，成了一个名副其实的自由撰稿人，维持最低状况的生存已不成问题。是的，我有过难以忘怀的初恋情人，那就是画家罗天雨。结局虽然是伤感的，但对我来说，这是我的一笔财富，我至今还深深感激曾经爱过的这位画家，他给了我创作灵感。我在写画家的小说中就有他的影子，由于这本书的出版，我有了一笔不菲的收入。

# 午夜惊魂

午夜时分，莫文莉被一阵急促的电话铃吵醒，当她举起话筒，对方却挂了。由于电话没申请来电显示功能，所以不知对方的电话号码。等了一会，见电话不再来，便心神不定地睡下。正迷糊间，电话铃又骤然响起来，她又被惊醒，“喂喂……”可对方却并不出声。如此再三，她只得把话筒搁起：“见鬼了！”她嘟哝道，“是谁在骚扰我呢？难道是他？这不可能，他已经死了。”

第二天，她特地去电信公司申请了来电显示。

睡下后已是十一点。辗转反侧，脑中尽是他的身影，可电话却迟迟没来。凌晨一点多才昏昏沉沉睡去。突然被一阵急促的敲门声惊醒。思忖道，这么晚了，是谁呢?！任由他敲，却不敢开门。但身体不由自己控制，她颤抖着爬起，惶恐地来到门前。

“是谁?”她问道。

“是我，快开门！”他叫道，“我想见你最后一面。”

她屏住呼吸，从猫眼中探视门外的情况。这一看，让她惊出一身冷汗。慌忙冲进卧室，不敢再朝门口看。她看到了什么？她前夫苍白的脸！她隐约记得，她前夫晓白前一阵病危通知都发出来了，后来又听说已经死了，此刻怎么会出现在她的房门外呢?！这是他的相好也就是第三者郁郁告诉她的，她恨这个女人！而此刻他却出现在家门前，这不是见鬼了?！……难道这一切都是她导演的恐怖电影?！她迟疑片刻，当她决定报警时，电话铃却疯狂地叫了起来，她慌忙举起话筒，话筒中传来了女人刺耳的狞笑声。她惊恐不已，她听出来了，确实是她！情不自禁地喝道，你想干什么？对方却挂了。

这时，又响起了敲门声，她不知所措、神情恍惚，像是做梦一样。她鼓起勇气，慢慢来到门前，又重复刚才的动作，即向猫眼靠近，她想看看清楚，刚才是否眼花了，在外面敲门的究竟是谁。现在她的右眼贴近了猫眼，她惊呆了，门外什么都没有，可刚才看到的究竟是谁？这倒是出怪了，明明听到敲门声，怎么会没人影呢？她小心翼翼地打开房门，走道里漆黑死寂，根本没个人影。她顿感毛骨悚然，急忙把门锁好，去卧室快速躺下，将被子一股脑儿盖上，她以为这样可以安全些。

朦胧中，她迷迷糊糊睡去，突然听见客厅里有人走动，且朝她的卧室走来，顷刻间，门竟然“吱”的一声被推开了。她不知所措，这会是谁呢?！此刻，她感觉有个人影在她床前晃动，她吓得缩成一团，这时房间里出现了如梦的声音：“别怕，是我！”

她感到这个声音很熟悉，于是就慢慢伸出脸，她睁大双眼，终于看清了他的脸。

“跟我走吧，我需要你！”他祈求道。

"不，我不会跟你走的，你去跟那个坏女人过好啦！"她说。

"她已经离开我了！我现在一个人……"

"真的吗？你别骗我！"

"我不骗你，你来吧，我现在真的非常需要你……"

她将信将疑地爬起来，跟着他的背影向外走去。他们来到走廊里，随后走向电梯，电梯的门自动打开了，她见他先进去，却下意识不敢进电梯，他微笑地向她招手，她情不自禁地一脚跨了进去。瞬间，电梯如没有缆绳地飞速坠下，她感觉自己掉入了黑窟窿，不由"哇"地一声，噩梦惊醒了。

她一跃而起，电话铃骤然而响。她急忙举起话筒，是郁郁打来的，郁郁告诉她，晓白在医院快死了，想见她最后一面，马上去，要不就来不及了！

莫文莉赶到医院，当她找到晓白的床位，发现他已奄奄一息，而没一个人陪着他，不由一阵心痛。更让她感到惊疑的是，郁郁怎么会不在呢？这时，他的眼睛睁开了，当他见到莫文莉，脸上顿时显现一阵激动，他想说些什么，但此刻他连说话的力气都没有了，他只是动动嘴唇，眼角却缓缓地滚出泪水，这是悔恨的泪水。

她默默地站在他床前，感慨万分地望着他永远地闭上了眼睛。

# 我的同性恋人

爱有时是无性别的，同性也照样可以爱得死去活来，我至今这样认为。尽管许多人反对我的观点，但我还是要把这段奇妙的恋爱故事写出来。那是几年以前的事了，想起她我至今热血沸腾……因为当我遇见她后，我就没有了自我，你也许不会相信，我差一点为她自杀。

像我这样的女孩，大学毕业找合适的工作很难，如今办公室简直如战场，一不小心你就会被人暗算。尤其是看了《杜拉拉升职记》这部小说，对生活工作心灰意冷，你想，在公司里每天都得小心翼翼，唯恐出什么差错，你说累不累？可让我担心的事还是发生了。好不容易进了一家公司，却没做上半年，就被我的同事排挤出去，她们罗列了我的许多差错，其实都是些莫须有的罪名，我气不过，就跟她们吵了一架，但上司是相信她们的，我受了委屈，就这样我义无反顾地离开了公司。

失去工作后，我心中一直闷闷不乐，情绪变得沮丧、忧郁、孤独。那时身边没有一个好朋友的我，甚感生活的艰辛，人生没有意义，其实那样想是非常危险的。当时我身体感觉也越来越差，父母又不在身边，我又不能把这些苦闷说给他们听。孤苦无助的我在这大城市里飘零，竟然想到自杀，这危险的意念一直缠绕着我。

此后，我有一段时间特别无聊，一天晚上我在小区散步，无意中闯进了小区的健身房，当我发现一个健壮的女孩在跑步机上锻炼，满头大汗时就非常的羡慕她，如果我有她那样的体格就好了，就能在繁忙的公司打拼，老板也不会辞退我了，而男友也不会抛弃我了，尽管我并不爱我的前男友。

我生命中的初恋故事就这样开始了。当我发现她停下来后，我感到好奇就凑上去跟她攀谈了，开始时她有些警惕，但我很坦诚地先介绍起自己来，她见我如此，就跟我聊了起来，从她的口中了解到，她叫李萍，是从四川来的女孩，如今在一家名叫海上的桑拿中心给人做按摩……有一个弟弟和一个妹妹，弟妹都还在读书，全靠她供养……我想想自己的情况，跟她真是天壤之别，我大学毕业，还难以养活自己，而她不仅要养活自己，竟然还有能力供弟妹读书，每年费用至少得三五千吧？我不由对她刮目相看了，也对她多了一份敬佩。她长得秀丽、健美，看上去又是如此的朴实无华，她见我比较瘦弱就向我建议，希望我也经常去健身房锻炼身体，我高兴地答应了。

此后我经常去健身房锻炼身体，我总是在她去健身房的时间里去那里，我们成了好朋友。当她了解我已经失去工作赋闲在家时，就提议我去她的桑拿中心试试，我感到很奇怪，我是个大学生，找工作相对还是容易的，去这种地方能干什么呢？我迟疑地看了她一眼，她见我没有反应，就神秘地笑笑走了。

自从认识了李萍，我开始振作起来，重新留心起招聘广告，只要合适我的，就把资料邮过去，有时来了通知就去面试，但终也没有结果，有一次我衣服穿得少，回来就感冒了，还有点热度。李萍来看我了，她见我脸色通红，全身发烫，就知道我发高烧了，她陪我去了附近的医院，检查下来，我得了急性肺炎，当场吊针挂盐水，还在医院理观察几天。回家后医生开了许多药，这种药当然需要吊针的。在我吊针的那些天里，她每天都送我去医院，还陪我回家。我的钱用完了，手头拮据的我马上被她看了出来，这天她对我说，她本来租的房间是两室一厅的，她的小姐妹离开了，现在她一个人住，她希望我跟她搬到一起住，两个人合租一套房子可以节约许多钱啊！我听了很感动，情不自禁地抱住了她，说，这办法太好了，你处处为我着想，我怎么感谢你才好呢?！她只是笑笑说，这样合住一起，两个人也可以互相照顾啊！

说得对，接着我们就住在了一起，此后的生活中，我感到越来越离不开她了，我有许多事都依赖她，从化妆修饰，到买衣穿着几乎都跟她商量，我感到我的几年书是白读了。那时候我多希望能找到一份像样的工作啊，但我没有，在家里闲得发慌，尤其是白天，不知道如何打发一天的时间，而她也越来越忙，回家的时间越来越少，我感到自己很失落，每天我都在等她回家。有一天她回来的比较早，她说她今天想休息一下，太累了！我做了几个菜，她说想喝点葡萄酒，我就去超市买了一瓶。那天我们俩几乎把那瓶酒喝完了。李萍微醉的样子非常可爱，酒后吐真言，她说她被一个男人甩了，她是多么爱他！可他喜欢上了另一个女孩！她诅咒天下坏男人都死光光她才解气！她说她要调整一下自己……她说这些话时显得非常伤感，我开始安慰她，她醉眼朦胧地望着我，样子非常动情……接着她要我扶她到床上去，她说她走不动了，我当然毫不犹豫地把她扶到了床上。我见她这样，就不敢离开她一步，我用我的所有柔情在娓娓动听地安慰她，我想这样也许会使她解除心头之忧郁。她要我躺在她身边不要离开她，大约过了一个多小时，她才迷迷糊糊地睡着了。

可我睡不着，自从失去工作呆在家里，我感到很孤独，而跟她在一起，就再也不感到孤独了。这些日子我跟她靠得如此近，我们无话不谈，亲密得如一个人一样。那天，当她半夜里醒来突然抱紧我时，我双眸湿润了，开始时我感到很别扭，但渐渐地我就感到非常温馨了。当她激情来后，我们就互相安慰，我从来也没有跟一个男人接触过身体，我第一次接触的是一个我喜欢的女人的身体！那天没有多久我们的身体就融化在一起了，我难以形容那晚的感觉……

此后我跟她每天睡在一起，我们互相照顾互相体贴，潜意识里我把她比作男孩，我的孤独感没有了，我对生活充满了信心，此后我还找到了一份不错的工作！我早出晚归，回来还得做饭，身体也比以前好多了。那段生活我是一辈子也不会忘记的，她在我的生命中留下了深深的印记……这就是我的初恋，其实当时我已经失去了自我，如果我国的法律能通过同性结婚，那我就会毫不犹豫地跟她去登记。

然而那段美好的日子是十分短暂的，我们好了不到半年时间，她就有了新男友，我当时是非常的敏感，当她告诉我说今晚可能不回家时我就有了这种感觉。然而让我感到难以接受的是她不回家，我几乎无法入睡……午夜时分，我不停地打她手机，但她的手机关上了。我几乎一夜失眠。第二天我勉强去上班，中午时分我接到了她的电话，她告诉我说，她昨晚被男友缠住了，所以没有回家。我当时就泪流满面了，我问她今晚回家吗？她轻描淡写地说她这几天很忙，桑拿中心的客人很多，没有时间回来。我说那我们今晚一起吃个饭我请她。

我们在一家小饭店见面了，我自然明察秋毫，当我意识到她已经不再爱我时，我痛不欲生，可她说她还是爱我的，现在她有了男友就不可能再跟我睡在一起。我想劝她回心转意，跟那个男孩分手，但这是不可能的，已经无法挽回，她说两个女孩天天睡在一起，让男友知道会嘲笑我们俩的！我陷入了沉思，也许她是对的，但我割舍不了我跟她的感情，当我说这话时她的眼圈红了，说我们相处的一段时间她是很快乐的，现在她希望我们俩成为好朋友，而不是这种不正常的恋爱关系，我自然很不情愿，当我跟她争论起来时，她的手机叫了，是她男友打给她的，我对她突然之间又有了新男友非常恼火，但无可奈何。这时她说她得走了，她叮嘱我不要伤心，伤心是没有用的，她希望我振作起来，去找一个合适的男朋友，过正常的生活，慢慢地就会把她忘记了。

她走后我感到沮丧、失落，那晚我不知道几点钟才回家的，回家后，我久久地注视她的照片不能入睡。我是多么爱她，在我前一阵的孤单日子里是她让我感受到人间的温馨。

夜深了，突然我接到了她的电话，她安慰我说，我们还是好朋友，她会抽时间回来看我的，而这房子暂时让给我住……爱情是不能强求的啊！我想离开这里，尽管她希望我住在她这里，其实我这人是非常脆弱的，我会触景生情，一个人在这儿肯定难以入睡，长时间的失眠会使我得忧郁症，几天之后我就另租了一间小屋离开了。

当我离开后，我们联系就少了，但我常常思念她。几个月后，我慢慢平静下来，一段不寻常的恋情已经结束，我开始逼自己跟男孩接触，不可思议的是我对这些男孩竟然没有感觉，怎么会这样呢？我感到非常震惊，难道我这辈子就只有同性恋吗？我喜欢孩子，我还想正常地跟男孩谈恋爱，像普通人一样结婚生子……我能重新回到正常的生活轨道上来吗？我会再次振作起来吗？是的，她说得对，如今时代不同了，女孩有时必须主动再主动。

几个月后我有了一个男友，他在我同一个公司做平面设计，他比较受老板器重，尽管他看上去沉默寡言，却是个非常有意思的男孩，他很会体贴女孩。当他主动帮我时我就感觉到了。他见我比较文静，就热情地跟我说话，慢慢的我们彼此熟悉了，我感到他坦诚阳光，是个有前途的青年，最主要的是他开始追起我来，我就悄悄跟他谈起了恋爱……然而让我难以预料的是，李萍——我的初恋突然打给我电话，她约我出去喝咖啡，说要跟我谈谈，她伤心死了！我非常紧张，问她发生什么事了。她说她又失恋了，非常希望见到我！我想我跟她的事已经结束，我再也不想跟她见面了，因为我已经为她伤心过，不想再看到自己的伤口了，如果见了面我怕会旧情复发，后顾不堪设想的，毕竟我现在的生活是正常的啊！

但我还是被她说服了，瞒着男友去了她约我的酒吧。

相隔七八个月，见到她我还是非常激动的，她也表现出那种兴奋，我们谈了别后的各自情况。她说现在她又是一个人了，那个男人骗了她一笔钱消失得无影无踪……她待他那么好，对他简直是百依百顺，目标是希望跟他结婚，但那个男人骗了她！她说这世界上的男人都被宠坏了。许多天她几乎想自杀，也不想见任何一个男人了。由此就想到了我，希望我去陪她住，现在她一个人简直就没法入睡，她要求我像从前那样睡在她身边……此时此刻我的脑子一片空白，我不知道如何答复她才好。

我想了好长时间，我感到我的责任重大，如果我不去陪她，万一她真的自杀了不是我的罪过吗？可如果我去陪她，我在男友这里怎么交代呢？毕竟我已经从不正常的恋爱中解脱出来了啊！然而她也是啊！可她失恋了，她想重新回到我的身边，难道我就是她感情的避风港？如果是这样，我应该满足她的要求，她现在正当是人生低谷，为了她的生命安全我也应该关心她啊！我当即就答应跟她回去了。

我回家收拾了些衣物，就打的去了她那儿，当我走进曾经我跟她热恋的房间时，我的心就怦怦乱跳了。我们又躺在了一起，当她说她再也不愿离开我了时，我的手机叫了，是我的男友打给我的，他问我在哪里，说他在我家附近，他想请我吃夜宵，我一时回答不上来，半晌才回过神来告诉他说我在我小姐妹家，她生病了，我在陪她，我的男友相信了……但我心中并不好受。

在我的抚慰下，李萍的情绪渐渐好起来，有我跟她在一起，她再也没有提起自杀的事，这期间她一直待在家里没有去上班。此后的一些日子里，我除了去公司上班，晚上就去她那儿，我们过起了小日子。我又开始体验那段美好的日子。我疏远了男友，这些天来我简直不敢面对他。我几乎想换个单位了，但如今找工作多不容易，我不敢轻举妄动。有一天，我实在拗不过他，终于被他约到了咖啡馆。

“你为什么要离开我？”他凝视着我一字一顿地问我。

“我感到自己配不上你。”我自卑地说。

“为什么？你是不是有了新男友？”

“我没有新男友。”我不敢向他透露真情。

他目光炯炯地望着我，好像要看透我似的：“那为什么要跟我分手？！”

“因为我不喜欢你！”我违心地说。

他沉默了。我低下了头，我不知道如何回答他才好。他见我如此不可理喻，且显出冷冷的表情，他摇了摇头，埋了单头也不回地走了。我感到非常难受，毕竟我还是有点喜欢他的，当他离开咖啡馆时我想去追他回来，但他已经走远了！我感到左右为难，当时我情绪十分低落，几乎站不起来，好久才离开咖啡馆。

往事不堪回首。这样，我跟李萍相处三个多月后，她又找到了一个新男友，她还是像上回那样，渐渐地把我给疏远了。跟她在一起生活，我几乎习惯了，可她一有男友就会离开我，我真的没有想到，她其实是个双性恋者。我感到绝望，胸闷，忧郁，失落，无助，我几乎崩溃……我又悄悄回到我的小屋，我不希望再跟她见面。此后我生了一场大病，差点死去……当李萍跟她的男友来看我时，我闭上了眼睛。我不愿再见到她……尽管她好心来看我。

就这样，一段奇妙的同性恋生活结束了。生活中有些爱你是不可以尝试的，因为它非常危险，当你明白时已经太晚了。

如今，我从梦一样爱的迷惘中回到现实，我现在已经跟一个优秀的男人结婚，并幸福地生活着。当然我没有告诉他我的这段初恋故事，要不他肯定会吓倒的。我现在才认识到那一段初恋的经历是很迷惘很荒唐的，其实年轻时我们都可能犯错，但只要能早日醒悟及时改正就好。

# 二　胡

阿祥退休没几年，老婆就得了绝症离开人世。开始，阿祥悲痛欲绝，忧郁寡欢，几乎不知道一个人怎么生活下去。觉得人一老活着没意思，深感老婆一走，自己的生活太寂寞太无聊太冷清，于是他老是回忆老婆在世时的种种好处，可记不清自己是哪年哪月哪日开始跟她恋上的，却想起自己那时正学拉二胡，且学得不错，老婆就是喜欢听他阿祥拉二胡才恋上他的。于是，每当阿祥回忆起老婆时就摘下墙上的那把二胡来，擦上松香，调整音弦。随后阿祥演奏起来，琴音袅袅，如泣如诉，阿祥沉浸在往事的回忆之中。

然而，让阿祥没料到的是，琴声一响，隔壁正在搓麻将的许老太就出错牌。起先她忍着，但输急了自然跑到天井里大声嚷嚷了。要求阿祥停止拉琴，否则就拗断他的那把讨饭二胡！阿祥正在兴头上，怎么肯停下来不拉？心中虽愤然不平，但听她嚷得凶，便泄了气。想邻居之间为这小事吵闹太没意思了。随后他慢慢地把二胡挂上了墙。不一会又赌气似地把它摘下来，拉了几下，复又挂上去，如此再三才罢休。

夜深了，阿祥才迷迷糊糊睡去。朦胧中他发现老婆站在门口，要求阿祥跟她走。阿祥很激动，从床上一跃而起，正要跟她走。老婆指指墙上的二胡说，带上它。阿祥不敢违背老婆的意愿，迅即把它摘了下来，跟着老婆的背影向远处走去。他感到自己不知不觉来到公园的长椅边，觉得这地方很幽静，没人打扰，心情就很舒畅。老婆说，你就在这儿拉吧。阿祥点点头坐下，刚拉了一曲，猛然发现老婆不见了。丢下二胡去找她，却一脚踩空掉进了河里，惊醒了他的好梦。

早上醒来，阿祥回忆半夜里的梦境，觉得老婆在梦中暗示自己什么，应该带着二胡去公园。于是他摘下二胡去了公园，找了个僻静的长椅坐下。阿祥觉得这地方拉二胡不错，跟梦中有些相似，且有诗情画意，心想在天国的老婆还那么体贴自己，感慨万分！就闭着眼睛拉起了二泉映月。琴声悠扬，阿祥很快陶醉在乐曲里了。一曲既完，便睁开双眼，不由一惊，顿时紧张得不知所措。原来一中年女人微笑地站在他面前，正望着他拉二胡呢！他呆呆地凝视她片刻，在他眼中，女人的脸渐渐变了，变成死去妻子的脸，就像梦境中一样……他不由心中一慌，憋着的尿流到了裤管里，禁不住丢下二胡就走。女人拾起二胡就在他后面喊，老先生，你的二胡，他慢慢地回过头来，站在他眼前的竟是提着二胡的女人，并不是死去的老婆。他舒了口气，问道，您是……女人说，我在那儿练气功，是你的二胡声把我吸引过来的！

此后阿祥常去公园拉二胡，女人亦常来听。女人听他拉二胡时，阿祥便觉得心情舒畅，烦恼全无，感觉越活越有意思。心中却暗暗感激自己死去的老伴，因为是她引导他来这儿的啊！

一年后，阿祥请女人来家做客，女人东看看，西瞧瞧，目光就盯住墙上的二胡了。阿祥便摘下它拉了起来，猛然想起隔壁的许老太，手就有些颤抖，阿祥拉二胡的手颤抖时，琴声就更动听了，女人就认为阿祥是一个很棒的音乐家。这一次，隔壁的许老太没出错牌，所以没出来嚷，阿祥想这恐怕是手颤的缘故了。

又过了一年，女人成了阿祥家的女主人，阿祥的二胡又被挂在了墙上，难得再动它。

# 带刺的红玫瑰

## 一

我九岁时，父亲因病去世。母亲惠芝在第二年就改嫁了。不幸的是继父胡文浩是个酒鬼，一喝醉就拿我母亲出气。当时我小小的心灵感受到极大伤害。随着年龄的增长，我性格内向、矜持、挑剔和敏感就显现出来了。由于继父的原因，我对所有男人都没好感。所以不知不觉养成了对男人的报复心理。

十八岁那年，我考进大学。我一进学校就有了追求者，但我对追求者都报以刻薄的恶作剧，让他们不敢追我，因为当他们想接近我的时候我就想起了继父胡文浩，我的继父当初追我母亲的时候也是这副嘴脸。于是男同学对我望而却步……由此他们背后称我为带刺的红玫瑰。

在大学期间，有一个性格跟我截然不同、温柔而善解人意的女孩李娜成了我的好朋友，还有一个性格开朗喜欢写诗的张琴也喜欢跟我聊天，她们赞同我的观点，即男人都是好色之徒，得到了就不会珍惜。有的男同学觊觎李娜的清纯温柔而向她进攻，并对她进行性骚扰，我就出来保护她，这使李娜十分感动。而有的男同学见张静性格文静有气质就开始追求起她来，却都被我拆散。我很得意，几年的大学生活我一直我行我素，由此许多男同学对我恨之入骨，竟然合伙对我进行报复，我差点吃了大亏。

我大学毕业的那一年印象特别深。一般暑假我都回家跟父母住。这一年也同样如此。要面对我不喜欢的继父胡文浩。因为胡文浩看我的目光很特别，我虽然性格泼辣，却还是有点怕他。这天胡文浩喝醉酒又因琐事发火，我母亲是个性格软弱的女人，什么事都忍让着，为了息事宁人，她当着我的面好言相劝。但胡文浩根本听不进去，竟然越闹越凶。她只会躲到房间里偷偷哭泣。当时我心中灵机一动，便有了报复胡文浩的办法。

## 二

其实，多年来胡文浩一直对我垂涎三尺，我从他的目光中看得出来。那天，想报复的我开始对他抛媚眼，早就觊觎我的胡文浩竟被我逗得神魂颠倒、茶饭不思，竟然害起相思病来。那天，房间里就我们两个人，他的胆子越来越大，不仅目光不离我左右，还对我说些挑逗的话。我故意询问他我想知道他是怎么爱我的……他竟然对我说了许多甜言蜜语，还恬不知耻地说他可以为我去死……我为我母亲找到如此卑劣的男人而痛心！毕竟我是他的女儿啊，他怎么可以说这样猥亵的话呢？我想这个男人酒喝多了，简直是满嘴胡言。我故意问他说如果他真的爱我，用什么来证明他的诚意？他说，他愿意为我去死！

我想这又是他的谎言，他就是这样迷惑我母亲的！为了我的母亲，我一定得让他付出代价。随后我说，“你如果真的喜欢我就从窗口跳下去，我想看到你为我光荣牺牲……”他说：“如果你真希望我跳下去的话。”当时我开玩笑地说：“那你就跳吧！”可怕的是，胡文浩竟然真的跳下去了……当时我来不及阻止他，我惊得目瞪口呆！世界上哪有这样的事情，一个大男人竟然为一个小女孩并不存在的爱而跳楼？难道说他多年来从心底深处一直深爱着我，是真的了？我终于明白了，难怪这么多年来他对我用心良苦！

幸亏我家是在二楼，下面又是绿地，他并没有生命危险。当时我心急慌忙地打120送他去医院……他在救护车上看着我说，你是一朵带刺的红玫瑰！当时我母亲赶来医院，但她并不知道实情。她只是埋怨了几句，这事也就过去了。然而这事的发生对我的影响是深远的。

因为此事，我感到内疚。这么多年来，其实他除了爱喝酒，对我母亲和我还是不错的。由此他在医院的两个多月里，我经常去看他。因为沟通多了，慢慢地我对他的看法改变了。

## 三

事实是他跟我母亲结婚后，他发现我母亲收入底，养不起我，就一直在贴补着我们（尤其在我大学期间），这一点我和母亲是非常感激他的。然而他跟我母亲共同生活的几年时间里，他发现其实他并不爱我母亲，多次提出离婚想离开我们，但都因为我而不了了之。当时我母亲希望他等我大学毕业有了工作再分手，没想到他是个心地善良有责任心的男人，当我母亲向他表示这样的愿望时，他就同意了。

那天在医院里我问他，你既然不爱我母亲，为什么要跟他结婚？他说，开始的时候他对我母亲有点感觉，而且那时候我母亲待他也非常好。但结婚后他就发现我母亲还常常思念我已故的父亲，而且我母亲一直把他跟我父亲比较，即便他跟我母亲亲热的时候也是如此！其实我母亲内心深处并不爱他，时间一长，两个人的感情就出现了裂痕。那时候我还是十几岁的孩子，看问题总是看表面的，不往深里想。多少年来，由于他对我母亲常常发火，因为他总是对她没有好脸色，所以我对他一直耿耿于怀。然而今天，当我有机会单独面对他的时候，他竟然告诉我，他是在我考上大学时的那一年爱上我的，但他把爱深深地埋在了心底，现在终于表露出来了……我听了他的叙述非常震惊！难道这个在我生活中重要的男人，竟然一直在默默地爱着我？

我说："你是不是知道这爱是没有结果的？因为我并不爱你啊！"

他凝视着我说："我知道是没有结果的，但我喜欢。说到底，我对你母亲是一种责任，一种亲情，因为我跟她相处的时间长了才产生的。但是，等你毕业以后有了工作，我想你很快就能找到工作的，那时我就跟你母亲离婚，其实我是不希望伤害你母亲的，但这事我跟她当初说好的，希望你理解我。"

"假如你对我的感情被我母亲发现，她会晕过去的！"

“我本来不说的，既然我说了，你可要为我保密。对了，我差不多比你大二十岁，我知道你不会喜欢一个老头，但你不能阻止我对你的爱……当然，我对你表达我这份感情时，我无地自容。”

“你为什么要这样?”

“我年轻时就想找像你这样的女孩，聪敏、漂亮、有知识。可是一直没能如愿。这是我的爱情情结，虽然已经过去多年，但我的爱情情结没有消失。今天，我的爱情情结终于在你的身上体现出来了，因为你所有条件都符合我早年择偶的要求：你矜持，在我看来是有气质；你骄傲，在我看来是有内涵；你敏感，在我看来是多情善感……总之，你是一朵带刺的红玫瑰，你身上的一切我都喜欢。这也是我没有离开你母亲的原因……”

全都清楚了。在他说这些话的时候，我一直在打量着他。在我眼中，他已经老了，眼角上皱纹很明显，尽管他还不到五十岁。但他说话的时候目光炯炯，激情澎湃，有一种特别的感染力。此时此刻，他几乎变了一个人！他以前对我母亲从来不是这样的，难道爱情的力量有那么强大么？后来，我在离开医院的时候他悄悄地告诉我，我只要能常去看他，他就心满意足了！

## 四

那天，我在回家的路上思绪万千，他的音容笑貌在我的脑中挥之不去！我怎么了，难道我被他的激情感染了？我会爱上他吗？他是我的继父啊！如果我爱上他，我的母亲会怎样想？她会为了他而嫉恨我吗？这真是个棘手的问题啊……

这个晚上我睡不着。我忍不住想了解母亲是不是真的喜欢他。这么多年来，我从来没跟我母亲聊过这问题，母亲也不会主动跟我聊，因为在她眼里，我其实还是一个孩子。但是如今不同了，我已经大学毕业。自从跳楼事件之后我对他的看法变了，这一点母亲也意识到了。当然她不会想到他是那么的爱我。

她问我说："是不是想跟我谈你继父的事？"

母亲是那么的敏感，我还没有开口，母亲已经知道我想跟她谈什么了。当时我情不自禁地点点头。但她不愿意说。但我不走，坚持希望她说，最后她拗不过我，终于开口谈起了我的继父。她告诉我说："我跟胡文浩结合完完全全为了你。你知道吗，我当时没了工作，你父亲生病欠下了一屁股的债。你父亲离世后，我走投无路。后来认识了你继父胡文浩。他的气质、外貌根本不能跟你父亲比，开始时我并不喜欢他，但我看他有经济实力，又肯帮助我这个陷入困境的家，我就装出十分喜欢他的样子。很奇怪，相处的日子久了，我就对他产生了好感，现在已经离不开他了……"

母亲的一席话说得我心情很沉重。问题是，当我母亲离不开继父的时候，继父却想跟她离婚了！我当时已经陷入一种怪圈，即如果我去接近胡文浩，他肯定以为我对他有意思，他就会加速跟我母亲离婚。如果我选择逃避，他会非常痛苦，毕竟他是真心爱我的，我又于心不忍。二者必居其一。我该怎么办？结果我选择了逃避。当时我找到了合适我的工作。为了避免跟继父接触，我在外面租了房子，开始了独立生活。

## 五

然而,我还是希望能报答他一下。当我第一个月的工资拿到以后我拨通了继父的手机,我说我要请你吃饭。他很吃惊,问我说专门请他还是请他跟我母亲?我说这次我是专门请的他,因为我拿到了工资。那时他早已经痊愈了。当我们在一家饭店见面时,他激动不已。他还以为我对他有意思……我告诉他我不能爱他,因为我不能背叛我的母亲。当时我的想法就是,我要报答他,报答他多年来对我们家的付出。

饭后,我提议去宾馆……我说我知道你一直想得到我,我给你一次机会。他心情复杂地看着我,当时竟什么话也说不出来。接着我们来到附近的一家宾馆,当他搂住我的时候他热泪盈眶了……我们几乎谈了整整一夜。那晚他答应我,这辈子不再离开我母亲,不再向我母亲发火并动手打她……仅仅是深深地跟他谈了一晚上,他就像变了一个人!而对我来说那晚就像做梦一样。此后的几年中,我跟继父关系正常了,虽然不常见面,但也常常打电话联系。再也没有这种不正常的关系了。他也开始理解我。但他还是那么爱我,只不过是精神上的而已。

爱已经过去了,亲情还在。如今我已经找到了男友,我的继父胡文浩虽然非常痛苦,但也只能接受这个事实。而我跟胡文浩多年前在宾馆里的一幕,已经深深地埋在心底深处,再也不会向人透露。

# 儿　子

儿子晓德三十岁生日那天，我恰好拿到第一笔退休工资，除了给我老婆的，余下的钱请他们去饭店吃了一顿，也算是庆祝儿子生日吧。为了避免我跟儿子冲突，我尽量不聊他的问题，却还是忍不住说了“三十而立”，该出去找个工作了这句话。为此，他瞪了我一眼。更让我感到不快的是，儿子当着我的面向他妈要钱，我老婆二话没说，就把我给她的退休工资全都掏给他，他还嫌不够。我气得半死。他一拿到钱，就一溜烟走了。

儿子做过五六家公司，不是被公司辞退就是自己无缘无故地离开，如今已经半年没工作了，其实他就是不肯上班。他的爱好是没完没了地玩电脑游戏，时而还跟网友聊聊天，生活在虚拟世界中已经多年，而对其他一切都不感兴趣，甚至对恋爱结婚也无动于衷。我老婆为此愁死了，而我也为此揪心不已，却一点办法也没有。我们互相责怪，指责对方从小把儿子宠坏了，如今已经无药可救。尽管如此，我们还是希望努力一下，毕竟我们只有一个儿子。这晚，我跟我老婆在餐厅商量半晌，终于达成一致意见，即我们外出住一段时间，看看儿子离开我们会怎么生活，兴许我们离开他，他真的会独立生活成为一个正常的人。

午夜时分，儿子终于回家了。我对他说，为了健康，我们去浙江长兴农家乐住一段时间，家里就交给他了，希望他在这段时间内找到工作，过正常人生活，别再玩游戏了……儿子"嗯嗯哈哈"地什么都答应我，随后就去他自己房间，打开电脑，又玩起了他的游戏。真是玩物丧志。当时我恨不得冲进去把他的电脑砸了，可我还是忍住了，我想起了孔夫子的教诲，"小不忍，则乱大谋。"我想我们离他而去，即不再为他洗衣做饭，不再供养他，如果他生活没有来源，是不是会逼他外出找工作而变得勤劳起来？这是我跟我老婆的重大决定，一定得实施，要不我儿子真的没救了！其实我跟我老婆以前对孩子的教育实在有问题，做父母的对子女怎么可以一手包办？什么都不让他做？现在倒好，儿子除了会玩电脑，其他什么都不会。

随后我们就收拾替换衣服、生活用品、手提电脑什么的一股脑儿放进两只旅行包里，第二天上午就联系上长兴一家依山傍水的农家乐，开车四小时到达目的地安顿下来。尽管这儿空气清新、景色宜人，一日三餐新鲜可口，但我们的心还是在儿子身上，我老婆一直惦记着他，时不时地打电话给他，问寒问暖，儿了却嫌她烦了，由此我就劝她别再打了，过我们的日子，暂时忘了他吧。

其实，我离开上海前，曾委托我的邻居汪先生关注一下我儿子晓德，他是我棋友，休息天下棋常跟他谈起我儿子，自然他非常愿意帮这个忙，这不，几天后他的电话就来了，他告诉我，我儿子还是老样子：白天睡觉，晚上玩电脑，吃饭叫外卖，夜宵吃泡面……我谢了他要求他继续观察，并想办法到我儿子的房间里去看看，他答应了。

一个星期后，儿子来电话，说他卡上没钱了，要我们汇点钱过去，我抢过老婆手中的手机跟他说我们住在山上，山上没有银行，所以没法给他卡上打钱。他说，你们可以下山啊……我说，没我们你就不能生存了吗?！他沉默了。我继续说，如果我们死了呢，你就不活下去了?！你自己去挣钱吧，你已经三十岁了，难道还养活不了自己?！可以不玩电脑游戏吗……他气得把手机关了。我老婆见我如此说，当即夺下手机，欲拨他电话，但给我阻止了。

此后一段时间，儿子打来的电话都是要钱，而且要的数目越来越大，我老婆逼着我开车去镇上的银行去给他汇钱，但都被我说服了，我说如果此刻打钱给他就功亏一篑，他又会坐到电脑前玩他的游戏……最后，我老婆还是被我说服了，不去理他。这时汪先生电话来了，告诉我说，他在小区附近的一家房产公司看到了我家的房子挂牌出售，他说他去过我家，家里给我儿子翻得乱七八糟，他找到房产证要把房子卖了，他还分析说也许我儿子在网上认识一个女人……我想这可糟了，他真的去房产交易市场低价挂牌出售（他可以模仿我们的签字，房产证上也有他的名字）就惨了，我知道，儿子对钱其实没有概念，他一掷千金，会把钱奉献给那个虚拟的网恋女人……我想我们挽救儿子的计划破产了！当即我跟我老婆打点行李回家。

回到家没见儿子的踪影，家里果然被儿子翻得乱七八糟、脏衣服脏碗筷泡面捅堆得满房间都是，简直不堪入目。我立即找房产证，却没有找到，我老婆急得泣不成声。慌忙打他手机却没人接，这时我才想起去房产公司……赶到那儿，发现儿子坐在这家房产公司正准备跟对方签合同呢，急忙冲进去阻止他们……最终化险为夷、有惊无险。

房产证又安全地回到我们手中了，我舒了一口气。为了改变儿子我差点弄巧成拙，如今儿子还是我行我素，又回到电脑前昏天黑地地玩起了网络游戏，我对他一点办法也没有。这几天我跟我老婆商量，是不是把他赶走，把他推向社会让他自食其力……老婆竭力反对，说如果这样处理，一不小心儿子变坏或者当了小偷被抓我们脸上更无光彩，还是把他当个傻子供养着吧，总比赶他出门闯祸好，谁让你把他生出来的呢（这也是儿子常说的话）？没办法，兴许老婆说的是对的，我想。

# 地铁情人

好多年来，我上下班乘的是地铁。这天我下班乘上地铁时，遇见了仅一面之交的男模特艾西，在我眼中他英气逼人、气质不凡，他是我在一次本市举办的国际模特大赛中认识的。他认出了我，并主动跟我打招呼。那时我设计的是男模特穿的休闲时装，我曾专门为他试过装，一瞬间就被他高大的身躯和英俊的容貌惊傻了，当他看着我时，我的动作有些不协调，觉得脸上烫烫的、心慌意乱了。我从来没有过这样的奇怪感觉。他朝我微笑，却一脸的明星气派。当时我不敢开口说话，我知道在这样的男孩面前，说起话来会语无伦次的，我的心怦怦乱跳，真的，这感觉太奇妙了！其实我从来没有恋爱过，尽管我已经是二十六岁的大姑娘了。

时隔三个星期，我又跟他在地铁上邂逅了，此刻我真的有点兴奋！自从那次短暂的见面后，我一直没有忘记他。是的，使你心跳的男孩是不会忘记的。其实，这几年来，我男孩见多了，但我没有一个中意的！更不用说喜欢了。然而我对他，这个做模特的男孩就有点想入非非。当是他叫住我时，我就是这样的感觉，我的脸又一次红了起来，心又怦怦乱跳，好像我面临一场决定我命运的考试一样。一时我竟然不知道说什么才好，他见我不吭声，就问我说，你一直乘地铁？我点点头，他说他也经常坐这班地铁的。我当时激动起来，自从三个星期前跟他分手后，我的潜意识里就一直希望能跟他再次见面！真是老天有眼，或许这次在地铁列车上见面就是一种缘分？然而我这个傻女孩，竟然没有向他要手机号码！他匆匆走出车厢时，我感到很失落。其实，在我的生命里还没有向男孩主动要过电话呢！

此后的几个星期里我几乎饮食无味，上班也没精打采的，对什么都不感兴趣，关心我的同事看出来了，问我是不是失恋了？他们真是太厉害了，怎么就一针见血呢？而我回答说我还没有正式恋爱过怎么会失恋呢？

其实我这是单相思，实话告诉你们，在我的同事中间，单相思多着哩！张三爱李四，而李四还蒙在鼓里呢！可那又怎么样？单相思总比没相思要好多啦！我是这样认为的，我常这样自我安慰。然而我又觉得做什么事情都应该靠自己努力的，如果机会来了，你不去抓住，那再好的机会你也会失去的。我考虑再三，决定还是应该去争取一下，我想既然我们能在地铁里邂逅，就一定是有缘分的，尽管我知道像他这样的男孩身边肯定有不少靓妹围着他。但我还是愿意一试，毕竟我好坏也是个时装设计师，尽管长得一般，不吸引男孩，但在他眼中也许不会差到哪里去。因为我当时发现他望着我的眼神是那么温柔……这样一想，我开始自信起来，又后悔当时没有主动向他要电话，要不现在跟他通个电话不是什么都解决了？

我大约花了一个多星期的时间，每天在这个时候等在那个站台，工夫不负有心人，我终于又在他下车的那个站台见到了他！他见到我好像有点兴奋，当他向我走过来跟我打招呼时，我激动得差不多要流泪了！他仿佛看出我深埋在心底的隐私了，他问我是不是在等他？我见他如此说，无地自容，即刻脸就红了，心想这男孩怎么这样说话，难道他对我来说明察秋毫早已知道我心中的秘密了？我当时就否定说，我在等车。他问我说哪天有空可以一起坐坐。我见他说这话有口无心时，就毫不犹豫地回绝了他，我说我这几天很忙，没有时间陪他闲聊。他深深地看了我一眼，随后摸出他的名片给我说，有空就给他打电话，说着就离开了。

我真的有点傻，在这样的男孩面前为什么还要装出一副很忙的样子来呢？是不是他以为我已经有了男友？对他邀请不屑一顾？那晚我又睡不着了，我像是着了魔一样拿出他的名片看了又看。我感到自己已经疯掉、几乎什么事也做不成了。要知道，感情上的问题是很折磨人的啊！

第二天我就想打电话给他，请他出来谈一次，我又感到这太唐突了，我不应该这么主动，让他来找我好啦，后来又一想，他没有我的手机号码啊！于是我拿出他的名片，按他的手机号码，可按到一半就停止了。让我沮丧的是，我几乎没有勇气打这个电话。我这个人就是太要面子了。如果我打电话给他，可遭到他拒绝我是受不了的啊！所以我犹豫再三，没有打这个电话。我正为此事烦恼时，奇迹发生了，那天我又在地铁见到了他！我很兴奋，但我装出很平静的样子跟他打了招呼。让我惊喜的是他，这次，他向我发出了邀请，请我去斗牛士餐厅共进晚餐！

在餐厅里，我们无话不谈。本来感到紧张的我，顿时放松下来了。我去洗手间时,发现我脸上的红晕久久不退,真是太奇特了。因为这天晚上我自己感到变得好看多了!难道这就是爱情的力量吗?可我们仅仅是刚开始啊,还没有正式相爱啊!一顿饭下来,他对我竟然像老朋友一样,这让我很开心。但马上让我感到惊讶了,艾西竟然对我说活着没有意思,一切都无趣透了!说到后来,他露出想自杀的情绪……我惊呆了!怎么会这样呢?我仔细打量了他一番,原来他喝醉了。酒后吐真言,当我意识到他喝了一大瓶葡萄酒身体不胜酒力时已经来不及了。

我想送他回家去,但他说他不想回去。不想回去?为什么?难道他已经跟一个女孩同居了?而那个女孩准备跟他分手了?或者他们争吵后他才不想回去?还是其他什么缘故?但想到他已经有了女朋友,这让我很沮丧不快。当时我感到很为难,把他带回家却又不方便,结果我把他送到了离自己的住处不远的小旅馆里。他躺倒后就迷迷糊糊地睡着了。

我不敢马上离开他,怕有意外。我在他身旁躺下来,每日思念的这个人,现在躺在我的身边了,我一直在打量他。我感慨万千,他就是我的初恋情人呀!他会爱我吗?此时此刻,我不知道该怎么办才好。

这时他身上的手机响了。他下意识地动了动,但一时还醒不过来。手机响了多次,我才忍不住打开他的手机……原来这是他的女友打来的!对方问我你是谁?我犹豫了片刻。当时我真不知道该怎样回答。结果我说我是他的女朋友。可这时他突然就醒了,他抢过手机跟对方通话后,竟抽泣起来……简直是个大男孩!我感到莫名其妙……最后我终于了解了原委，原来他在跟那个女孩谈恋爱，那个女孩也是一个模特，追求的人自然很多，有的还是大老板，而那个女孩对他只是好感而已，并不当真，而他竟然把她当真了，猛追她，而当她提出要跟他分手时，他受不了了，竟然想自杀（可能是威胁她），这真出乎我的意料……

为失去一个女孩而伤心得想自杀，这不是一个坚强自信的男孩。我初恋的对象虽然外貌英俊而性格懦弱，这样的男人我是不欣赏的，也不会喜欢他的。通过这件意外发生的事，我对他的感觉一下子就降到了冰点，我什么话也说不出来了。我感到没有意思，我的初恋就这样结束了。我离开了旅馆，一路上发誓再也不见他了！可第二天（恰逢双休日），我竟然接到了他的电话，他说要来看我，我开始不同意，但他说他已经在我的家门口了……我记起来了，我昨天在吃晚饭的时候竟然把家里的地址告诉了他！我尽管对他的感觉已经一百八十度的转弯，但潜意识里我还是愿意跟他交往下去，我想冒一次险，看看他是不是会爱上我，如果真的能爱上我，我再也不管他是不是个懦夫啦！

我跟我的小姐妹合租了一间两室一厅的套房，这样租金可以便宜一些，大学毕业后，我们要留在这个城市里是很不容易的。我们只有节约再节约才能生存，才能节约出一笔钱来买房子。

当我把他带进我跟卫娜同租的套房时，卫娜和她的小姐妹也都在（当然其他小姐妹我也认识），当英俊脱俗的艾西一进房间时就顿时吸引了她们的眼球。我发现她们见了他都眼睛一亮，有的竟情不自禁惊呼起来！说我本事真大，把这城市最英俊的男孩带来啦！我觉得很得意啦，她们越说越起劲，这使我有点飘飘然了。实际上我带艾西来住处满足了我的虚荣心。

我把他请进了我的房间，当他凝神望着我时，我的心怦怦乱跳起来，谈着谈着他向我靠近过来，我却感到惊慌失措了。我还从来没有跟一个男孩单独在一个房间里的体验。但我还是感到喜滋滋的，我们谈了一会儿，他说他已经跟那个女模特分手了。这信息使我很激动，出乎我意料的是他开始对我动手动脚了！我有点心慌意乱，刚认识就对我这样！这个男孩很轻佻啊！我还没有准备好呢，怎么他就这样随便呢？我跟他周旋片刻又回到客厅，他不好意思也跟了出来。

此后我跟艾西谈起了朋友，一个月过去了，这事让我在同伴眼中大出风头，她们对我刮目相看！我自我感觉极佳。有一次卫娜当着艾西的面要求我举办派对时我爽快地答应了，因为我有一帮同学经常聚会，而这次我有了这么英俊的男友，她们自然要为我庆祝一下。但她们有个前提，就是希望艾西把他的同事，也就是时装队的一班男模特全请来，艾西竟然同意了！我自然装出非常愿意的样子。

结果艾西叫来他的同伴——W公司时装队的几个男模特来了，当我们发现男模特个个英俊潇洒、歌喉个个靓丽富有质感时，我也惊呆了。这使我的小姐妹们欣喜若狂，个个穿上最漂亮的衣服打扮得风姿卓越、跟男孩们打情骂俏，而卫娜竟然忘了自己是谁……其实获得这信息之前她去了美容院。

从钱柜出来后男模特们一阵风似的飘散了，我的同伴们均感莫名其妙的失落……只有艾西，一直在我身边，我感到很得意，但艾西又喝得半醉了，他竟然当众吻了我！他说他今晚不想回去了，要住在我这儿。当他用祈求的眼神望着我时，我的防线被他眼神击溃了。当时我觉得我们的恋爱已经公开了，没有什么可以忌讳的，我就一时冲动把他带到家里。一切可想而知，我那天情不自禁地跟他睡在了一起……我是第一次做这事，那一晚我紧张得好像做了什么坏事一样，可他一点都不紧张，非常老道的样子，看来他已经有过许多女孩了，这一点让我很失望伤心，但不管怎么说，我还是爱上了他……

此后我们天天通电话，我们还相互发短信，尽说些肉麻的话。英俊潇洒是我择偶的标准，而艾西恰符合我的这一标准，自那以后我开始恋爱了，我希望他早些跟我结婚，同时跟我合租一套房子，或者干脆两个人把钱合起来按揭去买一套房子。但他都婉言谢绝了，而且见面的机会越来越少……

我的心碎了！怎么会这样呢？我一直想不明白。我情绪低落，开始时他还经常来看我，但不到一个月，他来的次数越来越少了。我不知所措，我几乎体验到失恋的痛苦了……他对我越来越冷漠，我已经意识到这是一场爱情游戏，我有点恨起他来。可我在小姐妹面前还是装出艾西继续在跟我谈的样子来，为此我确实吃了不少苦头。有一次我发高热，打电话给艾西希望他来看我，就是来一会儿也好。但他说他这几天太忙了，实在没有时间来看我，挂电话时他补充说一有空他会来看我的。但他一直没有来。我去找他竟然他一直在躲着我！而我一直在痴痴地等他，那段时间我度日如年……

我下班一直是乘地铁的，公司也从没换过。那天地铁的列车上，当我猛然发现艾西——我曾经爱过的男孩，跟一个漂亮女孩亲密地在一起时，我差不多要晕倒了，幸而在我身边的一位大姐扶住了我。

此后我生了一场大病，我情绪低落，几乎崩溃。开始时，我的小姐妹还嘲笑我，可她们看我这么忧郁痛苦，就开始安慰我了，她们的真诚眼光使我感到很温馨。大约半年以后才慢慢恢复正常生活，这就是我发生在地铁里的初恋故事。有些男孩你是不可以追求的，因为他们不合适你，尽管他们外貌英俊，可心灵丑陋，当你爱上他时，他已经准备离开你了。这个时候你虽然明白但已经来不及了，世界上没有后悔药，生活就是这样。

# 结婚纪念日

结婚纪念日那天，钟先生慎重地向老婆维娜建议：晚上去红房子西餐社品尝鲜牡蛎，随后去迪吧狂欢，以纪念这个神圣的日子。这个提议却遭到维娜的反对，说他们结婚已经好多年了，还浪漫什么？简直是多此一举。钟先生反复强调说，今天是他俩的结婚纪念日，要好好过……可维娜故意说她早忘了！钟先生虽然觉得无趣，但也没办法，只能面对她冷漠得几乎不近情理的可怕现实。钟先生记起去年过结婚纪念日时的情景，维娜虽然添了几个菜，还上了葡萄酒，但整个晚餐没几句话，饭后看了一会电视，什么内容也没有，更别说两个人在床上像新婚一样做爱了。所以今年钟先生想变一变，可维娜不领他的情，他只得打消了出去过结婚纪念日的创意。

这天他下班回家，见维娜在厨房里忙得差不多了，像去年一样，桌子上放着葡萄酒，心中还是感到一丝欣慰。当他回忆结婚前的浪漫时光时，维娜显得没精打采，一副心不在焉的样子，似乎早已把婚前那段富有激情的生活忘了。

钟先生趁着酒兴，把预先准备好的药丸拿了出来放桌上，他郑重其事地说：今天是我们结婚纪念日，咱一人吃一颗。

“这是什么东西?”她惊问道。

“是一个朋友送的，说是夫妻丸。”他说。

“什么夫妻丸，没听说过啊!”她拿起药丸疑惑地问。

“夫妻丸就是夫妻吃了会增强亲密度……”他神秘地说。

“毒药？你是不是想跟我同归于尽?”她疑惑地瞪着他。

“绝对不是，我们试一下，没事的。”

“我谅你也不敢谋害我!”嘴上虽如此说，心中却猜测他的药丸是不是毒药，由于自己很长时间拒绝跟他亲热，即担心他会想不通而引诱她跟他一起去死？她感到眼前的男人越来越陌生了，让她吃这种莫名其妙的药，真是居心叵测啊!最后她拒绝说，“我不会吃的！要吃你一个人吃!”

钟先生一愣，他思忖道，一定得让她吃下去，今天是结婚纪念日，一定得让她兴奋起来，让她跟我一起跳起来，然后做爱直至恢复到结婚前的状态……接着他就逼维娜把丸药吃下去。维娜坚决不吃，说他如果再逼她吃她就报警！两人僵持了一会儿，钟先生终于忍不住说，我先吃下去，说罢就把一颗药丸吞了下去。随后望着维娜说，我已经吃了，你也吃下去!

维娜一动不动地看着桌上的药丸，觉得他疯了。一会儿，钟先生更来劲了，说：“我已经吃了，你也必须吃!”他把早已准备好的CD放进音响，节奏明快的音乐声响起，他全身颤动起来：“请你也吃下去!”

“不!”她说。

“你吃不吃?”

"你想毒死我吗?"她疑惑地望着他。

"为什么要毒死你?我是为了挽救我们的婚姻!"

"你疯了?难道用毒药就可以挽救我们的婚姻?!"

"这不是毒药,这是夫妻丸!"

"夫妻丸,我长这么大闻所未闻!"

"是我一个朋友发明的,如今已经在申请专利呢!你看我现在精神多好?"此时钟先生已经控制不住自己的感情了。随着狂猛的节奏,他又跳又摇。维娜以为他真的疯了,正想阻止他,他竟然把那颗药丸飞快地塞进她口中,她愣了愣,想他的这动作真是太不可思议了!结果她却一不小心把这颗药丸吞了下去。

没过多久,维娜也变得激情高涨、亢奋不已。现在,她情不自禁地跟着钟先生摇晃起来,仿佛回到跟钟先生举行婚礼时的那一刻……渐渐地他们俩搂在一起,跳得更猛,身体也晃得更厉害了。就这样持续了两三个小时,两人才恢复了常态,随后他们上床有滋有味地做起了爱。

"这药丸很神奇。"她说。

"是很神奇,我想办法再去弄点!"

"不,这东西吃了会上瘾的。"

"可吃了你对生活更有激情,也不再性冷淡啦!"

"发明这药的人肯定发财了!这药丸很贵吧?"

"很贵……"

"以后别吃了!"

他深情地望着她:"今天,我们好像回到了从前。"

她说:"是啊,原来,你还是那么的爱我,我不再跟你闹离婚了!"

他抱紧了她，说："亲爱的，以后我们不再需要什么夫妻丸了！我们已经找回了感觉，但我还是要感谢它，今天是结婚纪念日，是它把我们拉到了一起，有时药丸的作用真大……"

她赞同地点点头，他们说了一宿的话，觉得自己更爱对方了。

# 活着就是天堂

## 一

记得年少时，我母亲曾对我说，“活着就是天堂”，在任何困难的情况下都要活下去。可是那一年，我违背了母亲的意愿，至今难忘。

那是多年以前的事了。我大学毕业后留在上海发展，坎坎坷坷不知经历了多少曲折，许多年过去了，我总算有了稳定的工作并站住了脚跟。谁知好景不长，公司因经营不善而经济滑坡，我被裁了。当时我正筹备着办婚事，且贷款买了新房，每月必须按揭，而突然被裁，自然不知所措。

那晚我因害怕回家，在打浦桥的一家酒店中喝酒发牢骚，最后喝得烂醉如泥。酒馆中只剩下我和同时被裁的同事周俊两个人了。一个服务生来到我俩面前，说酒店已经关门了！当时我情绪十分不好，站起身握紧拳头要揍服务生，但还没出手自己就跌倒了。周俊扶我起来，可他自己也差点醉倒……

那晚我不知道怎么回家的。翌日中午，我被电话铃吵醒。电话是未婚妻郭莲娜打来的。她说她为客厅选择的地毯和窗帘已经定好了，下午送到，她待会就过来。我勉强起来，刚梳洗毕，郭莲娜带着她的小姐妹许凌来了。我见了她俩强装出一副笑容。郭莲娜根本没觉察我细微的变化，带着许凌参观已经布置得差不多的新房，她看上去很兴奋，一直说个不停。

地毯跟窗帘都送来了，都是玫瑰色的。郭莲娜指挥着送货员铺地毯，又要求他们挂窗帘，但送货员说，他们没时间挂窗帘！莲娜就打发他们走了。郭莲娜要求我帮她们挂窗帘，我却故意说我不喜欢玫瑰色，必须换一种颜色。结果为颜色我俩争得面红耳赤。当时我想，还没有跟她正式结婚呢，就为了这么点小事吵得不可开交，婚后怎么生活在一起？当时许凌劝我们，但没用。郭莲娜气得哭了，转身冲出房间……许凌出去追她了。我当时也生闷气，其实是为自己失去工作而生气，可我无动于衷地任由她走了！你想想，这是在婚礼前半个多月啊！当时我竟开了一瓶红酒，自顾自地喝了起来。

## 二

后来我才知道，许凌当时追上了郭莲娜，劝她回来。可郭莲娜却说，不想再跟我结婚了！许凌劝不听她，送她回去了。许凌打电话给我，要求我主动向郭莲娜赔不是。我口中虽然答应着，可过了好几天还是没给她打电话。这结婚的事就僵持下去了。我现在想想真的有点后悔，当时我虽然情绪不好，如果我告诉她实情她是不是会理解我？但我终于没有勇气开口。

我重新开始找工作，但无功而返，我的情绪越来越坏了。

而这时郭莲娜的情绪已经平静下来。她让许凌打电话给我，想主动约我出去谈一次。我答应了。但让她们俩吃惊的是，届时我没有去。其实我又喝醉了，把这事给耽搁了，当我记起此事时已经是第二天上午了！她们猜想我已经移情别恋，已经不想再跟郭莲娜结婚了……许凌竟然劝她彻底跟我分手。

结果许凌打电话给我，说莲娜准备跟我分手，定了到我这儿搬东西的时间。我愣了半晌才回过神来。

几天后一辆搬运车开进了我所住的公寓，郭莲娜、许凌领着搬运工上楼，进了房间后，莲娜指挥工人搬运她购买的电视机、音响、沙发、各式家具、地毯、乃至窗帘等……我无可奈何地望着这一幕。

东西一搬走，整个房间里显得空荡荡的。晚上，我睡起了地铺，因为没有装上窗帘，我望着星星睡觉，辗转反侧一直在想郭莲娜，我拿起话筒，想打个电话给她，但我没有。那天，同事周俊来看我了，家里竟没有地方坐。我们来到咖啡馆聊天，我说我很后悔，郭莲娜离开我确实是我的错，毕竟我们是相爱的啊！周俊则一个劲地安慰我。此后一段时间，我常常喝醉，在绝望中挣扎，几乎难以自拔，深深地感受到失恋的痛苦，甚至想到自杀……

## 三

与此同时，作为护士的郭莲娜却越来越忙了。她已主动要求进隔离病房，跟我分手心中虽然很不好受，但此时此刻她已沉浸在繁忙的工作中，几乎忘了生活中的不快。

由于失业，我几乎消沉下去……但我越来越思念郭莲娜了。这天，我悄悄地来到医院，希望能看到郭莲娜。但使我失望的是，医院里人人都戴着口罩。一片白色使我眩晕了，我根本看不清谁是郭莲娜！我想起了莲娜的一句话，她说过，她喜欢白色，但她更喜欢玫瑰色！挂窗帘的那一幕又在我脑海中显现……

我鼓起勇气，打了几次电话给郭莲娜，但她的手机始终关着。我便拨电话给她小姐妹许凌，许凌答应帮我。

许凌跟莲娜联系上了，不料莲娜说这一阵她没时间见我！当许凌把这信息告诉我时，我沮丧不已，我又借酒浇愁。这天，我又醉醺醺地闯进了医院。当我打听到郭莲娜在隔离病区不能进去时，我深感失落了。

那天，刚为死去病人全身消了毒的莲娜出了隔离病区，实际上她早已经下班了，因为人手不够她加班两小时。当她洗了手，换上了自己的衣服准备下班时，她看到手机上我打给她的电话了。她回了电，她对我说，她眼下没有时间见我，等忙过了这阵再谈我们的事。我还想跟她说什么，但她已经把手机关了。

从医院里出来，我显得失魂落魄。当时我不知道是怎么回到家的。晚上我情不自禁地拨她家里的电话，接电话的是她父亲，他告诉我说，郭莲娜已经睡了，有什么事明日再说吧。我只得作罢。这段时间我开始关心报刊上的招聘信息，经过努力我终于找到了新工作。

那天我去了她住的公寓，我在她家门前给她打电话。她让我在公寓的绿地中等着，她马上出来。一会儿她飘然而至，此刻我的心怦怦乱跳，难道我对她的爱经过了这样的磨难后更深沉了？最让我感到兴奋的是她既往不咎，因为她知道我对她的感情是那么地执着！她原谅了我！当她含情脉脉地看着我时，我激动地拉住她的手对她赔礼道歉，她莞尔一笑，这事就算过去了，我们又和好了，当时我激动得热泪盈眶……

郭莲娜在百忙之中跟我重归于好，但我们很少在一起。这天，她把运走的玫瑰色的地毯和窗帘以及家具、冰箱、彩电等又送了回来，并去酒店重新定下了婚礼的日子。

晚上，当我们两个人在一起时，专门提到了上次我情绪不佳的原因，她怪我为什么当时不告诉她？我只是爽朗地笑笑。那晚我们讨论了玫瑰色，没想到郭莲娜其实非常喜欢玫瑰色。她喜欢暖色调。那天我们把拍的结婚照取出来挂上，在新房中共同欣赏着，沉浸在幸福之中……

## 四

几天后，不幸的事终于发生了。由于郭莲娜在医院里过于忙碌，置生死于度外，不知什么时候受到感染，这是爆发瘟疫(2003的非典)的日子，她终于病倒了！她被医院隔离起来，并对她做了一系列检查……我默默为她祈祷，盼望她能早日康复。

我、周俊、许凌也被请进医院进行检查，我们被观察了一周后才放了出来。与此同时，我天天给郭莲娜打电话，发短信。我要去见她，但医院里不允许我们俩相见。我们互相在手机上诉起衷肠来。

郭莲娜的病情越来越严重，我终于获得准许能去看她了。两人见面时隔得远远的，我忐忑不安地望着她。此后几天中，我每隔两小时就跟她通电话，我后悔那时我没有及时跟她办了婚事！现在，我企盼着郭莲娜能快点痊愈，我俩美满地步入婚姻的神圣殿堂……我想象这一天来临的场景。可事实上我心中很清楚，我有可能失去她。

这天，我感到一个人越来越承受不了这折磨人的痛苦，就叫来周俊陪我。我心中一直在祈祷，希望郭莲娜能战胜病魔……医院虽然在全力抢救她的生命，但我怀疑她不能活下来，要不怎么这么长时间还不能出院呢？当我跟周俊说起如果郭莲娜死，我也不想活时，他惊呆了，见我神情恍惚的样子更为我担心了。他们开始劝慰我……等我慢慢平静下来，他才离去。

午夜时分，郭莲娜的病危通知出来了，我当时不敢面对这严酷的事实，六神无主了，迫不及待地打电话给她。当我听见郭莲娜已经没有反应时，我吓得脸色苍白、惊魂不定。然而，昏迷中的她拿起了手机，但她说不出话来……医生们开始手忙脚乱地抢救她的生命。她的手机掉在了地上。

我拿着手机傻了很久，当时我以为莲娜已经死了，我想她死了我活着还有什么意思！便走进阳台，爬了上去，我准备往下跳。但我终于没敢跳下去。结果我来到厨房打开了煤气盖。随后拿出手机，给朋友周俊打了个电话，当时我说了许多莫名其妙的话。

与此同时，郭莲娜离开死神，神奇地活了过来，当她醒来后，她问当班的医生，她要见她的未婚夫……

周俊接到我的电话后，感到不对劲，就约了许凌一同赶往我家。但门关着，周俊按门铃，里边鸦雀无声。他又打我的手机！厨房中，捏在我手中的手机叫个不停，但我已经晕了过去。

周俊撞开了房门，眼前的一切使他俩惊呆了。他蒙住鼻子关上煤气，许凌急忙开了窗，许凌帮着周俊背起我走向电梯。后来我才知道，当时的这一幕真让他们吓坏了，因为我失去了知觉。

## 五

为什么他不能见到我？郭莲娜反复问护理她的护士们。现在，她的病情向好的方向发展了，她终于能够下地走路了，那天，她拿出手机拨她家中的电话，但家里没人接电话！她又打我手机，也没人接。她有第六感觉，竟然为我忐忑不安起来。不久，郭莲娜终于获悉了我已开煤气自杀未遂现正躺在医院里的消息。她急得哭了起来。

郭莲娜痊愈了，她出了院。而与此同时，当她坐在新房里面对自己喜欢的窗帘、家具、地毯以及她跟我的结婚照时，她热泪盈眶了。

几天后，我也痊愈出院了，当我俩面对面地坐在一起时，都情不自禁地笑了。她问我说，她为什么能在死亡线上挣扎着活了过来？我当时竟然答不上来。她说因为有了爱，爱是能够战胜一切病魔的！因为她有第六感觉！我恍然大悟，爱情的力量是不可估量的啊！其实，我是多么爱她！为了爱，我竟然想到自杀。虽然这是一种爱的极端表现，但我如果真的死了，这不是一出遗恨终身的悲剧吗？然而，此刻我才想起了母亲的话，深情地望着她说，活着多好，活着就是天堂啊！她点点头笑了……

# 遗　嘱

卢进兴突发脑溢血被送到医院,医院在抢救的同时向家属发出病危通知。奇迹出现了,第二天卢进兴被抢救过来。几天后,稍稍好些的卢进兴写了一份遗嘱,内容大致是他死后房产的归属权问题,因为他有一双儿女卢月和卢轩,就是说等他百年后,为了报答再婚老伴梅芳的尽心照顾,房子就给她继承(梅芳原来是卢先生家的保姆,卢先生的老婆死后,梅芳继续服侍卢先生,待卢先生更体贴入微,不久两人产生感情才住到一块成为夫妻),房子跟卢先生的一双儿女无缘,为了不让这份遗嘱横生枝节,还准备去公证处办理公证。不过,这件悄悄进行的事,最终被他的儿女们发现了,他们约好一同来父亲这儿兴师问罪。

卢月与卢轩一来到父亲这儿就横加指责,这使卢进兴措手不及,姐弟俩还逼他拿出遗嘱,他们要看一下究竟写的是什么内容,卢进兴时而清醒时而糊涂,不知该怎么办才好。他们轮番问起父亲百年后房产的归属问题,卢进兴此刻脑子却清醒了,避而不谈房产问题,却质问卢月卢轩姐弟俩在他病危时来都不来看他,还有脸奢谈房产的归属权?再说,他们尽孝心了吗？而他们不在的时候，他以前的保姆现在的老婆一直守在他的身旁，幸亏她把他及时送了医院，他才没死……卢月卢轩姐弟俩连忙解释，一个说她要管儿子和老公，没时间；一个说他最近工作太忙，一点时间也没有……而此刻不是来看他了吗?!

卢进兴拗不过他们的百般纠缠，当即宣布，病中写的遗嘱作废，到哪一天身体全部康复了再说。姐弟俩临走时告诫父亲，如果要写遗嘱，就得叫他们一起来，还得请个律师来，不就是房子问题吗？遗嘱该写得清清楚楚，房子应该归他们姐弟俩……不该含糊其辞，弄不好会有后遗症的啊！卢进兴答应了他们的要求，即什么时候他请个证人或律师来，当着众人的面立遗嘱。

梅芳见到手的房子横生枝节，马上意识到自己几年的心血白费了，但她很自信，她想，只要自己真正待卢老先生好，她最后会获得这份房产的，由此她对卢进兴的服侍更用心了。

与此同时，姐弟俩反复商量如何对付年老的父亲和继母梅芳，认为硬的不行就用软的，最后达到目的，即把房产给他们姐弟俩继承。商量的结果是两人同时住回老家，抢着服侍老父亲。策划好了就行动，他们一块来到了父亲家，卢进兴见一对儿女来陪自己自然感到高兴，就让梅芳安排房间让他们住下。梅芳心中虽然反感，却也不好说什么。

姐弟俩挑拨父亲跟继母梅芳的关系，但梅芳不是那么好挑拨的，梅芳跟他们闹起来……双方的矛盾越演越激烈，几乎水火不相容。卢进兴感到害怕了，不知该如何面对自己的一双儿女和他的老婆梅芳……然而事态的发展却出乎意料，经过姐弟俩的策划,姐弟俩怂恿父亲跟继母离婚,再为他找个更年轻漂亮的,甚至给他看照片,父亲将信将疑……这事自然给梅芳的哥嫂知道了,梅芳的哥嫂来为他们的妹妹助威了。由此两家人闹得不可开交,这时梅芳突然发现卢进兴不在房间里,不由心中一惊,慌忙四处找寻,却毫无踪影。卢月卢轩也急了,一边找不知去向的父亲,一边却搜寻房产证、遗书等有关房子的一切资料,却没有找到,问梅芳,梅芳说他也不知道房产证放哪儿了,这东西一直是他们父亲保管着,兴许他把它带走了。

现在问题的关键是要找到父亲卢进兴,他究竟会躲到哪儿去呢?打他手机,他根本不用手机,周围的亲朋好友都问遍了,都不知道他的踪影。此刻,卢月卢轩跟梅芳不再争吵,他们的共同目标是要找到他……然而,三天过去了,卢进兴还是没有音讯。

他们终于想到要报警了,正欲打 110 报警时,电话就响了,梅芳接的电话。一听是卢进兴主动打给她的电话就很激动,卢进兴问他们是不是都在,梅芳说都在,即把话筒转成免提的,让姐弟俩都能听到。

卢进兴告诉他们,他已经通过中介把房子卖了,自己进了 W 养老院安度晚年,同时他已经重新写好遗嘱,且办理了公证,这遗嘱已妥善保管,等到他百年之后会有人为他们打开,他还告诉他们,他的财产分配是公正的,他们每个人都有份额,如果谁对老父不尽孝心,他就取消谁的份额……最后,他希望他们把家里的东西收拾了,尤其是他的四季衣服,送到 W 养老院,因为过几天有人来看房子……说罢他就挂了电话。

三个人面面相觑。几天后，梅芳去养老院陪伴卢进兴，对他尽责尽心，夫妇俩包了一个房间，生活更方便了，不用洗衣做饭。卢月卢轩每星期去养老院探望父亲，竟然坚持数年，一家人和睦相处。好多年以后，卢进兴又犯病了，这次他没逃过死神的枷锁。养老院的院长向他们宣读老人的遗书，当宣布养老院、他的妻子梅芳、他的子女卢月卢轩，每个人都获得一份遗产时，大家对他的安排无可厚非，表示敬佩。最后，院长向老人家属表示感谢……

# 风筝的故事

故事发生在半个世纪前上海郊区黄渡镇的钱村，那是刚解放的第一个春暖花开的季节，这天少年黄冠英放学回家，一路上他兴高采烈、蹦蹦跳跳，因为他的数学成绩又得了100分。突然，他停住了脚步，他发现一只风筝飘落在树枝上，它的形状如蝴蝶，断了的线绵延几十米，他眼睛一亮，紧紧地抓住线往下拉，风筝轻轻地掉在他脚边，他拾起它默默端详，他的心怦怦乱跳，多么精致的风筝啊，他真是太喜欢这只美丽的蝴蝶风筝了！他捧起它飞步往家里跑，但又转念一想，如果风筝的主人找过来怎么办？于是他回到原处，默默地待了几个时辰，他想等那个放风筝的人找过来就还给人家。

天慢慢黑下来，但那个风筝的主人还没有出现，冠英知道，如果他再不回家父母就要急了，反正他可以把它送到学校交给老师。老师说过，拾到东西要交公。这样一想，他就把风筝带回家了。

晚上，他把风筝挂在自己的房间里。他想，如果在交给老师前，能模仿着做一个同样的蝴蝶风筝该多好？对了，明天正巧是星期天，就照着做一个，看看我能做得了不！这样想好后便躺下了。朦胧中他做了一个美丽的梦，他梦见墙上的风筝突然飞到他床前说，小朋友，你喜欢我吗？他起先愣了愣，随即便点点头。风筝说，那你就爬到我的身上来，我带你去飞行好吗？他高兴得跳起来说，好的！说着就爬上了风筝的背。风筝说，小朋友，你抓紧我，我要起飞啦！顷刻间，风筝变成了一只巨型的蝴蝶，飞向窗外的天空，映入他眼帘的是蓝天白云、星河彩虹……真是美极了！他欢呼起来，蝴蝶对他说，抓紧了别松手，要不你就会掉下去的！可当他刚想抓紧时，却不知怎么从蝴蝶身上坠落下来……他的梦醒了，他揉了揉眼睛，随后开灯跳下床来，轻轻地摘下墙上的风筝，这时天才蒙蒙亮，就开始模仿着做起风筝来，从量尺寸到找材料，整整忙活了好几天，才把它给做起来，两个风筝放在一起，看上去相差不大，他还搞到了一大团线，系了上去。随后他飞奔至打谷场上，可怎么弄也飞不上去，他大失所望，难道自己做得不对吗？或者风太小，吹不上去？这才想起了另一只拾来的风筝还没上交呢，便急忙回去把它取了来系上线放飞起来，让他惊喜的是这只风筝慢慢地上了蓝天，不一会就把手中的线放完了，他感到太神奇了，他手中的风筝飞上了蓝天！

许多小朋友都来到打谷场上看他放风筝，他们大呼小叫，好像遇上了什么稀奇事。他非常得意，一会儿收线一会儿放线，在小朋友面前卖弄着（当然他自己也是小朋友）。有个小朋友问他这个蝴蝶风筝是不是他做的？他点点头，正骄傲地收线时，突然线就断了！风筝随风飘去，大家呼唤起来，向飘落的地方奔去，自然他也跟着飞跑，好像谁抢到这个风筝就是谁的一样，当他们跑到风筝飘落的地方时，一个少女已经把风筝拾了起来，站在那儿望着他们呢。黄冠英走到少女面前说，把风筝给我。少女摇摇头说，不，风筝是我的，是我前几天放飞时断了线丢的！

冠英愣住了，难道这只蝴蝶风筝真是她的？难道这个风筝是她自己做的?！这样一想，就问道，这是你做的吗？少女说，不是我做的，是我爷爷为我做的！他恍然大悟，就实话告诉她说，风筝是几天前在树林里拾到的，现在就还给她，不过，他自己也模仿着做了一个，他想把他做的那只风筝给她爷爷看，做得是不是正确。这时小朋友起哄乱叫，因为他刚才骗了他们。他的脸顿时就红了半边。这时少女说，好吧，把你做的风筝拿好，我带你去见我爷爷。冠英急忙朝家里飞奔，他要把自己做的风筝拿给爷爷看。然而让他吃惊的是，当他把风筝取来时，少女已经离开原地。他后悔没问清楚少女的住处，他不知道她是哪个村的。他问小朋友们那姑娘是哪个村的，小朋友嬉笑着一哄而散了。他开始去附近的村落找寻少女，但找了很久却无功而返。

冠英非常沮丧，几乎一夜没睡好，他辗转反侧，迷迷糊糊地做了一个梦，他梦见那个少女站在窗前向他招手呢。他兴奋不已，急忙从床上爬起来，走向窗前说，快带我去见你爷爷，我要跟他学做风筝……少女点点头说，跟我来。他就情不自禁地爬上窗户跳了出去，跟着少女向前走去，他拐弯抹角地走了很长时间，让他感到疑惑的是，少女突然不见了，他四顾茫然，不知该朝哪儿走。这时一个令他振奋的场景出现了，他发现自己在一个院落中，院子里挂满了各种各样的大小风筝，他惊喜不已，他发现一只蝴蝶风筝面熟，就想伸手去拿，但让他惊异的是，蝴蝶风筝飞了起来，他又想去触摸另一个蜈蚣风筝，但它也冉冉升起，飞上了蓝天。接着，他所看到的风筝一个接一个地飞上蓝天，他目瞪口呆，心想这些风筝又没人放，怎么就飞起来了呢？正想着，突然听见有人呼唤他说，冠英快醒醒，上学来不及啦！他睁开双眼，见母亲正在床头叫他起床呢，便揉揉眼睛说，知道了，我马上起床！当他去上学的路上，回忆起刚才的梦境时，他不由感到很惊异，难道那个姑娘家里真有那么多风筝？

下午放学回家，冠英拿着自己做的那只风筝跳窗出去了，他一边走一边回忆梦中少女带他走的路，一边哼着山歌，不知不觉他走了约三里来路，突然，他看见那只大蝴蝶在天上飞翔，不远处那个少女正牵着线在放这他熟悉的风筝呢。便飞向她身边，她见他手中也有一只风筝就说，这是你做的吗？他点点头。她又说，放呀，怎么不放？他说，放不起来啊！她说，那就再试试。他就再试着放，却还是飞不起来。她把她手中的风筝给他，就放起他做的那只风筝来，但还是放不上去。她急了，就说，把它收了，找我爷爷去，或许他会告诉你为什么放不上去！说着，她收起了蝴蝶风筝，带他去了她家里。

少女姓朱，名茜儿，其实就住在黄渡镇的钱村，她爷爷叫朱少棠，以前是私塾先生，眼下他早已退休赋闲在家，老人家琴棋书画样样精通，还做得一手好风筝，每年春季为孙儿辈做几个玩儿已成习惯。当冠英来到茜儿爷爷跟前、把这只飞不上天的风筝给茜儿爷爷看时，他的心怦怦乱跳，好像自己犯了什么大错似的。爷爷拿着他做的风筝看了看，起先他笑呵呵地赞赏了几句，随后他指出这个模仿的蝴蝶风筝飞不上天的原因是骨架太重（竹片用得太粗，应该削得再细一点），纸太厚，浆糊太多，线也系得不对，头重脚轻，整个风筝就这么大，怎么承受得了这样的重量，难怪是飞不上天啦！接着爷爷把两只风筝给他，让他自己比较，他恍然大悟，觉得爷爷说得有道理。

接下来，爷爷对他说了许多做风筝的故事和制作方法，他听得津津有味，他根本没想到制作风筝还有那么多讲究。更没想到做风筝还要会画画……真是太有意思了！他突然发现客堂里有许多各种类型的风筝挂着，有些上面画着各种图案，确实好看。现在他东看看西瞧瞧，便回忆昨晚的梦境，他觉得一切真是太神奇了！难道是神引他来这儿跟老先生见面的？而此刻爷爷正在打量他，觉得这孩子聪慧好学，自己又要，可以收他为徒。于是爷爷问他叫什么名字，几岁啦，家住何处，为什么喜欢做风筝啦等等问题，他一一作答。他见爷爷和蔼可亲，知识渊博，茜儿伶俐可爱，又非常热情，就大着胆子说，我喜欢做风筝，喜欢放风筝，爷爷就收我做个徒弟吧！说罢就要磕头，爷爷就拉他起来说，好吧，我就收你这个徒弟，不过我有两个条件，一是你要回去告诉你父母，让父母陪你来一次，算是正式拜师；其二你要学做风筝还得学会其他手艺，比如琴棋书画等等，更重要的你还得学会做人，我要推荐一些好书给你读……好啦，你每个星期天到我这儿来半天，我会慢慢教你的。冠英兴奋不已，当即向爷爷深深地鞠了一躬。

此后几年时间，冠英在学校是个学习模范，成了一个品学兼优的三好学生，课余像着了魔似的跟茜儿爷爷学起了制作风筝。在爷爷教诲下，还读了许多书，如《论语》、《孟子》、《老子》等等，使他在人生的道路上获益匪浅。在风筝的制作上，他青出于蓝胜于蓝，做的风筝个个能飞上蓝天，获得当时镇政府的多次褒奖。而且，他学得的手艺并不保守，曾教村里小朋友们制作风筝，此后一段时期村中家家户户有风筝，每天有各种式样的风筝飞上蓝天，一时间使得这儿成了地地道道的风筝村！值得一提的是，他跟爷爷学习琴棋书画成了最有出息的大弟子，后来爷爷仙去，整个黄渡镇竟然没有他下棋的对手，他成了黄渡镇最有学问最有艺术修养的青年人。此后不仅考上大学，还成了一名村里人人羡慕的人民教师，而跟他从小青梅竹马的茜儿成了他的妻子，如今六十多年过去了，他还保持少年时代的爱好，每年做几个风筝放飞呢！

## 赏析

少年时代的爱好往往可以延续至老年，我们每个人几乎都有这样的经历。这篇两千多字的小说写出了一个人的一生爱好，我们不会不相信，小说的主人公是有生活原型的，是真实可信的。主人公在少年时代的一次偶然巧遇，使他爱上了风筝，因为他遇上的那只蝴蝶风筝太神奇太精致了，他爱不释手，接着他做梦了，梦见乘上这只美丽的蝴蝶风筝飞上了蓝天。随后他开始寻找，寻找自己的梦想……这是一篇多么浪漫多么有意思的故事！

应该说，作品情节简单，并没有扣人心弦的悬念，所以少了我们通常所理解的起伏跌宕。然而作品的细节真实感人，叙事富有诗意，譬如拜师求艺一段就很感人，因为当时我们的主人公才十多岁，他与我们共和国几乎同时成长，其中的细节描写让我们感受到作品题材背景的广度，作者对人物理解的深入和对生活的切实体念，总之，作品以其鲜活的人物形象和丰富的人生内涵感动了我们。

我们得感谢作品中的冠英，因为他勾起了我们的联想，我们在少年时代有过什么样的兴趣爱好呢，是不是像作品中的他那样，对突然的奇遇，对随之而来的兴趣是那么的执着！我们看到，因为他的执着遇上了“高人”，经“高人”指点他成了一名制作风筝的高手、成了当时村里人人羡慕的人民教师，要知道六十年前，在一个小小的村里出一名教师是非常不容易的。同时作品告诉我们，应该做一个怎么样的人。

# 苏青与阿兰

苏青大学毕业来上海已经七年，也不知换了多少家公司，后来总算稳定，这是他努力的结果。两年前他结婚了，老婆阿兰是骗来的，当时追她时苏青告诉她，他在一家外贸公司工作，年薪二十万以上。而阿兰在一家保险公司当业务员，工作并不稳定。当时她见苏青语气如此诚恳，就相信了。半年不到，便毫不犹豫地嫁给他。婚后两人小日子过得美满幸福。

不久，苏青做大楼清洗工的事暴露了。有人悄悄告诉阿兰，她老公苏青并不是所谓写字楼的高级白领，而是清洗大楼的清洗工！清洗工，这怎么可能?！挺着大肚子的阿兰震惊不已，难道天天睡在她身边的是一名大楼清洗工而不是大公司的高级职员?！她将信将疑。她要证实一下，苏青究竟在哪儿上班。

这天，苏青一如既往地去上班，阿兰就悄悄地跟在他身后，为了不让他发现，就故意离开他远一些，当他进入地铁涌进车厢时，她也跟了上去，乘了几站，但还是因为车厢里人太多，苏青在她的视线中消失了。阿兰感觉苏青是从这儿下来的，就也赶快出了地铁。从地铁出来阿兰感到十分迷惘，不知道该去哪儿找苏青，最后忍不住拨通苏青的电话，说她在家里闷得慌，要去他公司看看……苏青解释说他在外面开会，不在公司。她说她可以去他开会的地方等他。却遭到了苏青的婉言拒绝……阿兰只得放弃。

阿兰十分沮丧，她在街上闲逛，以往忙于工作没好好感受这个城市的繁华街景，今天要体验一下她的魅力。这样一想，反倒轻松了许多。虽然挺着大肚子，阿兰此刻却感到身轻如燕。几乎忘记她是个有七个月身孕的女人了。她突然发现眼前的这幢摩天大楼上，有三四个人被吊在半空清洗大楼的玻璃幕墙……"太危险了！"阿兰心中惊呼道："怪不得这儿的摩天高楼都那么漂亮，原来是派人定时清洗的！"她仰望着看了一会，终于发现其中一个是她老公苏青！一瞬间她默默流泪了。

阿兰不知道自己是怎么回到家里的，当时她什么也不做，就是专等苏青回家。晚上，苏青终于回家了，苏青见她铁青着脸沉默着，就猜到她为什么生气，解释说原来他是在一家外贸公司工作，后来金融风暴席卷全球，他公司裁员把他也给裁了，所以他去了一家清洗公司当清洗工。

阿兰责问他为什么要骗她呢？他低头不语。苏青认识到如果现在跟她顶撞是自讨没趣，他骗她是事实。在他看来，如果不骗她说自己是个高级白领，如此优秀漂亮的女人怎么会跟自己结婚呢?！所以他一点都不后悔，眼下就是如何让阿兰接受这个事实。不过，他心中很清楚，如果阿兰知道他每天像蜘蛛人一样悬在半空中做体力活，她不仅会为他的安全担心，而且还会让她看不起的。更何况自己骗了她！

她会一辈子记恨他的啊！如果一个即将临产的女人每天担惊受怕，对生育也是不利的……然而，苏青能说会道，不仅低头认罪，且说了许多好话，还说这工作只是暂时的，等孩子生下来再想办法……阿兰见他态度还算诚恳，脾气消了一半，却坚持要求他辞职重新找工作。

苏青扼腕而叹，这怎么可能呢？自己在这家公司干了三年，已经成为一个业务骨干和组长……就诚恳地解释道，现在找工作多不容易？现在就职观念不一样了！眼下我已经喜欢上这工作，而且做好它也需要勇气和毅力！但每天在玻璃幕墙上看着车水马龙的街道，看着这个美丽的城市日新月异的变化，真是太有意思了……他还没说完，阿兰就反驳他，还警告他说，如果他一意孤行，她就回娘家永远不再跟他一起生活了！

苏青傻了，感到眼前这女人怎么变得如此陌生？就意味深长地说，经过他们的劳动，这个城市的一幢幢高楼面貌焕然一新，这工作是有前途的，不会失业下岗，以后只有越来越忙，作为一个新上海人要为她多做贡献才对嘛……这完全是大道理，尽管阿兰心中认可他的话是对的，但她口中却坚持说这工作并不适合他，他可以重新应聘更合适他的工作，为什么一定要他去干这种危险的体力活呢？最后，两人僵持不下，阿兰收拾东西，不再理他。

苏青想如果这样争下去也没什么结果，还是慢慢地说服她，也就胡乱吃点东西睡了。第二天他还是照常上班，等下班回家见阿兰已经不在家，发现桌子上有一张字条，上面写着："苏青，你骗了我这么多年，还不认错！我觉得我们的分歧太大了，不可能谈到一块，我去父母家住，哪一天你想通了再谈吧!”苏青心想阿兰也真是，马上就要做妈妈了，还要去父母家麻烦他们。就拿出手机，发了一条短信给她:“亲爱的阿兰，快点回家吧，我需要你!”

阿兰回父母家，就一五一十把苏青的情况告诉给父母听，母亲倒是站在她一边，数落他不该骗阿兰，认为苏青的脑子有问题，一个大学毕业生怎么可以干这样危险的体力活呢？怎么可以对自己对阿兰都不负责任呢?!

父亲看法却不一样，他认为，对一个男人来说应该充分锻炼自己！而苏青的高空作业是具有挑战性的，不是每个人都能胜任这样的工作。他是有远见的;胆量、毅力、体魄、技巧、敬业等等没有良好素质是干不好这工作的。他相信苏青有抱负有理想，他觉得他很快会被提拔到管理层的。如果他是个女孩子就会敬佩他，欣赏他……阿兰从小喜欢听父母的话，如今听父亲这样一说，就不再吭声了。

她低下头开始反省，跟苏青在一起的甜蜜日子历历在目，而且苏青这样拼命工作也是为了她和将来的孩子。想到此就给老同学打电话，听听她们对此事的看法。可看法不一，却都表示理解，有的还说如今的就业观念不同了，都是工作。其中一个叫咪咪的同学也干上了跟苏青类似的保洁工，她还很自豪……正当阿兰有点想通时她手机叫了，她知道这肯定是苏青的信息，当她打开手机看信息时，一股暖流涌遍全身……

第二天上午，阿兰来到苏青工作的高楼下，见苏青悬吊在高空上，一丝不苟地工作着，就仰首向上呼唤道:“老公，我爱你！你要注意安全，千万不能从高空摔下来啊!”苏青听到呼唤，喊道:“老婆，我爱你！为了你和未来的小宝宝，我会注意安全的!”

# 最后一班地铁

自从我在W街的一家数码广场做销售后，每天赶回去乘的总是最后一班地铁。从数码广场走到地铁约十来分钟，那天因店经理找我谈话拖了点时间，从商场出来已经晚了，于是我三步并两步冲向地铁站。然而还是晚了一步，我到站台时列车刚开走。我垂头丧气地愣了一会，猛然发现一个女孩朝我莞尔一笑，走上了自动电梯，原来她也误点了！我下意识地跟着她上了自动电梯。

我们到了地铁口。其实她也常常乘这班地铁，有时我们在一列车厢内，而车厢内人也不多，所以有些面熟。此刻，淅沥小雨飘然而至，我突然感觉这简直是影视剧中的一幕时，就有些激动，难道这浪漫场景在我的生活中出现了？

我们都没带伞，面对小雨却不知该如何才好。出租车好长时间才来，谁先上呢？按理我应该让她先上的，女士优先啊！她突然问我住哪儿，我耸耸肩说了我的C区住处。她说她住的地方离我那儿不远，两人可以拼车回去的。我当即答应了，心想她的心地真好。当我跟着她钻进出租车，不由打量了她一下，我眼中的她妩媚动人、气质不凡，一瞬间就被她清纯靓丽的外貌所打动，当时我心慌意乱，我从来没有这样感觉过。我的心怦怦乱跳，这感觉太奇妙了！

此后我每天企盼在最后一班地铁中见到她……但半个月过去，一直未能如愿。那些天我神情恍惚，我能遇见那个主动跟我拼车的女孩吗？每次下地铁我左顾右盼，我不放过每个进站的靓女，有时甚至认错了人！我感到我得了狂想症了，当我发现不是她时，我的神情顿时萎靡下来。

## 二

机会终于来了。那天晚上，我匆匆来到地铁，刚想下去，突然有个女孩叫我一下，这难道真是我萍水相逢、企盼跟她见面的女孩吗?！我回身一看，果然是的，我的心顿时怦怦乱跳，一时我竟然不知道说什么才好。她说，快走啊，来不及啦！

列车很快来了，我们进了车厢，车厢内人不多，我们自然坐在一起。我问道，您那儿上班？她说她在一家大商场工作，商场十点打烊，她赶到地铁也差不多这个时候。随后我们彼此进一步介绍自己，我刚想邀请她，列车却停了下来，她说她到了。我慌忙说我也是在这儿下车，就跟着她出了站。其实我下去一站离我的住处更近些，但为了能跟她多待一会儿，我情不自禁地跟上了她。此刻我已不像刚才那么拘谨，滔滔不绝地谈起我的工作和生活，当他问我一个月有多少收入时，我顿时哑口无言，我知道我这点可怜的工资会让她看不起的……这时她差不多到小区了，她向我微微一笑说："谢谢你送了我！"

我鼓起勇气说:“您的手机号码可以留给我吗?”

她说:“当然可以!”

我们互相留了手机号码,她还告诉我说她叫邵小琴。在她进小区那一刻,我终于向她发出了喝咖啡的邀请……然而让我纳闷的是,此后我打她电话,她一直不接,发信息也不回,最后我还是希望在最后一班地铁上见到她,却一直不见她的踪影。由此我郁闷了好多天,终于有一天跟她联系上了,她说前一阵她在欧洲度蜜月,所以我没法联系她……这信息让我目瞪口呆,差点得了抑郁症。

## 三

以后一段时间我就想彻底忘掉她。其实要忘掉一个人没那么容易,我是矛盾的,既怕遇见她,可潜意识还是想见到她,我竟然痴呆到这程度,她已经结了婚,我竟然还对她这样着迷!老天总会眷顾失恋的人。一天深夜我刚进地铁,那时列车还未到,突然发现一个目光深邃,满脸愁容的女子向我走来,我仔细一打量,原来她就是我难以忘怀的邵小琴!

她跟我打招呼,随后来到我的身旁默默地望着我。这一刻,我的心跳加快了……她告诉我说她已经离婚了,她认为结婚没意思,还是一个人生活自在……我大吃一惊,难道他们结婚几个月就离婚了?对她来说结婚离婚就那么随意?这眼前的一切是真的吗?此刻我的脑子飞转:她已经离婚,我对她还会有那种感觉吗?她见我如此看她就向我甜甜地一笑。这时列车进站了,我们同时起身向列车走去。

自然,下车后我还像上一次送她回家,她说这是她父母家，结婚后她住在老公家，没住满一百天就跟一个自私的男人分手了，现在又回到了起点，她觉得婚姻没意思，当她谈起这个问题时我就问，那以后你不打算结婚了？她说也不是，如果没有中意的她是不会再婚的，她是一个离过婚的女人，不会轻易再跟人结婚的。此刻她已到了小区大门，她真诚地说她希望我约她出来喝咖啡……

午夜时分，我的手机突然响了一下。我打开手机，是她发给我的信息：你睡了吗？我睡不着。我情不自禁地回了一条说，你好，我也睡不着。接着我跟她一来二去地发了十多条信息。最终约好第二天下班后我在地铁口跟她见面。

之后我跟她交往了半个多月，我开始爱上她了，忘了她是个离过婚的女人，她其实是个心地善良、性格开朗的女孩，我们几乎每天见面，尽管她比我大两岁。如今这年代性别都不成问题，年龄又有什么关系？如果可能的话我可以做她第二任丈夫！只要相爱就可以。根据她的论点，就是两个相爱的人一定要在一起生活过，才能真正了解对方的性格脾气，如果结婚前不过这一关，以后共同生活难免出问题。我相信她说的一切都是有根据的，因为在我看来她是过来人，比我有经验，而此刻我感觉自己已跌入幸福的漩涡而不能自拔。这天晚上，她提出要到我住处看看，这正合我心意，如果两个人相爱就可以在一起，为什么一定要等到结婚这一天呢？

## 四

她来到了我简陋的出租屋中，开始时我心跳加快有些紧张，因为这是我生命中的第一次，在她的鼓励下我渐渐地平静下来，该发生的都发生了。沉醉在快乐中的我开始向她倾诉自己的购房买车理想。她望着我笑，几乎不说什么话，我富有感染力的表白却引不起她兴趣，不知为什么，她对我的计划好像并不在乎。是不是我描绘的前景在她看来是空中楼阁？尽管如此，我还是感觉在热恋之中，她每星期来我小屋一次，每次我们都感到愉悦无比。几个月过去了，我们越来越亲密，我已经离不开她了。

有一次跟她谈起结婚的事，她说她现在已经害怕结婚了。于是我退一步求其次，我希望她先搬过来跟我同居再说。但她摇摇头。有一次我提出去她家看看她父母。她说没有必要，她说现在跟我这样已经非常好了，她不希望我得寸进尺，接着她说过一段时间再说。我不知道她这话是什么意思，那些日子里我小心翼翼地跟她相处，为了使她感受到我的爱，不仅在生活上照顾她，每天还编许多情话发给她，每晚送她回家，到周末休息天陪她各处玩，有时去菜市场买些她喜欢吃的菜自己做，想方设法送些小礼物给她，为了使她开心我百般体贴，在她面前干什么都愿意。

那段时间，沉浸在喜悦中的我销售业绩也有了起色，受到上级部门的表彰。此外，我还把我有女友的消息告诉给了远在外地的父母，我提出了在上海买房的计划，父母听说我有女友便很支持，说只要我愿意，他们可以助我一臂之力。我兴奋地把这信息告诉给她，但她只是笑笑，没有说什么。

## 五

其实，生活中一个人的好日子是有限的。那天我陪着她出了地铁口，慢慢地走向她家时，一个魁梧的男人迎了上来，他竟然看都不看我，只是对她说，小琴，跟我回去吧。她朝他看看，双眸湿润了。我知道这个男人就是她的前夫了，既然离婚，为什么还要来找她呢？我不屑地瞥了他一眼，随后我拉起她手臂就走。让我吃惊的是，我居然拉不动她，她死死地站着，像立柱一样，我百思不得其解。这时她的前夫上前一步拉住她的手臂就走。他的车停在马路对面。她突然泪流满面了，这次她没有一点反抗的意思，而他什么也没有说，牵着她的手就走，她跟上了他，当时我傻站着一动不动。突然她回过头来对我说，"回去吧，别再找我啦！"

失去她，我感到生活一点都没有意思。确实，感情上的问题是很折磨人的。第二天我就想打电话给她，想请她出来谈一次，但性格软弱的我意识到这不太可能。我几乎没有勇气打这个电话。我这个人就是太要面子了。因为她已经回到前夫身边，也许他们已经恩爱如初，她再也不需要像我这样的男人了。

尽管如此，我还是希望见到她，我想我肯定能在最后一班地铁上见到她，果然不出所料，半个月后的一天，当我进地铁时，发现她正静静地坐着等车呢！这时列车来了进入月台，她站起身飞速向列车走去，我跟上了她。

"为什么躲着我？"我问道。

"因为我们已经结束了。"她说。

"原来你还没跟前夫了断！为什么要骗我？"

"我没骗你，你知道，我是多么喜欢你！"她伤感地说。

"那为什么要离开我？"

"因为我们不合适……"她有点哽咽地说。

“嫌我是外地人太穷，或在这大城市里没立锥之地？”

“别说了，我对不起你……”

“是不是他的经济条件比我好，他有车有房……”我顿时意识到此话有侮辱她的意思。我想道歉，但她已经离开了我。

那一夜我几乎又没有睡好。此后几个星期我情绪低落，几乎崩溃。大约三个月以后才慢慢恢复正常，这就是发生在最后一班地铁里的初恋故事。是的，有些女人你是不可以追求的，尤其是刚离婚的，因为说不定哪天她又回到前夫身边，因为她们的心像天上的云一样飘浮不定，而且她们是那么的实在，当你爱上她时，她却准备离开你了。因为你不合适她，但当你明白已经来不及了，生活就是这样。

# 为诚心干杯

这天，雷铭被一名来访的不速之客弄得心神不宁。这位来客是他的前同事周惠。刚才他们俩共进午餐时周惠向他介绍了另一家公司，说那家公司的老板非常欣赏他，希望他去那家公司担任销售经理，而且年薪在二十万以上，唯一条件就是带上他原来的客户资料。周惠能说会道，雷铭几乎被他说动。面对诱惑雷铭表示，给他一点时间让他好好想想，明天再给他答复。

雷铭回家后跟妻子卢叶商量，卢叶开始很激动，毕竟工资比原来的要翻一番，然而又一想，他现在在 W 公司工作很稳定，公司的董事会也很器重他，虽然工资低些，但公司不久要提拔他当经理，再说把客户资料带给另一家公司，今后对现在这家公司肯定不利，损失将不可避免，其实那是一种出卖，雷铭几乎被说服了……这时电话铃突然响了起来，雷铭急忙接电话，正是周惠打来的，周惠告诉他，那家公司董事会讨论决定，聘他为公司总经理，年薪增加到三十万，并提醒他，如果失去这个机会，以后再也没有了。雷铭激动万分，用一只颤抖的手捂住话筒对卢叶说，“怎么样，是不是去？”

“别激动，再商量一下再说！”卢叶回答说。

雷铭放开话筒说，“我非常感兴趣，但让我跟太太商量一下，我会很快给你答复的！”

搁下话筒，雷铭对卢叶说，孩子马上要出生了，他还希望买一辆车，还有房贷每月得付，一切都需要钱，这三十万的年薪对一家人太重要了！卢叶虽然心动，但还是心有余悸，她说，这三十万是不好拿的，出卖自己的公司，把客户的资料通通带到新公司，这样的人格太卑鄙了，如果今后被人发现，他又如何在社会上立足？这其实是在犯罪，如今提倡诚信，现在的公司如此信任你，你也要对公司负责啊！

一席话说得雷铭一时无言以对，尽管心中对妻子的人品感到赞赏，却对出卖公司这种说法不以为然。他说，他在现在这个公司干了这么多年，给公司也创了不少利润，每年的销售额都是全公司名列前茅！可是他们却给他的报酬低得可怜！卢叶刚要说什么，雷铭打断她说，再说人往高处走，水往低处流！他要寻求更好的发展，难道不对吗？

这次卢叶陷入沉思了。是啊，自己的丈夫寻求更好的发展是没错，但问题是，这样做是严重违反职业道德的啊！当她向雷铭说出这意思后，雷铭急得跳起来说：“违反职业道德？你这人怎么说起教来？我不爱听！”

卢叶想了想说，“你给他们打电话，就说，你很愿意到他们公司工作，但是不会把客户资料带过去！这是对你原来的公司负责！你可以重新发展他们的新客户……”

雷铭若有所思地说：“其实他们并不看重我的经营实力，而看中我的是我手上的客户资料！可按你的意思他们是不会请我去当销售部经理的，那么我们哪年哪月才能翻身?!”

这时电话铃骤响起来，雷铭抢先夺了话筒。又是那个周惠打给他的，告诉他说他们公司董事会又有了新的决定，把他的年薪提高到每年四十万！

雷铭惊呆了，久久回不过神来，搁下电话，他激动地抱起卢叶转圈，他说："亲爱的，他们给我四十万啊！太诱人了！"

卢叶震惊地望着他："四十万？一会儿就增加到四十万?！这是为什么?"雷铭高呼："为什么？他们看中我的是我手中的客户资料啊，我可以为他们创造四百万四千万的利润，难道不是吗?!"

卢叶激动地颤抖着说，为了这四十万，我们就违背良心做一桩缺德的事？

雷铭咯咯笑了，说："违背良心？好像没那么严重！为了我们的房子、车子和未来的孩子，就让我违背良心做一桩缺德的事吧！"

卢叶心情沉重，这不仅仅是违背良心，而是犯罪！她说："亲爱的，我可不能看着你犯罪，更不能失去你……"

雷铭痛苦地说："我管不了那么多……我，我，豁出去哩！"

卢叶说："可是，如果你答应他们，就做了最对不起你现在这个公司的事情！再说天上不会掉馅饼，他们凭什么要给你四十万？在这么短的时间一下子给你增加二十万，这太不可思议了！"

雷铭很恼火，心中虽然想去，可想想卢叶的话也有道理，就犹豫不决了。这时，卢叶还在劝他，当周惠的电话又来时，他说："这个事情我们还得进一步磋商一下，我感谢贵公司对我的器重，邀请我到贵公司任职，对贵公司开出的待遇，我十分满意！但您让我把原公司的客户拉过去，这个我做不到！我不能对不起我原来的公司！你说对吗？……是的，我知道这个机会错过就再也没有了……我不后悔！谢谢您的好意，如果贵方没有附加条件我是考虑去的，毕竟这是一个难得的机会！”

对方突然大笑起来，他告诉雷铭不要当真，今天发生的一切只不过是一个玩笑而已！

雷铭当即骂他道：“你这狗娘养的，这玩笑可以随便乱开的吗？！”说罢重重地搁下话筒。卢叶反倒感到轻松了，她说：“没想到你以前的小兄弟吃饱了撑的没事干，跟你开这样的玩笑！”

雷铭说：“不知道这玩笑是真是假，让人郁闷啊！”半个月后，雷铭升为 W 公司的销售部经理，工资升了三级。不久他从周惠口中获悉，那个愿意给他年薪四十万的公司其实子虚乌有，其实是 W 公司董事会对他的考验。雷铭顿时脸色发白，倒抽一口冷气，很长时间回不过神来。

晚上他请卢叶去了一家饭店，他点了许多菜，还要了瓶葡萄酒，在举杯时说：“亲爱的，我手中的客户为什么这么多？”

“为什么？”她深情地望着他。

雷铭说：“要做好生意，首先得学会做人……要学会做人，首先得讲诚心！”

她说：“说得太好了，如果一个人能坦然地面对一切，就不用担惊受怕了！”

雷铭说：“是啊，为诚心而干杯！可是……”

她问道：“可是什么？”

雷铭叹息一声，却沉默不语。那晚，他喝醉了，卢叶送他回家，一路上他醉话连篇，概括起来有这样几句：平时我工作的压力已经很大了，公司还要这样考验我，他们是要把人逼疯的啊！

# 昔日之恋

冬天清晨，在温暖的被窝里醒不来，且常常做梦，梦见她向我投来凄婉的眼神，那忧郁的目光使我想起和她度过的美好岁月，那是一生中最难以忘怀的时光。可如今，只有寂寞和思念，穿心透肺的思念。

那年深秋季节，满地的落叶，枯枝伸向蓝天，她跟着我去民政局办理离婚手续。我说不明白当时的心境是怎样的，惆怅失落，一种强烈的报复欲驱使我的行动，使我辨别不出生活中的酸甜苦辣，我麻木了，义无反顾，却认为生活本该就是这样的。郁郁寡欢的我正陷入一种难以自拔的孤独。

裂痕是我一手造成的，因为我痛恨她天天深夜回家，常常加班或跟上司出去应酬，没完没了，竟然说这是她的工作，为了保住她的工作，她只能勤奋工作迁就上司……我一点都搞不明白，一家小公司，竟然这么忙。

我们离婚了。生活变得淡而无味，一年多时间里我想竭力忘记她，但总也难以彻底忘怀以往的温馨岁月。窗台上的花草枯死了，不再富有诗意和美感，我的心境越来越坏，当我意识到自己错了，可一切难以挽回。为了排解孤独，我向其他女孩进攻了，以寻觅新的情侣，但茫茫人海，谁识我心？我等待像我前妻一样的女孩来到我的身边，可美好的愿望像一组美丽的旋律瞬间即逝，希望绕过五彩的花环终于转化为失望，失望才是真实的，是漫长的心灵伤痛，没人能够慰藉。

寒冷的冬日，房间里显得更冷清了。深夜，孤单的我看着墙上的壁钟，指针正指向十点，恰是她平时下班回家的时间，可那天我为什么要大动肝火，鬼迷心窍地把她痛打一顿呢？现在后悔又有什么用，我闭上眼睛，回想她那晚飘然而归的情景，当时她是那么快乐，一进门就抱紧我热吻，而我冷冷地斜睨着她说，又在外面鬼混了？她说，我这是工作。我说，哪有这样的工作，肯定是迷上你的上司了！她说我是无端猜疑，心胸太狭隘了。就这样我们常常争吵，可能是我太爱她了，怕失去她才这样。裂痕就此产生，温馨的家就这样被撕碎了。此后她常常不回家，我就去找她，她故意躲着我。我忍受不了这样的日子，有一次在她公司的门口争吵，她被我缠得嚎啕大哭。我恨我当时的鲁莽和残忍，她会原谅我吗？事后我常常问自己。

尽管分手两年多，我仍然感觉到她在我被窝中留下的醉人体温。有时我会看着她的照片发呆，前些天我又把婚照挂在了墙上，每当我注视墙上的她，静思那些年度过的美好日子，回忆蜜月旅行时的欢乐和休息天同做家务共享美味佳肴时的情景……此刻我多想见到她，对她说我错了，以追悔我那时的无知和轻率。听人说，现在复婚的人很多，我也想到了这一点，但想到此我心中就感到恐慌，也许她已经有了男友，或已经跟人结婚了。毕竟两年多没联系了，她还是一个人吗？我不得而知。

我要找她去。她也许还没有结婚，或者她结婚了根本不幸福，要不我怎么看到她凄婉的眼神呢？可我又不敢立刻去找她，因为这是冬季，令人伤感的冬季，那年去民政局也是这个季节。那么就到明年春季吧，那是个万物复苏、百花盛开的美好季节，她是喜欢春季的，树上那柔软的嫩叶、青青的草地、温馨的微风……都在叙述爱和生命的回归。是的，我要追寻昔日丢失的爱，我要认真思谋如何使她回到我身边。

就这样，星期天我在温暖的被窝里盼望着、期待着，每天上午从梦中醒来，都在想象着跟她会面时的情景。我今天终于明白我是深深地爱着她的，而她也一样在思念我，心有灵犀，要不，我怎么会常常梦见她呢？

冬天到了，春天还会远吗？这不朽的名句伴随我度过严酷的季节。

# 最后一次演唱

我生性腼腆内敛，不善跟人交往，尤其是跟女孩子，比如跟她们一说话就脸红，或者跟她们在一起竟然语无伦次什么都不会表达。所以多年来业余时间总是在网上度过。到了二十九岁也没跟任何一个女孩发生过什么瓜葛。难怪同事们取笑我说我情商低劣，而不像他们无师自通，从高中起就开始了爱情马拉松，女朋友换了又换，不到二十岁情商已经超过克林顿，而我这辈子就只能打光棍了。直到在一家夜总会邂逅歌手罗吟秋，她主动来到我座位跟我热情地握手，才使我平淡的生活有了起色。

事情比我想象的要简单，那天晚上我无聊得不知如何打发时间，就一个人去了歌厅听歌了，傻傻地坐在第一排听这些歌手唱那些老掉牙的情歌，当轮到罗吟秋演唱时，她竟然向我大抛媚眼，还主动过来跟我握手，我受宠若惊立马花了两百元为她买了一个大花篮！她十分高兴，一边感谢我，一边向我献殷勤……有意思的是那晚就我一个男士为她买花篮，所以她感动得热泪盈眶，极力邀请我上台同唱一首歌，我自然脸色通红婉拒了，对我来说登台唱歌实在太难为我了，我从来不善于表现自己，再说我这个破嗓子怎敢跟一个歌手同台演唱呢？当时她也不勉强我，冲我一笑自己唱完了这首歌，接着又唱起了邓丽君的歌曲，我被她优美婉转的歌声打动了，我默默地注视着她，心怦怦乱跳。因为她演唱时一直在朝我这里看，她的目光仿佛想要看透我似的。让我惊喜的是，她演唱完毕就坐在我身旁陪我，那晚我激动地忘了自己是谁了。一个歌手坐在我身旁的感觉太好了，可是面对良辰美景我不知如何面对，也就是说我不知道该跟她说些什么才好，最后我终于鼓起勇气说，请你去吃宵夜好吗？出乎我预料，她竟然爽快地答应了。

没想我们俩谈得很投机，当然是她说得多。据一个哲人说，如果一个女人喜欢你，就会不停地跟你说话取悦你。也许这有一定道理。此时此刻她就告诉我说她来这大都市已经快六年了，在这个圈子里也将近四年，她毫不忌讳地告诉我说她在娱乐场所当过小姐，后来成为歌手做过一张唱片，但没人买，眼下刚失恋，是一个花心的小白领抛弃了她，她曾经为他打过胎！她很坦率地说了这一切。最后她说她恨他，谈到他时她咬牙切齿。如今她虽然强颜欢笑在夜总会唱歌，其实心中感到非常失落。我不停地安慰她直至她高兴起来。那晚我感到自己情商一下子提高了，当我发现我欣赏的歌手罗吟秋竟然是个弱者就感到很高兴，看得出来，她需要我的帮助。

就这样我们常常见面，两个月过去了，我们成了好朋友。又过了一个月我们已经难舍难分，终于走到了一起。可当我想把她带回家跟她同居时，却遭到我父母和姐姐李加秀的反对，他们警告我说夜总会的歌手不可靠，而且为此事我姐加秀还奉父母之命去过夜总会了解她的背景，这我很不以为然。他们了解到的情况是：罗吟秋以前做过坐台小姐，陪人唱歌喝酒调情，歌唱多了自然能上台演唱，但只是个三流歌手而已，我父母最不能容忍的是她吸过毒曾经还去过戒毒所……当我了解到她曾经吸过毒后，我瞠目结舌，我生命中的第一次，竟然跟一个有不良嗜好的女孩恋爱。可当我痴痴地望着她满怀激情地演唱时，我又深深地被她的歌声打动了，我再一次问自己爱她吗？是的，我爱她。不良嗜好可以改掉的，只要有爱情。在我看来，爱情的力量是战无不胜的，用我的爱来感化她停止不良嗜好……我这样胡思乱想着。我的选择是对的，因为我们相爱，这就够了。

一家人竭力劝我跟她断交，他们的理由很简单，说好女孩多的是，为什么一定要找个吸过毒的夜总会歌手呢?！我无言以对。然而不知道为什么，当时我确实被她演唱时的动人歌声迷住了，当一家人发动亲朋好友劝说我时，却怎么也劝不动我。我铁了心要跟她好下去，用我的真爱使她改邪归正，以击碎我父母的偏见……可全家人见我如此天真，就嘲笑我，说我的情商还不如一个中学生。我感到他们这是与我为敌，我在家里呆不下去了，于是我想在外面租房子跟她同居。

可是，当我要搬出去时，父亲警告我反复劝我别跟她在一起，他怕我跟这个夜总会歌手鬼混会误入歧途，父亲的担心不是没有道理的，但我无动于衷，还是我行我素。母亲也竭力劝说我，但我态度很坚决地说这是我个人的事，用不着你们操心！结果我把父母弄得非常生气。他们给我下了最后通牒，说如果我不听他们的话，就断了我的继承权……然而我还是我行我素，最后他们不得不随我去了，母亲心疼我，她悄悄塞给我一点钱说你好自为之吧！

同居生活没有波澜，白天我去上班，她在家里睡觉，晚上她去夜总会唱歌，我下班回家等她，有时我去她那儿接她回来。她没有休息天，每天回家已是凌晨二、三点，接着跟我缠绵到天蒙蒙亮，我几乎累得半死，一时间也习惯了这种浪漫的生活。

天有不测风云。一天我下班回家，发现吟秋还躺在床上。她脸色苍白，全身颤抖，我说你怎么了，哪儿不舒服？她说她胃疼的厉害，她今晚不能去唱歌了，我说是不是陪你去医院挂急诊？我摸了摸她的脸额，很烫，我知道她有热度，就心疼地对她说，你怎么不打电话早些通知我回家？她说她不想影响我的工作。我要求她去医院看，她却说吸几口就好了。我问她是什么东西，她说呆会有人会送来的……我明白了，她终于暴露了。我却装着不知道，说你这样下去是不行的，还是去医院吧！她不听，她说如果要去，也等到那人来了再说，我没有再坚持，我默默地注视着她，不知怎么我突然感到她有点陌生了……果然，没等一刻钟，一个神秘兮兮的人就敲进门来，她也不多说话，把一小包东西塞给罗吟秋拿了钱就走了。

我知道这是毒品，我一言不发，看着她把一小包毒品吸食了下去。一会儿她就来精神了，我说你还是去一下医院吧，她说她要去夜总会。她要攒钱买房子，我望着她想，怎么可能呢，钱早给你吸食光啦！口中却说，还是去医院检查一下的好，要不真的有什么病就不好了！她向我微微一笑吻了吻我就走了，她说她今晚很快就会回家的！

没想到她真的偷偷背着我吸毒，这次竟然不再瞒我，因为她知道既然跟我住在一起，这事是瞒不过去的。此后的几天时间里，我就要求她戒毒，竭力劝她去戒毒所治疗。我说如果再这样下去，她会没命的……她说我是小题大做，她吸食毒品又不是用我的钱，再说她自从感觉胃疼后就开始吸毒了，这事已经快两年了，如今没这东西她几乎不能生存。我听了她的话感到很无奈。我问她说我们为什么在一起？她说因为爱我才跟我在一起。我说我也爱你所以我要对你负责，你必须去戒毒所。谈到这些她就闷头而睡，理都不理我。我担心她的胃会有什么问题，就希望她去医院检查一次，但奇怪的是我要求她去医院检查她就跳起来跟我吵……我莫明其妙，也许真的是我小题大做？但此后的一段时间里我不再提起医院两字，怕她又神经过敏、会歇斯底里发作。

然而，我担心的事终于发生了，那晚她在床上疼得打滚，她要我把她包里的毒品拿出来，给她打一针，我从来没有给人打过针，也没看她给她自己打过，以前她是背着我给自己打的，当时我迟疑片刻，还是按她的意思从她包里找那东西，但没找到（可能她已经用完了），这时她已经疼得晕死过去，我急了，慌忙拨打 120，过了三十分钟救护车才缓缓而来，这时她已经醒了过来，见我为她叫来了救护车，她开始时死活不肯上担架，这时候两位救护人员望着我，我坚决地对他们说，一定得去医院，你们把她抬上担架送上车，他们见我下了命令就手忙脚乱地把她抬上了车，按照惯例给她进行了一系列的抢救措施，车飞驰般到了附近一家医院的急诊室，当即对她做 CT 等一系列的检查，检查结果是第二天才出来的，让我受不了的是她得的是胃癌晚期，我难受不已，几乎傻了。

当时我沉重地望着她，一个劲地安慰她。她是个极顶聪明之人，已经猜出自己得的是什么病。她说，如果我不送她去医院，她还想活下去，可如今她知道得了这不治之症，她就不想再活下去了，她希望我别再费心了，此时此刻她就想出院，在家里，她想怎么样死就怎么样死，言下之意就是想吸毒直至死去。当时我不知道说什么才好，但我必须说些什么，一会儿我故意轻描淡写地谈论她的病情，一本正经地对她说她得的病没什么了不起，完全能治好。她不相信地摇了摇头，她望着我坚决地要求我送她回家，我坚决地摇了摇头，说我一定要请最好的医生把她的病治好。

此后的一段时间里，我一直在医院里陪她。有一次她含笑对我说，如果再给她一次生命她就不再选择唱歌。我问她说为什么？她说她已经厌倦了每天去夜总会的唱歌生涯。我理解地点点头，觉得她说得对，一个歌手仅仅只在夜总会演唱是没什么前途的啊！根据医师的诊断和进一步会诊，她是可以动手术的，可她说她宁愿死也不动手术。我对她倔强的性格一点都没办法，她每天需要毒品，都是我偷偷给她弄来的，其实我那时也慌了手脚，不知道该如何面对。我觉得她虽然在用毒品时疼痛降低，但对她来说是非常有害的，她的身体越来越糟，几乎难以承受手术的风险，当我悄悄告诉她在医院里使用毒品是会被发现时，她希望我马上让她出院，其实如果她坚持不做手术的话，也是要出院的。当时我再次劝她动手术，趁此动手术之际把毒戒了，把肿瘤除了，她说她已经是晚期了，动手术是白吃一刀没用的。也许她说得是对的，我只得尊重她的愿望让她出院。出院没几天，她感觉稍稍好一些，她还是想去唱歌，因为她知道我荷包里的钱已经差不多了，我劝她别去，我会赚钱养活她的，她只是朝我笑笑，最后还是去了。我知道，支撑她上台唱歌的就是毒品。因为她身体非常虚弱，让我奇怪的是，她在舞台上非常有激情，很难看出她是一个病人。

时间一天天过去，我忧心忡忡。我的担忧不无道理，我就怕她倒在歌厅里发生意外。一天，我实在忍不住就去夜总会看她，我发现她精神不错（可能是毒品起的作用），比我想象的更迷人，她在台上演唱她的那些拿手歌曲，有不少男士的眼睛在默默地注视着她，当她的演唱结束时，掌声响起了，花篮一个接一个，台上几乎放满了。我感到奇怪的是她的魅力竟然在增加。是的，这就是毒品的作用。此刻，她说了一些感激的话，随后她来到一位男士面前道谢，接着又去了另一位男士跟前献殷勤，还亲昵地跟人家调情，就像当时跟我调情一样，此时那男士色迷迷地握住她的手不放……我看不下去了，我站起身想走，她发现了我，让我气愤的是，那晚她竟然当我不存在一样，理都不理我，我一点都不理解她，她看我的目光像是看一个陌生人一样！我感到很失落，勉强坐一会，终于呆不下去了，离开了夜总会。当时我决定不再理她了！可我能做到吗？我问自己。

让我难以接受的是，那晚她没有回家。我觉得我们俩结束了，我想她会后悔的，因为我想在这世界上只有我一个人是爱她的，这样的女人用不着生她的气。随后的一些日子我不知道是怎样度过的，白天在办公室里昏昏沉沉，常出差错。我胡思乱想：猜测她可能跟那个男士走了，就像上次她跟上我跟我同居一样。可她已经病成这样，怎么可能呢？我竭力让自己不再想她的事情，但是到了晚上我又开始惦记她了。

也许是第六感应，我担心她在演唱时会突然死去，我迷迷糊糊睡去时就做梦了个梦，梦见我在歌厅里看她演唱，突然意识到全场静止得没有一点声音了，她举着话筒慢慢倒在台上……此时此刻，我想过去扶住她，但未能如愿，我双腿好像被铁链锁住动弹不了。我在呼唤她的名字，我说我希望她回到我的身边，然后乖乖地听我的话，去医院做手术！然后慢慢地康复……然而此刻让我惊奇的是，她慢慢地又站了起来，可她看都不看我一眼，像是不认识我一样，当我发现她向前走去，走入黑暗时我不由心惊胆战，当我又一次呼喊她的名字时，她已经消失在黑暗之中。这时，我突然感觉自己掉入了深渊，我醒了。我一夜没有睡好。第二天幸好是礼拜六不上班，我昏昏沉沉地又睡了一天。到黄昏才慢慢醒来，我知道，她已经离我而去，再也不会回来。也许我再也不能跟她在一起了。

晚上，我看着她留下的照片坐立不安，我不知道是不是应该去夜总会见她，如果不去她有危险怎么办？奇怪的是我跟她心有灵犀，这时我的手机叫了一下，我慌忙打开手机，是她发给我的短信，说今晚她还在那里演唱，如果有空就去听她唱歌，以后可能不在那里唱了，因为合同期已经到了。我激动不已，披上一件休闲衫就急忙赶去夜总会的歌厅，但是她还没上场，别人在唱。我想发短信给她，但我怕打扰她就找了空位坐了下来。

不久，罗吟秋手执话筒演唱着走了出来，经过精心修饰的她盛装上场，她的身上挂满了各种炫目的首饰，光彩照人，全场报以热烈的鼓掌。而此刻她唱的是一首梅艳芳的老歌《女人花》，我不喜欢这首歌，旋律和唱词太没有创意了。这时她发现了我，慢慢向我靠近。像上次那样跟我握了握手。那晚我几乎忘了给她买花篮，她却提醒我说，她还是喜欢我为她买花篮……随后她就向台上走去，说了一通逗趣的话，又唱起了另一首歌。我毫不犹豫地为她买了一个大花篮。这时陆续有十几个花篮被送了上去，我发现前排坐着六七个中年男士，每当她唱完一曲，都是报以热烈掌声。我想也许他们都是她的粉丝，或者干脆就是情人，我不也是其中一个？今天她把他们全请来了，为什么呢？也许我的感觉是不对的，她并不像我想象的那么不可救药啊！？

这时整个歌厅的气氛越来越喧哗，其中有一个男士上台拿起话筒为她唱起了《祝你生日快乐》这首歌曲，其他男人也唱了起来，我突然意识到今天是她的生日，就也跟着唱了起来，我很后悔，感到愧疚的是我跟她相交时怎么不问问她什么时候生日呢！而此刻的她激动得抽泣起来，与此同时台上的灯全熄灭了，两个小姐捧着一个点着蜡烛的大蛋糕送到她面前让她吹，她说了声谢谢大家的厚意，竟然出乎意料地弯下身去，在台上打起滚来，我似乎听到她微弱的声音说，我疼死了，不行了，今晚是我最后一场演唱……随后她就昏厥过去了。我飞步冲上前去，发现她已经奄奄一息地躺在了地板上，大家惊慌失措。这时灯也亮了，整个歌厅乱作一团，有的说要打电话叫救护车，我说我已经打了！急忙拿出手机拨通了120，对方说救护车要过二十分钟才能到，我当即扫视整个歌厅高声叫道："请问哪位老板有车送她去医院？"可是让我难以理解的是刚才还在为她鼓掌的男士们像烟雾散去一个也不见了，最后还是等120到了才把她送进医院急救。

在等车的那段时间里，我感到时间特别漫长，我看着她苍白的脸就想起了昨夜的梦境，梦境中出现的一幕跟现实多么相似！

抢救已经没有可能，她是第二天上午离我而去的。我一直陪伴在她身边，在最后时刻她突然睁开了双眸，炯炯有神地看着我想说什么（我知道这是回光返照）。但她终于没有说出声来，根据她的口型我知道她说的是为了最后一次演唱她吸了很多……随后她闭上眼睛，慢慢地就没了气息。我噙住眼泪呼唤她的名字，但她已经醒不过来了。医生说她是病入膏肓身体极度虚弱、加上吸毒过多而死。

我很伤心，面对前来为她奔丧的父母弟妹几乎失语，在殡仪馆面对她的遗容他们全家呼天抢地，原来她的弟妹上学的费用全靠她一个人，家里太需要她了。如今她走了，走的太仓促太年轻啦。

她曾对我说她是爱我的，或许她对其他男人也这样说过，那有什么关系呢，尽管时间短暂，但至少她跟我在一起的时候我们都感到幸福的啊！

初恋是美好的，也是难忘的，尤其是我的这段悲伤故事。初恋就经历了生与死的考验，太让人震撼了。怎么说呢，斯人已去，一切情感恩怨已经飘散，美好的回忆留在了我的记忆中。

吟秋，一路走好。我会永远记住你的优美歌声，尤其是你那晚的最后一次演唱。

# 这不是一个小时代(代后记)

在近二十来年中，我生活的城市发生了天翻地覆的变化，这不仅仅在城市建设上，而生活在城中的市民结构也发生了巨大变化，市民不再是本地人，他们来自全国各地，乃至世界各地，一批又一批新城市人诞生了，一眨眼这座城市的人口增长了几十倍，这是一个大时代，几乎每个居住小区，都有许许多多的异地人同住在一起，他们在这座城市买了房子定居下来，而从事的职业，从上层各级领导到大小公司管理层、直至做各类行业的底层百姓，他们竞争力极强，为了生存，他们吃苦耐劳，承受了本地人难以承受的压力，几乎囊括了百分之九十以上的服务行业，本地市民尤其是青年一代不能与之相争，许许多多岗位被他们占领，令人惊奇的是，这么多年来他们和谐相处、共同发展，繁荣了这座移民城市。然而，他们平时怎么生活、如何生存，他们的喜怒哀乐、本地人怎么跟外地人相处、外地人又怎么看待本地居民等等，自认为人们并不十分了解，由此产生了要写一写这个大时代的愿望。

作为一个写作者，我一直关注这个非同一般的时代，这不是一个小时代，而是中国历史上最好的时代，值得写的人和事实在太多，素材扑面而来，让你目不暇接。一个女孩来到这座城市发展，为了生存四处碰壁，几乎难以生存下去，就在此时，邂逅了另一个孤苦伶仃、同病相怜的女孩，两人惺惺相惜，于是互相帮助，终于渡过了难关，最后产生了恋情……这是真实的素材，然后就有了小说《我的同性恋人》；一个男孩下班后，没能乘上最后一班地铁，当他悻悻离去时，突然发现一个女孩也没能赶上，出来后下起了蒙蒙细雨，出租很少，好长时间才来一辆，男的谦让给女的，女的过意不去，彼此开始对话，原来两人是同一条回家路，于是同时上车各付一半车钱……此后在地铁上再次遇见对方，从此两人有了交往，这就是短篇小说《最后一班地铁》的开始情节；在《噩梦醒来》中，因丈夫有外遇，女人跟他离婚，可离婚后女人常常思念前夫，突然有一天前夫给她来了电话，要来看她，说外面的世界再精彩还是家里好，她热血沸腾，精心修饰自己，还去超市买来前夫最爱吃的美味佳肴，从早忙到晚，做了足足一桌子的菜，可等到深夜没见前夫的影子，迷迷糊糊睡去，却做起了噩梦，一觉醒来，发现前夫死在自己的身边……在《今天是情人节》中，写了两个男人在"情人节"这天发生的各种啼笑皆非的情景和故事，该篇小说带有黑色幽默的戏剧结构，在一天一夜中，主人翁与前妻，女友，恋人，情人之间的周旋，会让你看到一种别样的人生故事，情节和人物心理空间既有夸张的象征，更具有极强的现实感，让我们看到当代人丰富的情感世界，一个男人竟然在一天之内应付这么多女人，这绝对是事实；还有如《凌晨时分》写午夜的骚扰电话，让人难以置信的是，这电话竟然救人一命；又如《梦与现实》写得更让人揪心，清晨做的梦，晚上竟然在现实生活中出现，差点酿成惨祸；再如《嗜好》则写一个女人离婚后的困惑，由于孤单，她越来越怪异，唯一的消遣就是不停地购置衣服，买回家的衣服却从来不穿，直至房间里放不下……而《苏青与阿兰》是写这座城市的新市民从互相猜忌到互相理解，最后更加恩爱；再如《活着就是天堂》、《死亡游戏》、《死神降临》等篇内容都与生死有关，创作时即被其中的人物情节感染，写完后亦久久不能平静，我扪心自问，这样的作品能打动读者吗？抑或会让读者留下哪怕是一点点印象和回味吗？毕竟这样的故事都是来自现实生活，至少有现实生活的影子啊！当然，这是我多年的愿望，毕竟作品自身最有发言权。

贴近生活、与现实和时代靠拢，是我短篇小说追求的目标，创作激情来自于生活中突如其来的感悟，常常会被生活中的一件小事所打动，在脑中盘旋好多天，直至构思成熟才开始动笔，这样就有了上述篇章。令人遗憾的是，有时因过于忙碌，写作一拖再拖，创作灵感会消失得无影无踪，再去捕捉那种奇妙的感觉已经不可能，于是只能放弃，今天看来这是非常可惜的，其实当时再忙也应该挤时间把它写下来，或者作为素材也好。

许多篇章的叙述用第一人称，这是素材的关系，更因为是有感而发，所以，我感到这些内容用第一人称叙说更有感染力，譬如《我的画家情人》、《最后一次演唱》等，可能其效果并不如我说的那么理想，这只有让读者自己感受了。

我一路走来，曾遇上许多支持、帮助过我的老师和朋友，他们对我恩重如山，我深深地感谢他们；尤其要感谢我的读者们，我从来没敢忘记他们，更不敢随意涂抹，书中的每篇作品都是反复构思提炼，写好后又作了多次修改，轻易不敢示人，读者是最懂作品的，再此，我向他们表示深深的敬意！

这次，承蒙上海三联书店的厚爱，建议并鼓励我选编这本小说集，我突然意识到这个建议的好处，毕竟在我漫长的创作生涯中，眼下在这领域有了一点积累和收获，尽管微小得不算什么，却可以作为我今后创作的起点和激励，由此我选编《活着就是天堂》这本集子，期望此书能走得更远更好。

此为后记。

贝鲁平 2013 年 1 月 8 日

**图书在版编目(CIP)数据**

活着就是天堂——贝鲁平中短篇小说选/贝鲁平著.—上海:上海三联书店,2013.3
ISBN 978-7-5426-4111-3

Ⅰ.①活… Ⅱ.①贝… Ⅲ.①短篇小说-小说集-中国-当代 Ⅳ.①I247.7

中国版本图书馆CIP数据核字(2013)第019649号

# 活着就是天堂

## ——贝鲁平中短篇小说选

著　　者/贝鲁平

责任编辑/叶　庆　王倩怡
装帧设计/小　靓
监　　制/任中伟
责任校对/张思珍

出版发行/上海三联书店
　　　　(201199)中国上海市都市路4855号2座10楼
网　　址/www.sjpc1932.com
邮购电话/021-24175971
印　　刷/上海叶大印务发展有限公司

版　　次/2013年3月第1版
印　　次/2013年3月第1次印刷
开　　本/890×1240　1/32
字　　数/180千字
印　　张/8.25
书　　号/ISBN 978-7-5426-4111-3/I·680
定　　价/23.00元